달콤한 밴드

달콤한 밴드

발행일	2025년 9월 17일
지은이	송진용
펴낸이	손형국
펴낸곳	(주)북랩

출판등록	2004. 12. 1(제2012-000051호)		
주소	서울특별시 금천구 가산디지털 1로 168, 우림라이온스밸리 B동 B111호, B113~115호		
홈페이지	www.book.co.kr		
전화번호	(02)2026-5777	팩스	(02)3159-9637
ISBN	979-11-7224-856-7 03810(종이책)		979-11-7224-857-4 05810 (전자책)

잘못된 책은 구입한 곳에서 교환해드립니다.
이 책은 저작권법에 따라 보호받는 저작물이므로 무단 전재와 복제를 금합니다.
이 책은 (주)북랩이 보유한 리코 장비로 인쇄되었습니다.

작가 연락처 문의 ▶ ask.book.co.kr
전용 게시판에 문의를 남기시면 저자에게 직접 전달됩니다.

(주)북랩 성공출판의 파트너
북랩 홈페이지와 SNS에서 다양한 출판 솔루션을 만나 보세요!

홈페이지 book.co.kr • **블로그** blog.naver.com/essaybook • **출판문의** text@book.co.kr
카톡채널 북랩

달콤한 밴드

송진용 장편소설

시작하면서

사춘기 학창 시절에 만난 네 친구가 칠십 살의 노인이 되어서까지 옛날의 우정을 그대로 간직한 채 살아가고 있다면 그건 분명 범상한 일이 아닐 것입니다.

여기 그런 네 명의 노인이 있습니다.

각자의 운명대로, 각자의 개성대로 청춘을 지나고 또 역사를 살아온 그들이, 지금은 어떤 모습으로 변해 있는지 그 삶의 궤적을 더듬어 따라가 보는 일을 이제부터 해보려고 합니다.

고등학생이었던 1960년대부터 2024년에 이르기까지, 네 친구가 우정을 나누며 살아온 행로에는 사랑도 있었고, 미움도 있었으며, 갈등과 화해도 있었을 것입니다. 그것은 시대와 세대의 구분을 뛰어넘어 누구에게나 존재하는 삶의 모습이겠지요.

육십여 년의 세월을 두고 세상이 변한 것만큼이나 네 명의 소년도 변하여 이제는 노인이 되었습니다.

학창 시절에는 하나였던 삶이 네 갈래의 서로 다른 길을 따라 반세기를 흘러오는 동안 이제는 다시 합쳐질 수 없을 만큼 멀어진 것 같았지만, 인생의 종착역을 바라보는 지금에 와서야 실은 그것이 하나의 길이었다는 것을 알게 됩니다.

그들이 겪어온 그 긴 여정을 더듬어보는 일은 처음부터 끝까지 가슴 두근거리는 흥분과 기대의 시간이었습니다. 쓰는 즐거움이 읽는 즐거움 못지않게 크다는 것을 처음 느끼게 해준 작업이기도 합니다.

덧붙이자면, 이 글이 황혼을 맞은 노인들을 두고 쓴 글이라고 해서 그들의 걸음처럼 무겁고 신중하게 쓰고 싶지는 않았습니다. 오히려 가볍고 유쾌할 수 있는 글이 되도록 노력했습니다. 노인들이 진정으로 바라는 건 바로 그러한 삶일 테니까요.

자, 이제 그 길을 함께 따라가 보실까요?

차 례

시작하면서 _ 4

제1장
*
우리 동네 _ 9

제2장
*
추억의 시계 _ 29

제3장
*
사랑은 아프다 _ 69

제4장
*
한다면 한다 _ 107

제5장
*
우리들의 아름다운 시절 _ 145

제6장
*
길고 긴 터널 _ 185

제7장
*
무지개다리 건너 저편 _ 229

제1장

우리 동네

"늙으면 죽어야지."

뜬금없는 강우석 노인의 말에 점잖게 생긴 이강복 노인이 쭈쭈바를 문 채 후딱 째려보았다.

"죽긴 왜 죽어?"

"늙어봐. 누구나 죽잖아."

"그러니까 왜 죽느냐고. 늙었으니까? 팔팔하게 젊은 것들도 수시로 뒈지더라."

"그거랑 같냐?"

"죽는다는 것과 늙었다는 것과는 별로 상관이 없다 이 말이다. 늙는 건 그냥 늙는 거고, 죽는 건 그냥 죽는 거야. 그게 진리다."

설교 투의 이 노인 말에 강 노인이 코웃음을 쳤다.

"꼴값을 떠네. 네가 줄창 끼고 사는 성경책에 그렇게 쓰여 있기라도 하던?"

"어허! 사람이 죽고 사는 건 늙고 젊어서가 아니라 다 하나님이 주관하시는 것이니라. 그러니까 죽든 그렇지 않든 그분께 다 맡기고 그저 사는 동안 평안히 즐기며 살 줄 알아야 하는 거야. 아멘?"

"지랄을 해요. 꼭 그렇게 예수쟁이 티를 내야 가오빨이 서냐?"

"이 나이에 가오빨은 자식아. 정신 좀 차려라. 네가 애냐?"

이 노인 곁에 앉아 쭈쭈바만 빨고 있던 풍채 좋은 노스님이 착 깔린 음성으로 느릿느릿 말했다. 명진(明進) 스님이다.

"늙으면 죽는 거 맞아. 인간은 태어난 순간부터 죽기 위해 늙어가는 덧없는 존재이니라. 생야일편부운기(生也一片浮雲起)요 사야일편부운멸(死也一片浮雲滅)일지니…… 공수래공수거(空手來空手去)라, 무상하지 않은 인생이 어디 있고, 영원한 청춘이 또 어디 있으리오. 아미타불."

이강복 노인이 이번에는 명진 스님을 째려보았다.

"얼레? 애는 또 왜 끼어드대? 내가 방금 한 말을 발로 들었냐? 다 하나님이 주관하시는 거라니까."

"어허, 부처님도 어디서 오고 어디로 가는지 모른다고 하셨거늘 너의 그 하나님이라는 양반이 어찌 아실꼬?"

"오, 주여. 이 까까머리 땡중 놈의 무지를 용서하소서."

"아, 시끄러! 하나님이고 부처님이고 나발이고 나 갈란다."

강우석 노인이 빽, 소리쳤다.

벌떡 일어서는 그의 점퍼 자락을 움켜쥔 이 노인이 의뭉스런 웃음을 흘렸다.

"왜 벌써 가려고 그러냐? 좀 더 놀자."

"니미럴, 애초에 너희들이랑 놀았던 내가 병신이지. 그래서 내 말년이 이 모양 이 꼴이 된 거야. 누가 책임질래?"

"나한테 물어보면 답이 나오냐? 그러지 말고 이번 주일날 우리 교회에 가자. 가서 하나님에게 책임지시라고 떼쓰듯이 기도해 봐. 그러

제1장 우리 동네

면 그분이 정말 책임져 주실 지도 모른다."

"그냥 우리 절에 와라. 부처님이 더 인자하시니라. 밥도 준다."

"아, 시끄러! 가뜩이나 심란한데, 위로 좀 받을까 해서 불렀더니 이 지랄들이야. 다시는 너희들이랑 안 논다."

씩씩거리며 쪼글쪼글해진 쭈쭈바를 들고 일어서는 깡마른 강 노인의 백발 위에 흰 벚꽃이 구름처럼 뭉쳐 있었다.

벚나무 아래의 평상 끄트머리에 나란히 앉아 있던 명진 스님과 말끔한 차림의 이 노인이 물끄러미 바라보았다.

거의 다 먹은 쭈쭈바를 쥐고 있는 강 노인에게는 눈으로 웃고 있는 그들의 꼴이 더 신경질 나는 일이었다.

"비웃냐?"

도리도리.

"너희들 아니면 내가 뭐 놀 친구가 없을 줄 아냐?"

끄덕끄덕.

"이것들이 정말?"

씩씩 더운 콧김을 내뿜는 강우석 노인의 차림은 초라했다. 노인정 마당의 커다란 벚꽃나무에 흰 꽃들이 만개해 있어서 더 그렇게 보인다.

"저 봐라. 목련 꽃잎이 또 떨어진다."

이강복 노인이 턱짓을 하고 쭈쭈바를 입에 물었다.

후딱 돌아본 명진 스님과 강 노인이 동시에 한숨을 쉬었다.

마당을 사이에 두고 벚꽃나무와 마주 보듯이 서 있는 커다란 목련나무에도 손바닥만 한 흰 꽃들이 만개해 있는데, 꽃잎 두어 장이

'뚝' 소리가 날 만큼 꺾여 떨어지고 있었다.

쯧쯧, 하고 혀를 찬 이 노인이 고개를 흔들었다.

"피었을 때는 그렇게 아름답더니 저 봐라, 저거. 떨어진 꽃잎은 왜 저리 추하냐? 금방 색이 변해서 거무죽죽해지는 것이 꼭 강 가 놈 낯짝 같다."

강 노인이 매섭게 노려보지만, 이 노인은 태연히 쭈쭈바만 빨았고, 명진 스님이 낮게 나무아미타불을 불렀다.

"난 봄이 정말 싫어."

강 노인의 중얼거림에 비닐 용기가 찰싹 달라붙을 만큼 쭈쭈바를 쪽쪽 빨아대던 이 노인이 눈을 흘겼다.

"언제부터? 전에는 봄이 제일 좋다고 하지 않았냐?"

"시끄러, 인마! 나 원래 봄 싫어했어. 아주 이가 갈린다!"

"선애 씨한테 차이고 나서부터?"

"이 자식이!"

강 노인이 쭈쭈바를 집어던졌지만 빗나갔다. 이 노인이 그제야 자기 실수를 깨달은 듯 손을 홰홰 저었다.

"아, 아. 미안, 미안. 내가 맞을 짓을 했다. 그러니 화 풀어라."

그리고는 눈만 끔벅거리고 앉아 있는 명진 스님의 옆구리를 쿡쿡 찔렀다.

"저놈은 옛날이나 지금이나 성질머리가 고약해. 이젠 좀 죽을 때도 되었을 텐데 어째 여전하다. 왜 그렇다고 생각하냐?"

명진 스님이 쭈쭈바를 입에서 떼고 느릿느릿 말했다.

"가슴에 화기가 남아 있어서 그러느니라. 업보라는 건 질겨서 쉬

떨쳐낼 수가 없는 거지. 부처님 앞에 삼천 배를 올리고 참회진언을 천 번 외고 나면 나아질 텐데……."

"지랄. 너나 잘해라. 땡초 주제에 중 아니랄까봐 잔소리냐? 나 간다. 둘이서 잘 놀아라."

여전히 잔뜩 화가 난 강 노인이 씩씩거리며 마당을 가로질러갔다. 계단을 내려가기 전 애꿎은 목련나무를 아래위로 매섭게 흘겨보더니 한 번 걷어차 준다.

그 뒤통수에 대고 이 노인이 소리쳤다.

"내일 거기 갈 거지?"

"몰라, 인마!"

"그러지 말고 가자. 내 차 타고 가면 좋잖아."

강 노인이 더 이상 대꾸하지 않고 계단을 내려갔다. 그가 보이지 않게 되자 이 노인이 한숨을 쉬었다.

"내 입이 이게 방정이지. 하필 그 얘기를 꺼낼 게 뭐냐."

"알면 됐어. 너도 참회진언 외워볼래?"

"맞고 싶어서 근질거리냐?"

이 노인의 매서운 눈길에 명진 스님이 멋쩍은 웃음을 흘리고 몸을 움츠렸다.

두 노인 사이에 침묵이 오래 갔다.

강우석 노인이 떠난 자리의 허전함을 채우는 건 각자의 추억이었다. 그래서 모르는 사람들처럼 외면하고 앉아 있다.

"며칠이나 갈까?"

이강복 노인이 불쑥 혼잣말처럼 물었다.

"뭐가?"

"저 목련꽃 말이다."

"바람 한번 불면 우수수 떨어지겠지. 이것도 그렇고."

명진 스님이 머리 위의 화사한 벚꽃을 올려다본다.

덩달아 고개를 젖혔던 이 노인이 "그렇겠지." 하고 다시 혼잣말처럼 중얼거렸다.

명진 스님의 배에서 쪼르륵, 소리가 났다. 불룩 나온 배를 슬슬 어루만지던 스님이 은근슬쩍 어깨로 이 노인을 건드렸다.

"공양은 했냐?"

"무슨 공양?"

"점심 먹을 때가 지나지 않았느냐 이 말이야."

"뭐 먹고 싶으냐? 내가 공양해주마."

명진 스님이 흘흘, 낮게 웃고 입맛을 다시며 눈을 반짝였다.

"저 아래 시장가는 길 있잖아. 다리 건너기 전에 그 집 냉면이 맛있더라."

"만복식당 말이구나?"

"맞아."

당장 이 노인의 눈이 가늘어졌다.

"염불보다 잿밥에 마음이 있어서 곁눈질하는 건 아니고?"

명진 스님이 깜짝 놀라 두 손을 홰홰 내둘렀다.

"무슨 소리야? 그런 거 절대 아니다. 큰일 날 소리 하지 마라. 부처님이 다 듣고 계신다."

누가 있는지 확인하려는 듯이 두리번거린다. 이 노인이 실실 웃었다.

"염불이든 잿밥이든 가자. 냉면 먹으러."

일어서더니 투덜댔다.

"우석이 그놈도 배고플 텐데. 같이 있었으면 좀 좋아? 자식이 예나 지금이나 먹을 복이 없어요. 성질만 부릴 줄 알았지 말이야."

명진 스님이 "나무아미타불" 하고 손을 모았다. 저 앞에 강 노인이 있기라도 한 것처럼.

깨끗한 승복을 입은 풍채 좋은 명진 스님과 깔끔한 차림에 점잖은 인상의 이 노인이 나란히 걷는 모습은 아래 위 동네에서 낯설지 않았다. 복개천을 사이에 두고 나뉜 은천동과 서원동의 어지간한 사람들은 이미 여러 번 보았던 것이다.

명진 스님은 은천동 뒤 낙운봉 중턱에 있는 조계종 산하 명현사(明現寺)의 주지스님이고, 이강복 노인은 서원동에 있는 예장 소속 만복교회의 장로님이었다. 이름보다 이 장로님으로 통한다.

두 사람이 느릿느릿 거리를 걷자 가끔 명진 스님을 알아본 신도가 "스님" 하고 다가와 합장했고, 때로는 이강복 노인을 알아본 교인이 "장로님" 하고 부르며 반갑게 인사를 하고 지나갔다. 그러면 두 사람 모두 약속이나 한 것처럼 같이 인사를 받았는데, 명현사의 신도이거나 만복교회의 신자이거나 상관하지 않았다. 명진 스님이 합장하고 빙그레 웃으며 "성불하십시오." 하는 것과, 이강복 장로가 "할렐루야." 하고 한 손을 번쩍 드는 게 달랐을 뿐이다. 그래서 절과 교회 어느 쪽이 되었든 인사한 사람들은 누구나 곤혹스러운 얼굴로 고개를 갸웃거리기 마련이었다.

그들이 찾은 만복식당은 만복교회의 독실한 신자인 김양숙 권사가 운영하는 곳이었다. 손자손녀가 다섯이나 된다는 할머니인데, 70살을 바라보는 나이임에도 여전히 곱상하고 태가 고왔다. 새벽기도에 빠지지 않고 나오는 열성 교인이기도 하다.

이 노인이 "계십니까?" 하고 성큼 들어서자 한복을 곱게 입고 카운터에 앉아 있던 김양숙 권사가 "어머, 장로님." 하고 반갑게 일어나 맞았다.

"나무아미타불. 성불하십시오."

명진 스님이 합장하고 허리를 숙였다. '이 자식이?' 하는 눈으로 매섭게 쩨려본 이 노인이 멋쩍은 웃음을 흘렸고, 이미 이런 일에 익숙해 있는 듯 김 권사가 배시시 웃으며 손수 두 사람을 자리로 안내했다.

몇 마디 형식적인 안부를 주고받은 이 노인이 물냉면을 주문하자 김 권사가 웃으며 명진 스님을 보았다.

"어쩌나, 편육이 덮여 나오는데……."

"권사님도 참. 아, 안 보이게 밑에 깔아야지요."

이 노인의 말에 김 권사가 손으로 입을 가리고 웃었고, 명진 스님도 속없는 사람처럼 허허, 웃었다.

김 권사와 이 노인은 물론 주방장도 이미 알고 있었다. 명진 스님 냉면에는 편육 대신 넓적넓적하게 썬 토마토를 몇 장 얹어 내와야 한다는 것을. 그러면서도 올 때마다 매번 그런 말로 놀림을 삼는 건 그만큼 친숙해졌기 때문이다.

제1장 우리 동네   **17**

"그나저나 내일 갈 거냐?"

"난 아무래도 시간 내기가 어려울 것 같구나."

"왜?"

"불사가 있거든."

"밑에 졸개 중 있잖아. 맡기고 가면 안 돼?"

명진 스님이 부지런히 놀리던 젓가락질을 멈추고 빙그레 웃었다.

"독실한 보살님이 청한 일이다. 남편 기일이거든. 온 가족이 다 나와 지성을 드리는데, 주지인 내가 주재해야지."

"이게 제법 들어오는 모양이구나?"

이 노인이 손가락으로 동그라미를 만들어 불쑥 내밀었다. 명진 스님이 다시 빙그레 웃는다.

"그래. 다들 그만 둬라. 강 가 놈은 뭐가 그렇게 삐칠 일이 있어서 그러는지 성질이나 내고 자빠졌지, 너는 친구보다 이게 우선인 모양이니 소용없지……."

말끝에 젓가락을 내려놓고 한숨을 쉰다.

"늙으면 다시 친구를 찾게 되기 마련인데 이건 뭐, 몇 남지 않은 친구 놈들이라고 죄다 쓸데없는 것들뿐이니…… 말년이 외롭구나, 외로워."

"너무 그러지 마라. 나나 우석이는 하는 일이 있지 않으냐."

"나는 백수라서 상관없다는 말이지?"

"어쩌겠니. 내일 시간을 낼 수 있는 건 너뿐인걸."

"알았어, 인마. 어여 먹기나 해라."

눈을 흘긴 이 노인이 냅킨으로 입가를 닦으며 투덜댔다.

"예나 지금이나 너희들 뒤치다꺼리 하느라 내가 아주 늙는다, 늙어. 이 봐라, 이거. 내 머리가 제일 하얗지? 이게 다 너희들 때문에 속 썩어서 이런 거다, 인마."

무언가 찔리는 구석이 있는 듯 명진 스님이 아무 말도 하지 못하고 고개를 숙인 채 냉면 가닥만 부지런히 건져냈다.

* * *

다음 날 이른 아침. 이강복 노인은 인천공항 입국장 앞을 서성거리고 있었다. 얼굴에 복잡한 기색이 어려 있어서 일견 심란해 하는 사람 같아 보이기도 했다. 벌써 세 번이나 화장실에 다녀왔는데 그래도 여전히 볼일을 끝내지 못한 것처럼 요도 끝에 저릿저릿한 느낌이 남아 있었던 것이다. 불쾌했다.

초조해서였다. 그새 30년 가까이 지나지 않았는가. 그놈을 알아볼 수는 있을지. 그동안 가끔 전화 통화는 했었는데, 최근 몇 년 동안은 소식이 끊긴 상태였다.

그러던 놈이 왜 갑자기 들어온다고 했을까? 설마 거기서도 사고치고 도망쳐오는 건 아니겠지? 그나저나 얼마나 있다가 다시 나갈 건지, 있을 곳은 마련해 놓고 오는 건지…….

그런 생각들 때문에 어서 왔으면, 하고 기다려지는 한편으로는 불안하기도 했다. 괜히 자꾸만 화장실 생각이 난다.

이 노인은 되도록 긴장하지 않으려고 이 사람 저 사람을 구경하면서 짧은 거리를 왔다 갔다 했다. 그러는 동안 명진 스님과 강 노인에 대한 불만이 더 커졌다. 그놈들 중 한 놈이라도 함께 와 주었으면 훨씬 마음이 안정되었을 텐데, 하는 아쉬움 때문이다.

다시 화장실에 다녀와야겠다. 그래서 몇 걸음 걸었는데 입국장의 문이 열리고 사람들이 나오기 시작했다.

"염병."

꼭 이럴 때 시간이 방해를 한다.

할 수 없이 대기 라인에 서서 기웃거리기를 얼마쯤. 알록달록한 옷에 라이더 점퍼를 걸치고 카우보이모자에 선글라스까지 쓴 우스꽝스런 자가 큼직한 캐리어를 끌고 나오는 게 사람들 사이로 보였다.

이 노인이 고개를 갸웃거렸다. 저놈인가 싶기도 하고, 아닌 것 같기도 하고, 아리송했던 것이다.

가까워지자 그 요란한 차림을 한 자가 바로 자기가 기다리고 있던 그 자라는 확신이 들었다. 이 노인이 눈살을 찌푸렸다. 어느새 화장실 생각은 까맣게 잊어버렸다.

"뭐냐, 저게? 미국 양아치냐?"

두리번거리던 그 양아치가 활짝 웃으며 손을 번쩍 들었다. 이 노인이 그랬듯이 그 또한 한 눈에 알아본 것이다. 오랜 세월이 다 소용없어지는 순간이었다.

"헤이!"

"헤이?"

이 노인의 얼굴은 더욱 일그러졌다. 반가운 마음이 싹 사라져 버리고, '저놈이 미쳤나?' 하는 생각밖에 들지 않았던 것이다.

캐리어를 끌며 뛰듯이 다가온 카우보이모자의 노인이 껄껄 웃었다.

"이강복? 너 이강복이 맞지? 나다, 나! 하하하, 모르겠냐? 오 마이 갓이다 인마!"

틀림없이 그놈이다. 박재기. 박치기라는 별명이 지금도 더 친근하게 여겨지는 놈. 무려 이십팔 년 만인가? 구년?

"너 잠깐 기다려라."

그 말을 첫 마디로 남기고 이 노인이 후딱 돌아섰다.

와락 달려들어 포옹이라도 해 주기를 기대하고 껄껄 웃으며 두 팔을 활짝 벌렸던 카우보이모자가 허수아비처럼 굳어버렸다. 서울역 대합실처럼 북적거리는 사람들을 헤치며 저쪽 끝에 있는 화장실을 향해 부지런히 걸어가는 이 노인을 멍하니 바라보다가 중얼거린다.

"쉣! 오 마이 갓."

도대체 이 자식이 왜 이렇게 되었는지 영 찜찜하기만 해서 이 노인은 내내 불편했다. 여기 있을 때도 살짝 맛이 간 놈이기는 했지만 이 정도는 아니었던 것이다.

"그래서 어떻게 됐는지 아냐?"

카우보이모자가 손가락으로 총을 만들고 허공을 향해 쏘았다.

"빵!"

"죽였어?"

"모르지. 그 새끼가 내 총에 맞았는지 안 맞았는지."

카우보이는 내내 1992년 4월 22일부터 사흘간 벌어졌던 LA 흑인 폭동에 대해 떠들어대고 있었다. 벌써 30년도 지난 일을 마치 생중계하듯이 한다.

"그래서 다들 총을 한 자루씩 받은 거야. 한인방송에서 지금 어디 어디가 털리고 있다거나, 혹은 털릴 거라는 제보가 들어왔으니 즉시 출동해라, 하는 소리만 나오면 대기하고 있던 우리 애들이 불알을 딸랑거리면서 달려갔지. 밤새워 지켜줬어. 호돌이식당, 동대문식당, 서울식당 주인들이 설렁탕이며 불고기며 막 내다줬다. 정말 아름다운 광경이었어."

"폭동이? 서로 총질해대던 게?"

"오, 쉣! 아니 인마. 그렇게 똘똘 뭉쳐서 내 일처럼 대처하던 상황이 말이다. 네 가게 내 가게 따지지 않았고, 전라도 경상도 따지지도 않았다. 역시 우리 해병전우회가 중심이었지. 정말 대단해. 한국 사람들 말이다. 평소에는 헐뜯고 욕하고 싸우다가도, 이건 민족적 위기다 싶으면 그냥 똘똘 뭉쳐버리는 거야. 그때는 죄다 형제자매가 된다. 그 파워가 상상 이상이야. 거구의 흑인 양아치 새끼들이 오줌 지리고 달아나기 바빴다니까. 아름답지 않냐?"

그 때의 긴박하던 상황이 국내에도 생생하게 보도되었었다. TV를 통해 온 국민이 폭도로 변한 흑인들을 욕하면서 그 상황을 지켜보지 않았던가.

지역의 경찰력이 무력해졌고, 오직 자위권의 발동만이 자신과 가족과 사업장을 지키는 유일한 수단이 되었던 적이 미국 역사에 과연 몇 번이나 있었을 것인가.

당시 LA, 특히 한인가는 그 폭풍의 한복판에 던져진 작은 상자 같았다고 생각한다.

"흑인 폭도 새끼들은 접근하기 두려우니까 드라이브 바이 슈팅으로 갈기고 도망가는 거야. 비겁한 새끼들이었지."

어깨마저 추어가며 우쭐대던 카우보이모자가 손을 내둘렀다.

"아, 물론 우리를 도와서 제 일처럼 가게를 지켜준 착한 흑인 친구들도 있었다. 걔들도 오해를 많이 받았어. 애초 백인 경찰의 로드니 킹 폭행 사건 때문에 흑인 애들이 열 받아서 날뛴 거잖아. 그렇게 시작된 폭동이 마치 한인과 흑인 간의 갈등 때문인 것처럼 왜곡되어 버렸다. 왜 그랬겠어?"

"왜 그랬는데?"

"그게 다 걔들보다 더 비겁한 백인 새끼들이 여론을 조작한 때문이었다 이거야. 이이제이(以夷制夷) 그거 있잖아. 그 새끼들이 그 작전을 썼던 거야. 한인하고 흑인하고 열라 싸움 붙여 놓고 저희들은 쏙 빠졌던 거지."

고속도로를 빠져나올 때까지 줄기차게 떠들어대는 통에 이강복 노인은 아주 질리고 말았다. 그래서 속으로 '이 자식은 달아나듯이 미국으로 이민을 가서 LA에서 살다 온 것을 무슨 대단한 벼슬이라도 하고 온 것처럼 여기는 모양'이라고 삐죽거렸다. 아니꼽기도 하고 우습기도 하다가 쿡쿡, 웃음이 나왔다.

"화이?"

"아니, 그냥 엉뚱한 생각을 좀 했거든. 신경 쓰지 마라."

"그래. 그래서 말이지, 내가 누구냐. ROKMC. 대한민국 해병대 출신."

도대체 언제 적 이야기란 말인가. 그때 일을 방금 겪고 온 것처럼 떠들어대는 이 꼴통을 어찌해야 할지, 이 노인은 다시 난감해지고 말았다. 그러다가 또 쿡쿡, 하고 웃음이 나오는 건 강우석이와 이 꼴통이 부딪치면 동네가, 아니 서울이, 어쩌면 대한민국 전체가 온통 시끄러워질 것이라는 생각이 들어서였다.

우석이가 성질을 내고 같이 오지 않은 것도 이럴 거라는 짐작을 한 때문이라고 이해한다. 시도 때도 없이 팔딱거리고 신경질을 부려대는 철없는 놈이지만 약은 놈이기도 한 것이다.

"너 아직도 이런 데서 사냐?"

집으로 데리고 오자, 박재기가 내뱉은 첫 마디가 이강복 노인의 기분을 또 한 번 상하게 했다.

차 두 대가 겨우 지나갈 정도로 좁은 골목에 빌라며 다세대주택들이 콩껍질 속의 완두콩들처럼 빼곡하게 들어차 있는 전형적인 서민 동네였다. 이 노인의 집은 그중 지은 지 얼마 되지 않은 빌라 4층에 있었다. 아내가 죽고 나서 마당 있던 단독주택을 헐고 빌라로 신축했던 것이다.

반지하를 포함해서 원룸 여섯 개에 투룸 세 개가 있는 건물인데, 4층 전체는 하나로 터서 이 장로가 쓰고 있었다. 투룸 두 개는 전세로, 나머지는 모두 월세로 돌리고 있어서 임대료 수입이 짭짤하다.

이 노인이 살고 있는 곳은 네 개의 방에 널찍한 거실과 주방, 베란다며 다용도실이 고루 갖추어져 있었다. 게다가 여느 아파트 부럽지 않게 인테리어 또한 고급스럽고 깔끔하다.

휘 둘러본 박재기 노인이 마호가니빛 가죽 소파에 털썩 주저앉더니 담배를 꺼내 물었다.

"금연이야, 인마."

멀뚱히 바라보던 박재기 노인이 쳇, 하고 혀를 찼다.

"베란다에서는 되겠지?"

"어디에서도 안 돼! 정 피우고 싶으면 옥상에 올라가서 피고 들어와라. 문 열려 있다."

"텃세하는 거냐?"

"내가 인마, 이래 봬도 교회 장로님이시다. 장로님 사는 집에서 담배 냄새 나서야 되겠냐?"

"나는 아무 것도 아니다. LA에서 날아온 제이슨 박이야. 그러니까 담배 피워도 된다."

"내 집에서는 안 된다니까!"

빽, 소리치고 나서 덧붙였는데, 아니꼬운 눈으로 쩨려보면서였다.

"제이슨 박? 웃기고 자빠졌네. 네가 무슨 제이슨 박이냐? 이제부터는 그냥 박치기다. 알았지?"

"옛날처럼?"

"그래, 인마. 박치기, 하고 부르면 언제 어디서나 넵! 하고 쏜살같이 달려오는 거야."

"오 마이 갓."

"기상은 6시다. 30분 동안 샤워나 세면을 하고 6시 30분부터 7시까지 아침 예배 드린다. 나랑 둘이서. 식사는 오전 7시, 정오 그리고 저녁 6시 이렇게 세 번이다. 그 시간 놓치면 밥 없어. 담배와 마찬가지로 술도 절대 안 되고, 특히 여자는 '여' 자만 꺼내도 즉각 퇴출이다. 취침 시간은 밤 11시. 10시 30분부터 저녁 예배 드린다. 됐나?

이상의 규칙을 엄수하겠다는 선서를 해라."

"놀고 자빠졌네."

피식 웃은 박재기 노인이 탁자 위에 던져놓았던 카우보이모자를 다시 쓰고 가방을 잡았다.

"어디 가려고?"

"내가 인마, 해병대 생활할 때도 그것보다 빡세지는 않았다. 여기가 빵깐이냐? 너는 간수고? 다 필요 없다. 자유를 찾아 빠삐용을 하련다. 바이바이."

"갈 데는 있고? 친척이고 뭐고 찾아갈 아무도 없다면서?"

그의 부모님 고향은 함경도였다. 1·4후퇴 때 떼쟁이 꼬마였던 그를 업고 빈주먹으로 내려와 여기서 터 잡고 살았기에 원래 친척이라고는 없었다.

"거리에서 노숙 생활을 할망정 나의 자유를 포기할 수는 없다 이거야. 내가 누구냐? 완벽한 자유의 나라 아메리카에서 온 제이슨 박이다. 자유를 구속하느니 목을 쳐라."

쿵쾅거리며 나가더니 현관 앞에 서서 돌아보고 고개를 갸웃했다.

"그런데 이 집에서 너 혼자 사는 거냐? 가족 없어?"

"차 안에서 대충 말했잖아, 인마. 막내딸이랑 큰손자하고 셋이서 산다고."

"아, 참 그랬지. 그런데 아들은? 나 미국 갈 때 걔들 요만했었잖아. 둘이었는데?"

"그때가 언제인데 그러냐? 다들 독립해서 분가했다."

"늙은 아버지 혼자 내버려두고? 허, 불효자식들이네. 그건 그렇고 제수씨는?"

"3년 전에 먼저 세상 떴다. 교통사고로."

"아, 맞다. 너하고 통화했을 때 들었던 기억이 난다. 그때가 벌써 3년이나 되었나? 엊그제 같은데 말이야. 세월 참 빨라. 그러니까 넌 지금 늙은 홀아비로구나? 애인은 있어? 하나 달아주랴? 말만 해라. 그러면 너를 위해서 지금 당장이라도 작업한다. 이 동네에 카바레 있지?"

그 말에 이 노인의 안색이 싹 변했다.

"사설 그만 주절거리고 꺼지려면 어서 꺼져. 안 붙잡는다."

그래도 아직 나갈 생각이 없는 듯 박재기 노인이 너스레를 떨었다.

"명철이는? 아, 참 그놈 중 되었지?"

"그래, 인마. 지금은 명진 스님이라고 거들먹거린다. 저 위에 절 주지야. 거기 갈래?"

"너 그거 아냐? 교회나 절은 죄다 죄지은 놈들이 가는 데거든. 그런 의미에서 빵깐이나 별다를 거 없지. 나같이 선량하고 무죄한 사람은 되도록 피해야 하는 곳이니라. 돌아갈망정 뒤로도 지나가지 말아야 하는 거야."

"이 자식이?"

"그놈, 우석이는? 개도 근처에 산다고 했잖아. 나 없어지니까 다들 외로웠던 모양이구나. 그러니 한군데 옹기종기 모여서 복닥거리며 살고 있었던 거지. 그렇지?"

"그래, 우석이한테 가라."

"데려다 줘. 최소한 그 정도는 해줘야 오랜만에 찾아온 친구에게

제1장 우리 동네   27

친절을 베풀었다는 소리 들을 수 있는 거다."
"정말 우석이한테 갈 거냐? 후회 안 할 자신 있어?"
"왜? 또 그놈이랑 박 터지게 싸울까봐?"
"그래, 인마."
"짜식은, 우리 나이가 얼마냐? 벌써 칠십을 넘겼다."
 그 말을 해놓고 나서 시무룩해진 박재기 노인이 셔츠 주머니에 걸쳐 놓았던 선글라스를 꺼내 옷소매로 쓱쓱 닦으며 중얼거렸다.
"정말 세월 참 빨라. 청춘이었던 게 엊그제 같은데 벌써 칠십대라니. 돌아보면 온통 허무할 뿐이다."
"그러니 이제 철 좀 들어라. 꼴이 그게 뭐냐? 동네 양아치 아그들이 죄다 형님, 하게 생겼다."
 핀잔을 주지만 이 노인의 주름진 얼굴에도 쓸쓸함이 어렸다.

제2장

추억의 시계

묘한 인연이었다.

박재기와 강우석, 이강복은 고등학교 동창이고, 지금은 명진 스님이 된 명철은 그들과 아무 상관없는 세계에서 놀다가 어느 날 불쑥 끼어들어 인연을 맺었다.

그들이 모두 까까머리 고등학생 시절이었던 1961년.

박재기와 강우석은 정수고등학교 입학식 날 처음 만났는데, 만나자마자 눈싸움을 하더니 기어이 주먹다짐까지 했다. 그 뒤로도 늘 그랬다. 앙숙이자 천적이나 다름없는 사이였다. 그때 처음 보자마자 왜 싸웠는지 정작 본인들도 모르고 있다는 게 어이없다 못해 황당한 일이었다.

어쨌거나 두 사람은 싸우면서도 항상 붙어 다녔다. 묘하게도 3년 내내 같은 반이었으니 인연이라면 인연이다. 그런 그들을 보고 선생님들이 다 설레설레 머리를 흔들곤 했다.

이강복은 2학년 때 그들과 만나 졸업할 때까지 같은 반이었다. 그리고 그 2년 동안 괴짜라고밖에는 할 수 없던 박과 강, 두 사람의 감시자이자 시어머니 노릇을 톡톡히 했다. 사소한 꼬투리라도 잡으면 천지개벽할 일이라도 된 듯이 사정없이 다그치며 볶아대고 구박을 했던 것이다.

　당시 이강복은 전교 상위권의 우수한 성적을 자랑하는 모범생이자 반장이었고, 박재기는 영락없는 양아치였다. 저런 놈이 어떻게 입학시험에 붙어서 정수고등학교에 들어왔는지 다들 고개를 갸우뚱했을 정도였다. 중학교 때는 제법 공부를 잘했던 학생이었는지 몰라도 고등학교에 들어와서는 영 아니었던 것이다. 하긴, 경기고등학교에도 양아치는 있었으니까 별로 이상한 일이 아닌지도 모른다.

　강우석은 그래도 중상위권 성적을 유지했지만 온통 세상에 대한 불만으로 똘똘 뭉쳐진 문제아였다.

　어떤 면으로든 그들 세 사람은 전혀 어울리지 않아 보였다. 그러면서도 묘하게 서로 균형을 잡으며 잘 지냈다. 선생님들에게는 그런 그들의 관계가 미스터리이기만 했다.

　박재기가 문제를 일으켜 저승이라고 불리는 생활지도부실에 끌려가 있으면 이강복이 어떻게든 담임선생님을 구워삶아 빼주었고, 강우석이 다른 반 학생이나 타교생과 시비를 벌이다 곤경에 처하면 영락없이 박재기가 나타나 그의 전매특허나 다름없는 박치기 한 방으로 깨끗하게 해결해 주곤 했다.

　그런 사이였으므로 박재기는 이강복을 볼 때마다 히죽 웃으며 주머니에서 뭔가 먹을 것을 꺼내 주었다. 어지간한 일은 양보하고 순종했음은 물론이다. 그러나 강우석은 박재기의 면상에 대고 삿대질을 하며 '네가 뭔데 내 일에 나서서 생색을 내!' 하고 특유의 카랑카랑한 고성으로 대들기 일쑤였다.

　다른 사람 같으면 머리통이라도 쥐어박고 다시는 상관하지 않을 텐데 그래도 박재기는 구박을 받으면서도 그를 챙겨주었다. 그럴 때 보면 그가 형이고 강우석이는 떼쟁이 막내 동생 같았다. 겉으로야 늘 티격태격했지만, 사실 두 사람 사이에는 별다른 문제가 없기도 했다.

문제는 우등생 이강복과 반항아 강우석이었다.

모범생이면서 반장이기도 한 이강복의 눈으로 보았을 때 강우석은 박재기보다 훨씬 더 위험한 놈이었다. 사사건건 트집을 잡았고, 혼자 잘났다고 튀었으니까.

학급 회의를 통해 결정된 이런저런 사항도 혼자서 반대를 하고, 나는 따를 수 없다며 뻗대기 일쑤였던 것이다. 이강복은 그런 그를 어르고 달래느라 진땀을 빼다가 기어이 걷어차 버리곤 했다. 그러면 강우석이 반장이면 다냐, 반장은 독재를 해도 되는 거냐, 뭐냐 하며 되지도 않는 말로 바락바락 악을 쓰며 대들었고, 중간에서 박재기는 이 편도 저 편도 들 수 없어 발만 구르다가 아, 씨발 모르겠다, 너희들끼리 알아서 해라, 하고는 냅다 달아나버리곤 했다.

세 사람 사이의 그런 묘한 협력과 대치 관계가 일거에 한 방향으로 집중될 수 있었던 건 김명철이라는 알 수 없는 인간의 등장 때문이었다. 그는 세 사람과 동갑내기였는데 훨씬 나이가 들어 보이고 덩치도 좋았다. 껄렁한 사복에 장발이어서 더 그랬던 것인지도 모른다.

그렇다. 그는 학교에 다니지 않는 불량 청소년이었다. 좀 더 정확히 말하자면 학교 주변에 서식하는 양아치들 중 한 명이라는 범상치 않은 신분을 가진 자였다.

몇몇 양아치들이 더 양아치스러운 한 명의 대빵을 모시고 음지에서 어슬렁거리며 만만해 보이는 학생들을 등쳐먹고 살았는데, 명철은 그 무리에 속해 있었다.

그놈의 눈에 강우석이 딱 걸려들었다. 3학년 여름방학 때였다.

대학입시를 몇 개월 앞둔 때였으므로 진학을 원하는 학생들은 별도의 특별반에 들어 선생님들의 엄격한 감시와 지도하에 스파르타식 보충수업을 해야 했다.

모두의 예상을 뒤엎고 박재기가 그 반에 들어왔다는 건 정말 이례적인 경우였다. 자격 요건에 해당되지 않는 그가 -아니, 그의 어머니가- 담임선생님을 어떻게 구워삶았기에 그랬는지는 아무도 모른다. 하긴, 어머니뿐 아니라 그에게도 대학 진학에 대한 열망이 있을 수 있는 것 아닌가. 그런데 정말 그래서였을까?

그럴 리가 없었다. 그는 강우석을 따라 그냥 건들거리며 걸어 들어왔을 뿐이었다.

당시만 해도 선생님들 모두가 이강복은 서울대감이라고 미리 낙점을 찍어 놓고 있었던 데 비해 강우석은 애매한 수준이었다. 앞으로 몇 달 열심히 노력하면 중위권 대학에 간신히 들어갈 수 있을지도 모른다는 게 입시 지도 선생님들의 냉정한 평가였던 것이다. 이강복과 몇 명의 우수한 학생을 제외하고는 특별반에 속한 학생들 대부분이 그런 수준이었다.

지금도 그렇지만 당시에는 서울대에 몇 명이나 입학시켰느냐가 그 학교가 명문고인지, 이류나 삼류인지를 구분하는 기준이었다. 그래서 3학년 여름방학이 시작될 무렵이면 학교마다 총력을 기울여 학생들에게 입시 지도를 했다. 그때쯤이면 대학에 진학할 자와 그렇지 못할 자가 확연히 갈라져 있기도 했음은 물론이다.

정수고등학교는 경기나 경복, 서울고처럼 확실한 명문고는 아니었으나 매년 서울대에 적지 않은 학생들을 들여보냈기 때문에 명문고에 준하는 평가를 받고 있었다.

아직 예비고사가 시행되기 전이라 대학 입시는 원하는 대학에 직접 원서를 내고 그 학교에서 본고사 시험을 보는 방식이었다. 한 번의 시험으로 모든 것이 결정되는 것이다. 동숭동에 있던 서울대는 모두의 꿈이자 모두가 원하는 신세계였던 건 두말할 필요도 없다.

당시는 여전히 일제의 잔재가 남아 있는 때여서 대학생들도 교복을 입었는데, 서울대 엠블럼을 붙인 교복이야말로 모든 여학생들의 동경과 선망의 대상이 되는 건 당연했다.

꼭 서울대가 아니더라도, 일제의 해군 제복 비슷한 대학교 교복을 입고 버스나 전차를 타면 부러움의 시선을 한 몸에 받기 충분했다. 돈 많은 집안의 자식이거나 어지간한 수재가 아니고서는 입어볼 수 없는 게 바로 그것이었던 것이다.

그 교복을 입을 수 있느냐 없느냐를 가리는 날이 몇 달 남지 않았기에 2학기를 코앞에 둔 3학년들에게 여름방학은 지옥이 시작되는 계절이었다.

특별반에 들어오게 된 학생들은 선택받은 자들인 것 같지만 실은 학교에서 강제로 붙잡아 앉힌 학생들이었다. 어느 정도 대학 진학의 가능성이 있어 보이는 놈이라면 담임선생님의 재량 하에 얼마든지 차출해서 집어넣을 수 있었던 것이다. 특별한 사정이 있다고 인정되지 않는 한 본인의 선택권 따위는 처음부터 없었다.

그렇게 차출되어 특별수업을 받게 된 학생들 중 반은 잘됐다며 열심히 공부했고, 다른 반 중 또 반은 못마땅하지만 시키는 대로 꼬박꼬박 나왔으며, 나머지 소수의 사람은 방학을 빼앗긴 것에 대해 불만을 갖고 징징댔다. 투덜이 강우석이야 말할 것도 없이 그 소수의 불만분자에 속해 있었고, 그들 중에서도 유난히 특별했다.

담임선생님에게 몇 번이나 빼달라고 말했다가 안 되자 대들었던 모양이다. 적당히 얻어터지고 끝났다. 그리고 며칠 뒤, 요구가 먹혀들지 않자 이번엔 행동으로 특별수업을 거부하기 시작했다. 다른 시간도 아니고 영어 시간에 대놓고 책상에 엎드려 자버린 것이다.

생활지도주임이기도 한 영어 선생님 박한식은 보통 사람이 아니었다. 몇 대를 두고 거쳐 간 학생들 사이에 박꺽정이라는 별명이 전해졌는데, 어느덧 정수고의 전설이 되어 있다시피 했다.

한번 걸리면 죽는다.

오죽하면 '청석골 임꺽정이보다 무서운 정수고 박꺽정'이라는 말이 학생들 사이에 데굴거리며 굴러다녔을까.

그 박꺽정 선생님 시간에 대놓고 자버린 강우석의 용기는 그 뒤로 정수고등학교에 전해지는 또 하나의 전설이 되었다. 물론 대가는 참혹했지만.

그놈이 대체 무슨 배짱으로 자살 행위나 다름없는 그런 짓을 했는지는 알 수 없었다.

깡다구로 버티는 위태로운 놈. 오기와 독기로 똘똘 뭉쳐 있는 문제아.

교무실에서, 생활지도부실에서, 운동장 한복판에서 몇 번 지독한 체벌을 당했지만 여전히 꿋꿋하게 버티는 그에게 드디어 선생님들이 모두 손을 들어버리고 말았다.

그래도 특별반에서 빠져나가지는 못했다. 너 하나가 문제가 아니라 다른 많은 학생들에게 영향이 간다는 담임선생님의 간곡한 말을 강우석이 타협점으로 받아들였던 것이다. 아무튼 그 일로 인해 강우석은 졸지에 전설이 되었고, 오전 시간을 때우고 나면 당당하게 땡땡이를 칠 수 있는 유일한 인간이 되었다.

그런 강우석의 목숨 건 반항을 지켜보던 박재기가 했던 말을 이강복 장로는 지금도 생생하게 기억하고 있었다.

"저놈이야말로 우리 시대의 안창호요, 이육사다. 나 이제부터 무조건 저놈 존경할 거다."

그 말에 이강복이 코웃음을 쳤다.

"지금이 독립운동 하던 때냐? 여기가 무슨 만주 벌판이야?"

박재기는 심각했다.

"만주 벌판보다 더한 데지. 우리는 모두 잔악한 일본 놈들에게 저항하는 독립투사나 다름없어. 그 선봉에 강우석 투사가 있다. 존경하지 않는 놈은 역적이야. 매국노나 한가지다."

비장하기까지 해서 이강복은 어이가 없었다.

"정말 그놈이 한 짓이 존경받을 만한 거라고 생각하냐? 그만한 가치가 있는 놈이라고 믿는 거야?"

"있고도 남지. 남자라면 저 정도 배짱은 있어야 하는 거다. 전교생이 얼추 천오백 명이 넘을 거다. 그중에 우석이 같은 놈이 또 있어?

없지?"

그랬다. 그런 놈은 또 없었다.

1960년대의 서울에는 고등학교라고 해 봐야 몇 개 되지 않았다. 학교마다 한 학급에 보통 60명, 많은 학급은 70명 가까운 학생들이 북적거릴 수밖에 없는 형편이었던 것이다. 그러니 전교생이 천오백 명이 넘으면 넘었지 부족하지 않았을 것이다. 그중에 강우석 같은 놈은 딱 하나뿐이었다. 존경해야 했을까?

어쨌든 그는 모두 땀을 흘려가면서 오만상을 쓰고 있는 오후가 되면 어김없이 책가방을 챙겨서 유유히 교실을 떠났다. 영어 시간이든 뭐든 상관없었다. 도대체 그에게 어떤 사정이 있어서 그러는 건지, 아니면 대학 진학을 포기해서인지 알 수가 없었다. 그래서 이강복과 박재기가 번갈아 물어보았지만 돌아오는 대답은 없었다.

그러던 어느 날, 학교에 나온 강우석을 본 이강복과 박재기는 깜짝 놀랐다. 그의 얼굴 꼴이 형편없었던 것이다. 얻어터진 흔적이 분명했다. 누구와 싸움이라도 했던 것일까?

뭐냐고 아무리 다그치고 윽박질러도 강우석은 끝내 입을 꾹 다물고 열지 않았다.

다음 날에도 역시 그랬고, 그 다음 날도 마찬가지였다.

"저놈 뒤를 한번 밟아보자."

"죽으려고 작정했어?"

박재기의 말에 이강복이 펄쩍 뛰었다. 땡땡이를 치자는 말이나 다름없었기 때문이다. 그러나 박재기는 강경했다.

"너는 인마, 친구가 매일 저 지경이 되어서 기어나오는데 걱정이 되지도 않냐? 대체 어떤 새끼가 우리의 강창호 열사를 저렇게 만드는 건지 나는 꼭 알아야겠다."

강우석은 어느새 강창호가 되어 있었다. 게다가 열사라니. 피식거리는 웃음이 나왔지만 이강복 또한 심각해질 수밖에 없는 건 사실이었다.

"좋아, 나 혼자 간다. 너는 본부를 사수하고 있어라."

"미친놈."

그날 그렇게 박재기는 사지로 걸어 들어가는 독립군의 심정이 되어서 비장한 얼굴을 하고 땡땡이를 쳤다.

"너는 또 왜 그러냐?"

이강복의 눈이 휘둥그레졌고, 그 앞에서 박재기는 히죽 웃기만 했다. 나란히 선 그와 강우석의 꼴은 봐주기 민망할 정도로 망가져 있었다. 온통 얻어터진 멍 자국에 입술은 부풀어 오르고 상처도 나 있어서 이강복은 그들이 학교가 아니라 병원에 있어야 하는 것 아닌가, 하는 걱정이 들기도 했다.

땡땡이의 대가로 교무실에 호출되어 갔던 박재기가 우려와 달리 히죽거리며 돌아왔다. 그의 꼴을 본 선생님이 얼마나 한심하고 불쌍하게 여겼을 것인지 짐작이 되는 일이다.

그날도 강우석을 따라가겠다는 박재기를 보면서 이강복은 이대로 있을 수 없다고 생각했다. 대체 무슨 일인지 알기라도 해야 할 것 같았다. 그렇지 않고서는 마음이 뒤숭숭해서 공부고 뭐고 제대로 될 것 같지 않았던 것이다.

그래서 이번에는 그도 땡땡이를 쳤다.

"저거!"

범인을 미행하는 형사라도 된 것처럼 조마조마한 스릴마저 느껴가며 두 골칫덩이의 뒤를 밟던 이강복이 눈을 휘둥그레 떴다.

그들이 학교를 벗어나 교문 앞의 구멍가게에서 아이스깨끼를 하나씩 사서 입에 물었을 때만 해도 수상쩍은 구석이 없었다. 그러나 적산가옥이 밀집해 있는 한여름 오후의 좁은 골목길로 걸어 들어갔을 때부터 의심이 들었다.

골목은 텅 비어 음산하기까지 했다. 정수리를 태울 것처럼 뜨거운 햇빛도 들어오지 않았고, 하루 중 제일 더울 때인지라 돌아다니는 사람도 없어서 더 그랬다. 그런데 그 골목으로 한눈에 양아치라는 것을 알 수 있는 세 놈이 불쑥 나타났다. 이강복은 숨이 턱 막혀서 담벼락에 더욱 몸을 붙여야 했다.

"어이, 또 보니 반갑다."

큼직한 덩치에 낡고 헐렁한 마(麻) 반바지 저고리를 입은 놈이 친구라도 만난 듯이 한 손을 들어 아는 체를 하더니 전봇대에 기대서서 벙긋벙긋 웃었다.

양아치답지 않게, 둥글둥글하니 순해 보이는 얼굴이었다.

"안 오면 심심해서 어쩌나, 했다."

두 명의 양아치 중 악착스럽게 보이는 한 놈이 이죽거리며 나서자, 교복 상의를 벗어 팽개친 박재기와 강우석이 다투었다. 서로 먼저 하겠다고 실랑이하는 것이다. 그러다가 와락 우석이를 밀어낸

재기가 냅다 달려들었다. 몇 번 제법이다 싶을 만큼 양아치와 치고받았지만 싸움이 어디 마음대로 되는 일이던가. 재기는 기어이 그놈의 발길질에 배를 걷어차여 나가떨어졌고, 그걸 본 강우석이 괴성을 지르며 달려들었다. 그의 깡마른 몸 어디에 그런 용맹과 무모한 적개심이 숨어 있었던 것인지, 이강복조차 깜짝 놀랐을 정도로 맹렬했다.

그러나 그는 누가 보든 주먹질이 서툴렀다. 힘에서도 박재기만 못하다. 놀림을 당하듯 이리저리 얻어터지는 걸 보며 이강복이 소리를 쳐야 하나 말아야 하나 망설일 때, 재기가 울음 같은 고함을 터뜨리며 그놈의 허리를 부둥켜안고 매달렸다. 그 틈에 우석이 몇 대 때릴 수 있었으나 그것뿐이었다. 낄낄거리며 구경하고 있던 다른 한 놈의 양아치도 달려들었던 것이다.

재기와 우석이는 얻어터지면서도 항복하지 않고 끝까지 해보자는 듯이 대들었다. 참 미련스럽기도 하고 위태로워 보이는 것이어서 이강복이 기어이 주먹을 불끈 쥐고 뛰어나갔다.

"이 비겁한 새끼들아!"

바락 악쓰는 소리에 양아치들이 움찔했고, 달려오는 그를 본 박재기와 강우석도 놀라서 멈추었다.

원래가 공부밖에 모르는 샌님이 제대로 된 싸움을 할 줄 알 리가 없다. 용기를 내서 주먹을 휘둘렀지만 이강복은 한 번도 때리지 못하고 불쌍하게 얻어터졌는데, 그가 당하는 걸 본 박재기와 강우석이 엉망진창이 된 얼굴로 악을 쓰며 달려들었다.

단단히 화가 난 양아치들이 "이것들이 아주 간덩이가 부었구나!"

하고 소리치고는 두 사람을 다시 상대하려고 하자 그때까지 전봇대에 기대서서 눈을 멀뚱거리며 구경만 하고 있던 덩치가 두 팔을 활짝 벌리고 나섰다.

"자, 자. 그만들 해라. 잘못하다가 큰 일 나겠다."

두 양아치의 허리띠를 붙들고 끌어당긴다.

그날 세 사람은 떡이 되도록 얻어터지고 주저앉아 헐떡거렸다.

"내일 또 보자, 이 양아치 새끼들아!"

낄낄거리며 돌아서는 그들을 향해 강우석이 바락 악을 썼다. 그는 과연 어떤 지독한 고문 앞에서도 결코 꺾이지 않는, 그러다가 장렬히 숨질 투사 같았다.

앞서의 두 사람과 달리, 이강복이 학교로 돌아오자 난리가 났다. 그의 꼴을 본 특별반 급우들이 앞 다투어 몰려들어 신기한 구경이라도 하듯이 바라보며 혀를 차거나 놀려댔고, 더러는 분개했던 것이다. 수업 시간이 되어 들어온 선생님도 놀랐다. 그가 땡땡이를 치고 돌아왔다는 사실은 모두 까맣게 잊고 있었다.

그날 교무회의에서 선생님들은 이마를 맞대고 무언가 근본적인 대책이 필요하다고 논의했다. 자신들이 보호의 책임을 지고 있는 학생들이 거듭 그런 꼴을 당했다는 걸 걱정하지 않을 수 없었던 것이다.

이강복은 대체 두 녀석이 왜 그렇게 매일 얻어터져가면서도 꼭 그리로 가려고 하는 건지 궁금해졌다. 그래서 재기에게 묻자 이번에는 순순히 대답해 주었는데, 아마도 그가 어제 자기들과 함께 얻어터진 동지라는 유대감이 생긴 때문이었을 것이다.

"그냥, 우석이가 꼭 그리 가야 한다던데?"

박재기의 말은 잔뜩 기대했던 이강복을 실망시키고도 남았다.

"그게 다야?"

"응."

"좋아, 그럼 우석이 그놈은 왜 꼭 그리로 가야 한대?"

"안 그러면 늦는대. 거기가 지름길이라나 뭐라나 그렇다던 걸?"

"늦어? 어딜?"

"그런 데가 있대. 어딘지는 나도 모른다. 정 궁금하면 직접 물어봐."

"그렇다면 이왕 오후 시간 땡땡이치는 거 좀 더 일찍 나가서 다른 길로 돌아가면 될 거 아냐?"

"그 속을 내가 어찌 알아? 직접 물어보라니까?"

그러더니 먼 산을 보며 의뭉을 떨다가 말했다.

"지고 싶지 않은 모양이지 뭐. 강창호 투사니까. 투사가 괜히 투사겠어? 죽을지언정 꺾이지는 않겠다. 이 정신이거든."

"웃기고 자빠졌네."

코웃음을 치고 돌아섰지만 이강복의 생각에도 그것 외에는 달리 이유가 있을 것 같지 않았다. 강우석이 고집불통이라는 건 이미 알고 있었지만 이 정도라면 이건 병 수준으로 심각한 게 아닌가, 하는 걱정이 되기도 했다. 그런 한편, 만약 대학 입학 기준이 오기와 독기였다면 그놈이야말로 서울대 아니라 하버드대라도 들어가고 남을 것이라는 엉뚱한 생각이 들어 피식거리고 웃음이 나오기도 했다.

무언가 신비하고 은밀하며 자극적일 것 같은 강우석의 비밀은 엉뚱한 곳에서 상상하지도 못했던 일로 낱낱이 드러났다. 그건 이강복과 박재기가 놀라 자빠질 만큼 대단한 일대 사건이기도 했다.

토요일이었다.
오전 수업만 있는 날인데 강우석은 아예 등교하지 않았다.
일찍 수업이 끝나고 대부분의 학생은 집으로 돌아갔지만 소수는 여전히 남아서 제 공부를 했다. 이강복도 물론 도서실로 올라가려고 했으나 그럴 수 없었다. 팔을 잡아끄는 박재기의 떼에 질렸기 때문이다.
"가자, 빵 사준다니까."
"도시락 싸왔다."
"그럼 일단 꺼내봐. 우선 같이 좀 먹자."
"젓가락도 없잖아."
"그런 건 걱정을 마라."
히히 웃은 박재기가 가방 밑바닥에서 젓가락을 꺼냈다. 옷자락에 쓱쓱 문질러 닦고 바짝 붙어 앉는다. 더러우니 물로 씻어오라고 타박을 주어도 히히 웃기만 했다.
"자식, 젓가락은 꼭 챙겨가지고 다니는구나."
빈정거리지만 그렇다고 꿈쩍할 박재기가 아니었다.
"생존의 도구 아니냐. 자, 먹자."
이강복은 할 수 없이 그와 도시락을 나누어 먹고 가방을 챙겨 일어설 수밖에 없었다.

"대체 어디를 가자고 이렇게 졸라대는 거냐? 나 대학에 떨어지면 네가 책임질래?"

"떨어지긴 인마. 대한민국에서 정수고 이강복이가 떨어지면 서울대에 붙을 놈 한 놈도 없다. 그러니까 걱정 붙들어 매."

능청을 떠는 박재기의 말이 싫지만은 않은 것이어서 이강복도 피식 웃었다.

"공부도 쉬엄쉬엄 해야 하는 거다. 안 그러면 대굴빡에 과부하가 걸려서 스파이크 일어난다. 그러면 필라멘트 끊어지고 불 나가는 거야. 일하는 사람들도 쉬어가면서 하잖아."

"하긴, 네 말이 틀린 건 아니다."

이강복도 점점 지쳐가고 있는 요즘이었다. 한 며칠 아무 것도 하지 않고 푹 쉬었으면 좋겠다는 생각을 가끔 한다.

"그런데 어디 가는 거냐?"

"일단 타."

박재기가 아직도 머뭇거리는 이강복을 자전거에 태우고 교문을 나서더니 전차와 경주라도 하듯이 신나게 페달을 밟았다. 삼각지 방향이라 더 궁금해진 이강복이 다그치자 그가 비로소 가르쳐 주었다.

"용산 미군기지."

"아니, 거기는 왜? 들어갈 수도 없잖아?"

박재기가 히히 웃었다.

"그냥 이 형님만 믿고 따라와라. 내가 누구냐? 박재기 아니냐. 미군기지고 뭐고 그냥 통과다."

"말이 되는 소리를 해라."

그러나 사실이었다.

웬일로 대한민국 속의 미국인 그곳의 문이 활짝 개방되어 있었던 것이다. 수없이 그 앞으로 지나다니며 기웃거렸지만 한 번도 들어가 본 적이 없는 터라 이강복은 신기하고 어리둥절했다.

비자라도 발급받아야 통과할 수 있을 것 같았던 그곳으로 대한민국 백성이 분명한 사람들이 아무 거리낌 없이 들어가고 있었다. 비로도 양장이나 한복을 곱게 입은 부인들이 드문드문 있었을 뿐 대부분이 젊은 청년이고 아가씨들이었다. 대학생들로 보인다.

"대체 어떻게 된 거냐?"

"저기 봐."

박재기가 가리키는 곳을 본 이강복이 비로소 고개를 끄덕였다.

"그렇구나. 이런 게 있었네? 그런데 나는 왜 여태까지 모르고 있었을까?"

"관심이 없어서 그런 거지 인마."

통문 곁에 현수막이 붙어 있었는데, 시민을 위한 로큰롤 페스티벌이라는 문구가 선명했다.

박재기가 친절하게 보충 설명을 해주었다.

"주민과의 친화 단결 차원에서 오늘 하루 개방되는 거다. 물론 일부이겠지만 그래도 그게 어디냐? 미8군에서 활약하는 전문 밴드는 물론 아마추어 밴드들도 다수 출연해서 신나게 놀아댄단다. 너 로큰롤이 뭔지는 아냐?"

"알지, 인마."

"오늘 제대로 한번 맛을 보는 거야."

당시는 엘비스 프레슬리가 세계적으로 유명세를 타고 있었다. 그 영향으로 국내에도 로큰롤이라는 음악 장르가 도입되어 젊은 층을 중심으로 확산일로에 있는 중이었다. 또한 벤처스 악단이 선풍적인 인기를 얻으면서 젊은 세대에 트위스트와 맘보의 폭우를 쏟아 부어 놓은 무렵이기도 했다. 그 영향을 받아 기타가 유행했던 탓에 고등학생만 되어도 웬만하면 기타를 다룰 줄 알았다. 이강복도 예외가 아니었던지라 공부 외에 유일한 관심사였는데, 그 로큰롤 페스티벌을 이곳에서 한다니 기분이 들뜨지 않을 수 없었다.

"이런 건 어떻게 알았냐?"

대견하다는 듯 등을 두드려 주자 박재기가 으쓱거렸다.

제5문을 통과하면 왼쪽에 레크리에이션 센터가 있고, 미국 어느 도시의 유흥가처럼 식당과 스텐드바, 나이트클럽들이 입주해 있는 위락지구가 나온다. 그 앞 도로를 막아 세운 가설무대에서 한창 페스티벌이 진행되고 있는 중이었다. 이미 적지 않은 수의 미군과 가족들 그리고 내방한 한국의 젊은이들이 서로 섞여서 즐기고 있었다. 그 광경이 별천지인 것만 같아서 이강복은 두리번거리느라고 정신이 없었다.

미군 클럽에서 활동한다는 록밴드의 연주가 끝나고 사회자가 영어와 한국말을 섞어서 다음 밴드를 소개했다. 젊은 피 운운하고, 한국에 로큰롤의 새 바람을 일으킬 전도사 운운하는 거창한 멘트를 코믹스럽게 떠들어대는 동안 무대 위로 멤버가 하나 둘 등장했다.

"어? 저거? 저거?"

이강복과 박재기가 손가락으로 그들 중 한 사람을 가리키고 입을 딱 벌렸다. 강우석이었던 것이다.

요란한 차림에 선글라스를 끼고, 까까머리를 울긋불긋한 수건으로 가렸을 망정 한 눈에 그가 강우석이라는 걸 알아볼 수 있었다. 기타의 튜닝을 하던 그도 이강복과 박재기를 보았다. 순간 당황하는 기색이 역력했다.

세 대의 일렉트릭 기타와 드럼으로 구성된 악단이었다. 빅 사이즈라는 이름이 촌스러웠지만 그런 건 머릿속에 비집고 들어올 틈도 없었다. 이강복과 박재기는 우석이가 지금 여기에, 무대 위에서 전자기타를 들고 서 있다는 것에 충격을 받아 아무 생각도 나지 않았다.

입만 딱 벌리고 있는 동안 드럼이 폭발적인 비트를 쏟아냈다. 그리고 이내 강우석이 모든 것을 잊고 그 속으로 함몰되어 갔다.

그는 리드기타를 담당하고 있었는데, 자지러지는 듯한 고음을 하늘로 날려댔다. 속주를 자랑하는 그의 기타 다루는 솜씨에 사람들이 일제히 와, 하고 함성을 터뜨리며 열광했다. 이강복과 박재기는 더욱 얼떨떨해져서 마법을 부리는 것 같은 그의 손을 넋을 잃고 바라보기만 했다.

리드와 베이스기타의 즉흥적인 퍼포먼스가 끝나고 벤쳐스의 경쾌한 트위스트 리듬이 본격적으로 쏟아져 나오기 시작했다. 장내는 온통 열광의 도가니가 되었다. 다들 자리에서 일어나 다리를 흔들고 팔을 건들거리며 트위스트를 추어댔는데, 그들 속에서 오직 두 사람만 허수아비처럼 서서 멍하니 강우석을 바라보고 있을 뿐이었다.

***

　강우석은 더 이상 까다로운 골칫덩이요 반항아가 아니었다. 그는 박재기의 숭배를 받았고, 이강복의 흠모와 부러움을 넘치도록 받는 영광스런 존재가 되었다. 그의 공연 사실을 전해 들은 급우들 모두가 다른 눈으로 바라보았음은 물론이다. 그러나 그의 본질은 여전히 투덜이였다. 질서에서 한 걸음 벗어나 삐딱하게 서 있는 거슬리는 존재. 그것에서 조금도 달라지지 않았던 것이다.
　그처럼 방학을 맞은 학교 안은 강우석이 던져준 충격으로 술렁거렸고, 세상은 지난 5월 16일의 군사 쿠데타 여파가 아직도 남아 있어서 뒤숭숭했다. 얼마 전에 국가재건최고회의 의장이자 군사혁명내각 수반을 맡고 있는 장도영 중장의 추종 세력들이 반혁명 음모 혐의로 대거 구속되는 사건이 있어서 더욱 그랬다(1961년 7월 3일).
　장도영 중장은 즉시 사표를 냈으며, 쿠데타의 주역인 박정희 소장이 최고회의 의장에, 송요찬 국방부장관이 내각 수반에 임명되었다.
　그날 뉴욕타임즈는 〈한국의 강자 표면에 나서다〉라는 제목으로 박정희 소장이 반공한국의 스트롱맨으로 전면에 등장했다는 것을 보도했으며, '너무도 적은 자원에 너무도 많은 생명들이 매달려 살아야 하는 남한의 운명은 이제 44세인 박정희 소장에게 달려있다.'고 기대 반 우려 반의 논평을 내놓았다.
　그로부터 이십여 일이 지났지만 거리에서는 여전히 군인들을 가득 태운 트럭을 쉽게 볼 수 있었고, 관공서와 중요 시설에는 무장한 군인들이 경비를 섰다. 학교 바깥의 세상은 아직 5월 쿠데타의 소용돌이 속에 들어 있었던 것이다.

그리고 정수고등학교 특별반에서도 심각하고 중대한 모의가 이루어지고 있었다.

이제 강우석이 선생님들에게 반항해가면서까지 오전 수업만 마치고 나면 땡땡이를 쳤던 이유가 밝혀졌다. 매일 멤버들과 함께 밴드 연습을 하고 있었던 것이다.

그는 숙명여대 아래 남영동 굴다리 근처에 있는 연습실의 막내였다. 그리고 그에게는 지금 대학입시보다 록의 매력이 더 컸다. 이미 〈빅 사이즈〉의 리드 기타리스트로서 당당히 무대에 설 만큼 실력도 뛰어났다.

모두는 그런 강우석이 자신들의 자유로운 영혼을 대신해주는 상징 같은 존재라고 멋대로 생각해 버렸다. 그를 도와줌으로써 특별반에 갇혀 있는 자신들의 청춘도 덩달아 자유로워지는 것처럼 들떠 있었는데, 이강복에게는 그야말로 웃기고 자빠져 있는 것 이상도 이하도 아니었다. 그러나 강우석의 일탈을 비난하고 싶은 마음은 없었다. 그것보다는 그에게 그런 재능이 있다는 것을 부러워했고, 남들보다 일찍 자기 재능을 발견하고 그것을 위해 전력을 다하는 그가 부러웠다.

여느 날과 다름없이 강우석은 점심 도시락을 까먹기 바쁘게 땡땡이를 쳤다. 텅 빈 운동장을 바쁘게 걸어 나가는 그의 뒷모습을 창가에 달라붙어서 바라보는 나머지 학생들의 얼굴에는 비장한 결의가 어렸다.

그날도 여지없이 그들을 만났다. 이제는 그놈들의 이름을 알 만큼 낯이 익었다. 수더분하게 생긴 둥글둥글한 인상의 덩치는 김명철이었다.

여전히 앞을 가로막고 시비를 걸어오는 그놈들 앞에서 강우석은 변함없이 뻣뻣했다.

"너는 대체 겁이라는 걸 모르는 놈이냐? 바보야? 포기하면 그만이잖아."

한 양아치가 이제는 지쳤으니까 그만두자는 듯이 사정조로 말했지만 강우석은 가방을 내려놓고 허리에 두 손을 얹은 채 노려보기만 했다.

언제나처럼 대여섯 발짝 떨어진 전봇대에 기대서 멀뚱히 바라보고 있던 김명철이 고개를 설레설레 흔들었다.

"이 미련한 중생아. 길이 여기 하나뿐인 것도 아닌데 다른 데로 가면 될 것 아니냐. 그게 그렇게 어려워?"

강우석이 발끈해서 소리쳤다.

"이 길이 너희들 길이냐?"

김명철이 혀를 찼고, 앞을 가로막은 둘 중 성질 고약한 양아치가 거만하게 고개를 끄덕였다.

"그렇다."

"그럼 더더욱 이 길로 다녀야겠구나."

"이거 정말 정신 나간 놈 아냐?"

그놈이 어이없다는 듯이 비웃음을 피식거리며 옆에 놈을 돌아보고 어깨를 으쓱거렸다.

벌써 한 주가 지나고 있었다. 그렇게 얻어터지면서도 이 길만을 고집하는 강우석이 이상해 보이지 않는다면 그게 이상한 일일 것이다.

히죽거리던 양아치 한 놈이 거들었다.

"그럼 통행료를 내놓던가. 그러면 무탈하게 지나갈 수 있잖아. 큰길까지 아예 호위를 해 주마. 어때, 좋지?"

"너희들 줄 돈 있으면 풀빵을 사서 지나가는 개들에게 나누어주겠다."

그놈이 더 상대하기 싫다는 듯 머리를 흔들며 물러서자 성질 고약한 양아치가 주먹을 쥐고 달려들었다. 그리고 작은 쿠데타는 바로 그때 시작되었다.

와아, 하는 함성이 들리더니 골목의 꺾어지는 곳에서 한 무리의 학생들이 달려 나왔던 것이다. 십여 명은 족히 되었다. 그 앞에 선 것은 이강복이었다.

뜻밖의 일에 양아치들은 물론 강우석도 얼떨떨해서 바라보기만 했다.

"너, 이 자식들 거기 꼼짝 말고 있어!"

이강복이 허공에 주먹을 휘두르며 소리쳤다.

"저 새끼들이 다들 뒈지고 싶어서 환장을 했나?"

양아치들이 어이없어할 때 김명철의 얼굴에는 당황하고 겁먹은 표정이 떠올랐다.

"안 되겠다. 일단 토끼자!"

그가 돌아서서 내빼자 두 양아치도 슬금슬금 뒷걸음질 치다가 냅다 달아나기 시작했다. 그러나 그들은 골목을 빠져나갈 수 없었다.
"여기도 있다!"
외침과 함께 또 한 무리의 학생들이 반대쪽에서 튀어나와 가로막고 선 것이다. 박재기가 거기 있었다.
그가 손바닥에 침을 뱉어 썩썩 문지르며 히죽 웃었다.
"오냐, 오늘이 바로 너희들 제삿날이다. 어서 오너라."
"어? 어? 저거, 저거……."
김명철과 양아치들이 주춤거리는 사이에 이강복이 그들의 뒤통수를 후려쳤다. 양아치들은 서른 명 가까이 되는 학생들에게 완전히 포위되어 꼼짝달싹하지 못했다.
"조져버려!"
악쓰는 박재기의 신호에 그들이 모두 달려들어 가리지 않고 두들겨 패기 시작했다. 아무리 덩치가 좋고 힘이 센 김명철이지만 서너 명이 달라붙어 매달리는 데에는 견딜 재주가 없었다. 다른 양아치들이야 더 말할 것도 없다. 그날은 그들이 형편없이 얻어터지는 날이었다.
이강복과 박재기, 강우석이 대장처럼 버티고 섰고, 김명철을 비롯한 양아치들은 코피를 흘리며 두 손을 싹싹 빌어댔다.
골목 안 쿠데타는 그렇게 정수고 특별반의 완벽한 승리로 끝났다.
이제는 강우석이 마음 놓고 지름길을 통해 연습실까지 가게 되었다. 급우들은 자기들이 그렇게 해 주었다는 데에 신이 나서 웃고 떠들어대며 학교로 돌아왔다. 그러나 그들을 기다리고 있는 건 개선

행진곡이 아니라 잔뜩 화가 나서 벼르고 있는 선생님들이었다. 무심코 들어왔던 담당 선생님은 텅 비어 있는 교실을 보고 얼마나 황당했을 것인가.

그날 오후 이강복을 비롯한 특별반 학생들은 수업 대신 운동장에서 단체 기합을 받았다. 그러나 학생들은 여전히 쿠데타의 승리에 도취해 괴로운 줄을 몰랐고, 사정을 알고 있는 선생님들도 맥이 빠지는 일이어서 엎드려뻗치게 한 뒤에 정신봉으로 엉덩이에 두어 대씩의 빠따를 친 것으로 끝내고 말았다.

그 사건이 있은 이후로 이강복은 수업 후 도서실에 남지 않았다. 박재기야 더 말할 것도 없다. 오후 수업이 끝나기 무섭게 그들이 자전거를 타고 찾아가는 곳은 굴다리 곁의 연습실이었다.

그곳은 숙명여대가 가까이 있는 곳이라 거리에서 가끔 두툼한 원서를 자랑삼아 안고 있는 여대생들과 마주쳤다. 그러면 박재기는 속없는 놈처럼 히죽거렸지만, 이강복은 왠지 부끄러워서 고개를 들지 못했다.

낡은 건물의 지하에 있는 연습실은 제법 넓었으나 지저분하기 짝이 없었다. 도배를 한 것처럼 방음판을 벽에 온통 붙여놓은 게 신기하다.

침침한 조명 아래 담배 연기가 안개처럼 뭉쳐서 떠 있었고, 좁은 창으로 흘러드는 한여름 오후의 나른한 햇살이 먼지의 속살을 낱낱이 드러내 주었다.

그 한 구석에 신기한 물건이 있었다. 피아노처럼 건반이 있어서 이강복이 호기심을 보이자, 밴드 〈빅 사이즈〉의 리더인 김 형이 물었다.

"그게 뭔지 아니?"

"아뇨. 피아노 같이 생기긴 했는데 피아노는 아니고…… 모르겠어요."

"신디사이저라는 거야."

처음 들어보는 소리다. 어리둥절해 있는 이강복을 보면서 김 형이 웃었다.

"아버지를 졸라서 미국에서 직수입해 온 거다. 우리나라에 이거 한 대뿐일 걸? 한번 들어볼래?"

나중에야 안 사실이지만 김 형은 고려대학교를 다닌 인재였다. 그런데 록에 빠져서 하는 일 없이 연습실에서 살았다. 그의 아버지는 외교관이라고 했다. 미국 대사관에 나가 있는 고급 관료였던 것이다. 그런데 기대하고 있던 아들이 학교마저 중퇴한 채 이러고 있으니 얼마나 속상할까, 하고 생각했지만 그건 이강복이나 박재기가 상관할 일이 아니었다.

담배를 비벼 끄고 다가온 김 형이 당겨 앉아 키를 눌렀다. 웅, 하고 울려 나오는 웅장한 소리에 주눅이 드는데, 이번에는 경쾌한 피아노 리듬이 연습실에 쨍쨍하게 울려 퍼졌다. 이강복이 반가워할 새도 없이 소리는 다시 드럼을 치는 것처럼 둔탁한 것으로 바뀌었다. 그러다가 영락없이 전자기타의 고음을 쏟아내기도 한다.

이강복은 요술상자인 모양이라고 생각했다.

어떻게 통 안에 저렇게 다양한 소리들을 감추고 있었단 말인가.

신디사이저는 1950년대에 미국의 RCA사에 의해 최초로 개발되었는데, 천공(穿孔) 테이프를 사용하는 등 실험적 요소가 많았다. 그 후 1965년경에 본격적으로 상품화되기 시작했으니 지금 이강복이 보고 있는 것은 아직 완성되지 않은 초기 모델이었다. 그러나 그것만으로도 그에게는 커다란 충격으로 다가온 새로운 개념의 악기였다.

건반을 얹은 통 안에 음원을 발생시키는 부분이 있고, 배음을 가감하는 저항기가 있으며, 음에 시간적 음량변화를 주는 부분이 있다는 게 언뜻 이해되지 않았다.

피아노는 줄이 있어서 키를 누르면 해머가 그것을 두드려 소리를 내지 않던가. 건반이 있는 악기라면 당연히 그래야 한다는 것밖에 알지 못하는 이강복에게는 요술상자로 보일 수밖에 없었다.

"피아노 칠 줄 알아?"

"예, 배웠어요."

강우석이 거들었다.

"그놈 피아노 잘 쳐요. 건반 위에서는 손가락이 기타 줄 위의 내 손가락보다 더 잘 날아다닐 걸요?"

김 형이 자리를 내주었다.

"한번 해 봐. 피아노라고 생각하고 치면 될 거야. 전자음을 최대한 줄이고 피아노 소리가 나도록 조절해 주마."

그가 시스템 단추 몇 개를 누르고 물러났다.

시험 삼아 키를 조심스럽게 눌러본 이강복이 흥미를 느끼고 당겨 앉았다. 멎었던 숨이 풀린 순간 열 손가락이 소나기 치듯 건반 위를 뛰어다녔고, 유리구슬들이 자글거리며 굴러가듯이 짱짱한 피아노 소리가 연습실을 가득 메웠다. 건반 위를 달리는 손가락의 현란하고 빠른 기교는 과연 강우석이 말한 대로였다.

속주가 끝나자 김 형이 환호하며 박수를 쳐댔다. 박재기는 홀린 듯이 바라보고 있었는데, 입마저 헤 벌린 채였다. 강우석이 씩 웃고 엄지손가락을 추켜세웠다.

"너희들 우석이처럼 여기 와서 연습해라."

김 형의 말에 박재기가 즉각 머리를 내둘렀다.

"우리 돈 없어요."

"누가 인마, 너희더러 돈 내라고 하디?"

"그럼 공짜에요?"

"자식. 너는 악기 다룰 줄 아는 거 뭐 있어?"

"그냥 기타 쬐끔요."

김 형이 웃으며 박재기를 위아래로 훑어보더니 강우석에게 말했다.

"어때 보이냐? 이 녀석에게 베이스 한번 가르쳐보지 않을래?"

"싫어요."

강우석이 즉각 입을 내밀었다.

"어째서?"

"그놈 그거 꼴통이에요."

"너희 또래로 멤버 하나 만들어보고 싶다고 하지 않았어? 졸업 공연 한번 멋지게 해보고 싶다면서?"

"쳇, 누가 시켜주기나 한대요?"

"인마, 꿈을 가졌으면 이루기 위해서 모든 걸 해야 하는 거야. 작은 꿈을 이루면 다음에는 더 큰 꿈을 이루게 되지. 세계 평화가 거창한 말만은 아니다. 바로 나와 너 사이에서부터 시작된다는 걸 알아야 해. 앞으로는 록이 우리 사이의 벽을 허물어주는 데 큰 역할을 할 거다. 그러면 세계 평화가 그만큼 가까워지겠지. 네가 록을 택했으니, 그것으로 무엇을 해야 할지 확실히 알아야 한다. 그러면 비로소 너는 네 인생의 연습실에서 졸업하게 되는 거야."

김 형의 말 속에 무언가 엄숙한 메시지가 들어 있는 것 같아서 이강복은 숙연해졌고 박재기는 눈을 빛냈다.

"저 그거 배울래요. 베이스기타."

그가 강우석에게 달려가 아련한 얼굴로 바라보며 졸라댔다.

"그러지 말고 가르쳐 줘라. 열심히 배울게. 응? 사부님."

"싫어, 인마."

우석이 매정하게 떼밀고 김 형에게 투덜댔다.

"종철이 형 있잖아요. 나보다 그 형에게 배우는 게 낫지 않겠어요?"

"하긴 그렇구나."

김 형이 빙긋 웃고 고개를 끄덕였다.

종철이는 〈빅 사이즈〉의 솜씨 좋은 베이스기타리스트였다. 뭘 제대로 배우려면 좋은 스승이 반드시 필요한 법 아니던가. 우석이보다 종철이에게서 배워야 제대로 베이스기타를 배우게 될 것이다.

그렇게 해서 이강복과 박재기는 졸지에 연습실 멤버가 되었다. 그러나 저희들만의 밴드를 구성하려면 드럼이 있어야 했다. 리드싱어는 있어도 그만 없어도 그만이지만 드럼은 꼭 필요하다.

그 문제는 며칠 뒤에 해결이 되었는데, 모두가 상상도 하지 못했던 엉뚱한 놈에 의해서였다.

"어라?"

박재기가 급히 자전거를 멈추었다.

"왜 그래?"

한눈을 팔고 있던 이강복이 그의 등에 머리를 박고 짜증스럽게 묻다가 눈을 휘둥그레 떴다. 골목 안 전봇대에 한 사람이 기대고 서 있었던 것이다. 김명철이었다.

재빨리 주변을 두리번거린 박재기가 자전거에서 내렸다. 김명철 혼자라는 것을 확인하고 부쩍 용기가 생겼는지 어깨를 우쭐거린다.

"저 새끼가 아직도 살아서 돌아다니네? 오냐, 오늘 아주 끝장을 내주마."

확실히 골목 안에는 그 혼자였다. 그래서 이강복은 의아한 생각이 들었다.

"기다려 봐라. 뭔가 좀 이상한데?"

허리를 꽉 붙들자 박재기가 신경질을 냈다.

"이상하긴 뭐가 이상해? 저 새끼가 복수를 하겠답시고 기다렸던 모양인데 우리는 두 명이다. 아니, 너는 구경만 해도 돼. 나 혼자서도 충분하니까. 박치기 한 방이면 끝난다."

"기다려 보라니까."

"기다리기는 뭘 기다려? 저런 새끼는 그냥 조지고 봐야 하는 거야."

그때 김명철이 쭈뼛거리며 다가왔다. 잔뜩 주눅이 들어서 눈치를 보았는데, 그 덩치에 그러니 더 처량해 보이기도 했다.

"뭐야? 이건 또 무슨 개수작이냐?"

박재기가 여전히 적개심을 드러내며 으르렁거렸다.

"우리한테 할 말이 있는 모양이다."

이강복이 재빨리 재기를 가로막고 바라보자 김명철이 어눌하게 말했다.

"싸우려는 거 아니다."

주눅이 들어 있어서 순박한 얼굴이 더 불쌍해 보인다.

"뭔데? 우리 시간 없으니까 간단히 말해라."

"내 이야기 좀 들어주지 않을래?"

이강복이 고개를 갸웃했고, 그의 등 뒤에서 박재기가 악을 바락 썼다.

"뭔 얘기, 새꺄! 너하고 할 말 없으니까 그냥 꺼지든지, 아니면 한 판 뜨자."

"너희들이 어디 가는지 다 안다. 무엇 하는지도 알아."

이강복이 그를 아래위로 흘겨보았다.

"뒤를 밟은 거냐? 기회가 오면 뒤통수치려고?"

김명철이 얼른 손을 내둘렀다.

"그런 거 아니고. 내 말은 그러니까 시간을 좀 내줘도 되지 않느냐, 하는 거다. 좀 늦었다고 잘리는 거 아니잖아. 잠깐이면 된다."

"왜?"

"사과하고 싶어서 그래. 그러니까 그냥 내 이야기를 좀 들어주면

제2장 추억의 시계   59

안 되겠니? 그게 그렇게 어려운 일이냐? 가자, 빵도 사 줄게."

진지했다. 무슨 일인지는 모르지만 적어도 엉뚱한 수작을 부리는 건 아니라는 믿음이 생겼다. 그래서 이강복의 마음이 움직였다.

"들어보자. 손해날 것도 없잖아?"

그 말에 박재기가 어색한 헛기침을 하고 슬그머니 주먹을 폈다. 아무래도 빵을 사 주겠다는 말 때문이었을 것이다. 틀림없다. 그래서 그들은 앞서거니 뒤서거니 골목을 나와 큰길가에 있는 빵집에 들어가 마주하고 앉았다.

도넛이며 크림빵에 곰보빵까지 잔뜩 시키고 우유도 큰 병으로 주문하고 난 박재기가 거드름을 피웠다.

"뭔데? 말해봐."

"우선 그동안 너희들을 괴롭힌 거 사과할게. 진심이다."

김명철이 꾸벅 머리까지 숙였으므로 오히려 어색해진 박재기가 헛기침을 했고, 이강복은 손을 내저었다.

"그럴 거 없다. 다 지나간 일인데 뭘. 그나저나 우리한테 할 얘기가 뭐냐? 그것부터 말하자. 그리고 네 친구들이 네가 이러는 거 알면 곤란해지지 않겠어?"

김명철이 한숨을 쉬고 고개를 흔들었다.

"다 잡혀갔다. 형님이랑 애들 모두 백차에 실려갔어. 나만 남았다."

선생님들이 신고를 했던 모양이다.

"나 외롭다."

"응?"

"뭐라고?"

불쑥 내뱉은 김명철의 말에 이강복과 박재기가 멍해져서 바라보았다.

* * *

아버지는 술쟁이였다. 노름꾼이었다. 그리고 아버지는 폭력이었다.

가난한 시골 마을에서 한 마지기가 채 되지 않는 다랑이논과 몇 뙈기의 자갈밭에 매달려 먹고 사는 일은 고달프기만 했다.

농한기가 되면 외지의 온갖 잡놈들이 두엄자리에 구더기 꾀듯이 스멀스멀 찾아들었다.

그들이 동네에서 뚝 떨어진 점방 골방에 죽치고 앉아 화투 패를 돌리고 술추렴을 할 때 아버지는 항상 거기 있었다.

두어 겹의 막을 둘러놓은 것처럼 담배 연기로 뿌옇게 가려진 골방 안에서 세상은 온통 사기와 협잡과 미움의 잔치 자리였다.

따는 날보다 잃는 날이 많았고, 따는 돈보다 잃는 돈이 훨씬 많았다.

아버지는 어설픈 노름꾼이면서, 오기만 한 보따리 지고 있는 바보 천치였다.

잃은 날은 잔뜩 술에 취해 들어와서 애꿎은 어머니를 두드려 패고, 말리는 누이를 개 걷어차듯이 했다. 그래서 어머니는 매일 죽도록 얻어맞아야 했고, 누이는 집과 하나뿐인 동생을 버리고 달아나 버렸다.

기어이 전답과 집문서가 외지에서 온 노름꾼의 손에 넘어가 버린 날, 술이 취해 들어온 아버지는 세간을 닥치는 대로 때려 부수기 시작했는데, 그걸 말리던 어머니는 다른 때보다 심하게 얻어맞았다.

며칠 뒤, 함박눈 펑펑 내리던 날 밤, 아이는 어머니의 치맛자락을 잡고 빈 들을 건넜다. 자꾸만 뒤돌아보다가 넘어지며 종종걸음으로 따라갔다. 그러다가 졸음이 밀려와 꾸벅거렸다.

그때 일을 다 기억하지는 못한다.

다섯 살 난 아이가 눈을 뜬 곳은 어디인지도 모르는 산속의 고적한 절간이었다.

대웅전 마루 위에 누더기 같은 솜옷에 쌓여 누워 있는 그를 누런 개가 꼬리치며 핥았다.

잠에 취하고, 사람의 모진 마음에 취하고, 한 많은 세상의 무정함에 취해서 쓰러져 있던 아이는 자기 곁에 아무도 없다는 걸 그때 처음으로 알았다.

늙은 스님의 기침 소리가 났다.

"누가 왔나?"

아이를 본 노스님이 "어이쿠." 하고 놀라더니 합장을 했다.

"밤새 아무도 모르게 선동이 업장을 지고 왔구나. 나무아미타불."

노스님은 아무 것도 묻지 않았다.

그날부터 아이는 절에서 살았다.

가끔 엄마 생각이 났지만 혼자서 찔끔찔끔 눈물을 흘렸을 뿐, 한 번도 엄마를 부르지 않았다. 누이의 얼굴은 벌써 잊어버렸고, 봄이 올 때쯤에는 엄마의 얼굴도 가물가물해졌다. 아이의 가슴속에 남아 있는 건 그리움이 아니라 미움이고 원망이었던 것이다. 그리고 그것보다 더 큰 외로움이 싹을 틔우고 있었다.

아이는 절의 업둥이로 한동안 지내다가 이듬해 길운(吉雲) 노스님의 상좌가 되었다.

학교는 다니지 않았다. 노스님으로부터 불경을 배웠을 뿐이다.

친구가 없었다. 절에 기거하면서 부엌일을 하고 있는 늙은 보살할미와, 말 못하는 처사할아범 그리고 세 명의 수행승들이 그나마 말벗이 되어 주는 사람의 전부였다.

부처님 오신 날이나, 절에 큰 행사가 있는 날 혹은 불사를 펴는 날이면 먼데에서 신도들이 찾아왔는데, 간혹 또래의 어린 계집애도 있었고, 사내아이도 있었다. 그러나 짓궂게 굴었을 뿐 동자승의 친구는 되지 않았다.

그래서 아이는 늘 외로웠다.

어느덧 열다섯 살이 되었다. 얼마나 많은 봄과 가을, 겨울이 지나갔는지 잊었다. 세상이 어떻게 생겼는지도.

소년이 된 상좌의 까까머리 속에는 불경에 대한 해박한 지식이 담겼고, 유학을 공부했다는 아래 마을의 노인들보다도 한학에 더 밝았다. 그것뿐이었다. 상좌에게는 여전히 친구가 없었다.

열여섯 살이 된 겨울에 스승이자 어버이였던 노스님으로부터 계율을 받고 명진(明進)이라는 법명을 얻었다. 비로소 조계종의 승적에 오른 정식 스님이 된 것이다.

밝은 길을 향해 정진하라는 뜻의 새 이름을 주고 이듬해 봄, 길운 노스님은 당신만의 밝은 길을 향해 떠났다.

노스님의 입적 소식을 들은 신도들이 구름처럼 모여들었다.

다비식을 하는 날, 아침나절에 비가 오더니 쌍무지개가 떠서 오래 사라지지 않았다.

명진 스님은 울지 않았다. 다비식이 끝날 때까지 무릎 꿇고 앉아 합장한 손을 풀지 않았을 뿐이다. 아무 말도 하지 않았고, 누가 물어도, 위로해 주어도 대꾸하지 않았다.

노스님의 사리를 채취해 봉안하는 예식이 또 한 차례 성대하게 치러졌다. 그리고 다음 날 명진 스님은 말없이 절을 떠났다.

＊ ＊ ＊

"그러니까, 운수행각 중이었던 거냐? 골목 안에서?"

박재기가 비웃었지만 명철이는 화내지 않았다. 슬픈 눈을 끔벅이며 물끄러미 바라보다가 숨죽여 말했다. 양아치 소년들과 함께 있을 때의 그가 아니었다.

"무작정 서울에 왔다. 갈 데가 없더라. 대합실에서 사흘을 뒹굴었지만 아무도 나에게 관심을 주는 사람이 없었어. 돈을 몇 푼씩 던져주고 가는 사람은 있더구나."

"아무 절에나 찾아가지 그랬어?"

"더 이상 중노릇하기 싫었다. 내게는 부처님보다 함께 웃고 즐거워해 줄 친구가 필요했어."

"그래서 고작 양아치가 되었던 거냐?"

"승복을 벗어 쓰레기통에 처 넣고 대신 버린 옷을 주워 대충 입었다. 꼴이 어땠을 것 같아?"

"거지꼴이었겠지 뭐."

"그 꼴로 무작정 걸었다. 배가 너무 고파서 더 걸을 힘도 없더라. 주저앉았지. 마포였어. 굴래방다리 앞이었다. 그리고 거기서 수태 형을 만났다. 그 형이 자기 패거리에 끼워주었지. 기뻤다. 비로소 친구가 생겼거든. 내 또래이거나 더 어린 아이들과 함께 고물상 구석에 천막을 치고 살았는데, 하나도 고달프지 않았다. 같이 먹고, 같이 자고, 뒹굴며 서로 놀리고, 때로는 투덕거리며 싸우는 일이 나에게는 극락에서 사는 것 같았으니까."

이강복의 얼굴에 슬픈 기색이 가득해졌다. 박재기도 입을 꾹 다문 채 아무 말 하지 않았다.

세 사람 사이에 한동안 침묵이 흐르고 난 뒤에 명철이 중얼거렸다. 반쯤 울음을 물고 있는 것 같은 음성이었다.

"어머니도, 누나도 끝내 찾지 못했어. 어떻게 찾아야할지도 이제는 모르겠다."

"그럼 무작정 서울에 온 이유가 그거였어? 어디 있는지 알지도 못하면서?"

이강복의 물음에 명철이 자조적인 웃음을 흘렸다.

"누나가 몇 번 말했었거든. 서울에 가서 살면 여기보다 훨씬 잘 살 수 있다고. 식모살이를 해도 여기보다 낫지 않겠느냐고 하는 말을 들은 기억이 났어. 그래서 짐작했던 거다. 어머니도 서울에 간 게 아닐까, 하고 말이야. 큰스님 돌아가시고 나니까 이 넓은 천지에 나 혼자인 것만 같아 정말 견딜 수 없더라. 그래서 나왔다. 서울에 오면 엄마든 누나든 금방 찾을 수 있을 줄만 알았으니 참 어리석었지 뭐냐."

"바보냐? 서울이 손바닥만 한 데야? 손바닥만 해도 그렇지, 얼굴도 이제는 잊어버렸다면서?"

핀잔을 주지만 박재기의 음성도 어둡게 가라앉아 있었다.

얼마나 그리웠을 것인가. 어려서부터 의지하고 살아왔던 큰스님이 돌아가시고 나서 고아가 된 것 같은 외로움을 느꼈을 것이다. 그것을 잊고 살 수만 있다면 양아치가 된들 무슨 상관일 것인가고 생각했을 명철이의 마음이 가슴에 와 닿아서, 이강복도 박재기도 그를 무시하고 미워했던 게 미안해졌다.

명철이가 눈가의 물기를 쓱 닦아내고 두 사람을 보았다.

"너희들을 괴롭힌 건 정말 미안하다. 부러워서 그랬어. 나도 교복을 입고, 너희들처럼 몰려다니며 웃고 떠들고 싶었다. 너희들 속에서 내 모습을 보는 것 같은 착각을 하곤 했지. 그러면 화가 나더라. 부러움이 너무 커서 질투가 났던 거야. 그래서 괜히 시비를 걸었을 뿐이다. 정말 미워서는 아니었어."

"시비는 그놈들이 걸었지. 너는 그냥 구경만 했잖아."

박재기의 음성에 우울한 감정이 깃들어 있었다.

"그때는 그것도 미워서 죽이고 싶었지만, 내가 심성이 그렇게까지 나쁜 놈은 아니다."

이강복은 명철이의 마음을 이해할 수 있을 것 같았다. 그가 원래 나쁜 놈은 아니었다는 걸 알고 나자 멸시했던 일이 후회가 되기도 했다. 이강복이 손을 뻗어 명철이의 어깨를 잡았다.

"우리 다 잊자. 그냥 빠르게 지나가버린 작은 에피소드 같은 거였다고 생각하자. 그러면 나중에 추억으로 남을 거야."
 그리고 잠시 머뭇거리다가 물었다.
 "그럼 이제 뭘 할 거냐? 다시 절로 돌아가진 않을 거야?"
 명철이 용기를 낸 듯 이강복의 손을 잡았다.
 "나도 너희들 친구 하면 안 될까?"
 제발, 하고 비는 마음이 와 닿는 것이어서 두 사람의 가슴속에 울컥, 하고 뜨거운 것이 치솟아 올라왔다.
 한동안 뜨거운 숨을 몰아쉬던 이강복이 벌떡 일어섰다.
 "그래, 가자. 일단 가 보자고."
 명철이의 손을 잡아끈다.

제3장

사랑은 아프다

세 사람은 거의 동시에 가슴앓이를 했다. 사랑 때문이었다.

그것은 어느 날 갑자기 찾아와 모든 그리움의 주인이 되어 군림한다.

아무리 가슴을 꼭꼭 닫아도 그것의 힘 앞에서는 빗장 없는 문이나 다름없다. 한 번의 손짓만으로 활짝 열려버리고 마는 것이다. 그러면 사랑은 오만하고 도도하게 가슴속으로 걸어 들어와 자리 잡고 앉는다. 그때부터 그는 사랑이라는 알 수 없는 감정의 충실한 종이 될 수밖에 없다. 그 사람이 던져주는 사소한 말 한 마디나 눈웃음 하나에도 기뻐하고 슬퍼하게 되는 것이다. 때로는 가슴이 터질 것 같은 행복감에 취해 몽롱해졌다가도 금방 세상의 마지막 날을 맞기라도 한 것처럼 절망하여 주저앉기도 하는 것.

그런 일이 이강복과 박재기, 강우석에게 찾아온 건 별로 이상한 일도, 놀랄 일도 아니었다. 누구에게나 찾아오는 것이니까. 그리고 제 멋대로 가버리는 것이니까.

언제나 주었다가 빼앗아가고, 잡았다가 놓아버리며, 다가올 듯 멀어지기만 하는 알 수 없는 그것.

미칠 것 같은 열망으로 온 밤을 새울 때는 차라리 행복했다. 그러나 새벽과 함께 찾아오는 공허함은, 내 손이 그녀에게 닿기에는 너무나 짧다는 자각 때문이었다. 그래서 세 사람은 요즘 매일 텅 빈 것 같은 쓸쓸한 아침을 맞았고, 그런 자기들의 동질성에 기뻐하면서 또한 강한 경쟁의식을 갖기도 했다.

그처럼 엉뚱한 상황이 된 건 연습실의 리더였던 김 형이 더 이상 미루지 못하고 군대에 가고 난 다음부터였다.

김 형 대신 한 사람이 연습실을 맡았는데, 숙명여대에 다니고 있는 누나였다.

모두는 그녀를 알고 있었다. 가끔 김 형의 밴드에서 리드기타리스트이자 싱어로 활동하는 모습을 보았던 것이다.

박명숙. 그녀가 이제는 김 형을 대신했다.

그해 남은 여름 동안 세 사람은 경쟁이라도 하듯이 연습실에 나와 그녀의 지도를 받았다.

"사랑? 그런 거 난 잘 몰라. 한 번도 해본 적이 없거든."

명철이 고개를 갸웃했다.

"그런데 누나라면서?"

"응."

외면하는 이강복의 얼굴에 수심이 더 짙어졌다.

이불을 개면서 명철이 키득거렸다.

"왜 웃어, 인마!"

"아니, 그냥."

"그런 게 어디 있어? 왜 웃었는지 말해봐."

"누나는 한 명인데 너희 셋이서 그런다는 게 너무 웃기지 않냐?"
"그런다니? 뭘? 뭘 그런단 말이냐?"
이강복이 신경질을 냈다. 트집을 잡아서 화풀이라도 할 태세다. 그러나 명철은 태평하기만 했다. 네 마음 다 알고, 그래서 다 이해한다는 것처럼.
"그 누나를 좋아한다면서?"
"그래서?"
"너희 셋이서 그렇다니 누나 입장이 참 곤란하겠다. 누구를 택할지 고민이 되지 않겠어? 그 생각을 하니까 괜히 웃음이 나잖아."
"택하기는 뭘 택해. 누나 애인은 김 형인 걸."
"그런데 왜 그 누나를 좋아해?"
"그건……"
이강복이 대답을 하지 못하고 우물쭈물했다. 그 사이에 자기 이불을 다 개켜놓은 명철이가 정색을 했다.
"쓸데없는 생각 말고 열심히 공부해라. 시험이 얼마 남지 않았잖아. 일단 서울대에 붙어놓고 봐. 그러면 뭐가 생겨도 생길 테니까."
마치 형이 되어서 타이르는 것 같다. 이강복이 뭐라고 핀잔을 주려는데 아래층에서 어머니가 불렀다.
"뭐하고들 있니? 어서 내려와 밥 먹지 않고. 강복이 너 그러다가 학교 늦겠다."
대충 이불을 걷어서 장 안에 쑤셔 넣으며 삐죽거리는 이강복에게 명철이가 말했다.
"오늘은 재기네 집에 가서 잘까보다."

"왜?"

"궁금하잖아. 재기는 또 어떤 생각을 하고 있을지. 같이 자면서 슬쩍 물어보면 죄다 말해줄 걸?"

명철이는 이강복과 박재기, 강우석의 집을 번갈아 오가면서 생활하고 있었다. 낮 동안에는 공덕동의 철물점에 나가 점원 노릇을 하는 한편, 가게 뒤에 있는 대장간에서 주물 일을 배우기도 한다.

언제나 몸에서 쇳내가 나는 그를 두고 박재기는 명철이가 아니라 '쇠철'이라며 놀렸지만, 실은 그가 자기 자리를 찾아가는 것 같아 누구보다 기뻐하고 있었다.

명철이의 사정을 들은 세 사람의 집에서도 기꺼이 받아주고 보살펴 주었기에, 명철이는 그 어느 때보다 행복한 날들을 보내는 요즈음이기도 했다.

"잘 생각해 봐라. 너에게 지금 급하고 중요한 게 어떤 것인지. 기회가 늘 오는 것 같지만 실은 그렇지 않다더라. 노스님이 그러셨어. 지금이 기회라는 것을 아는 자에게만 찾아오는 게 바로 그것이라고. 그러니 지금 어떤 게 너에게 기회인지 다시 생각해 봐. 그럼 간다. 열심히 공부해."

"쳇, 꺼져 버려. 애늙은이 같으니라고."

이강복이 한껏 눈을 흘기지만 명철이는 하하, 웃기만 했다. 자전거 페달을 씩씩하게 밟아 멀어진다.

"이따가 봐서 연습실로 구경하러 가 볼게."

골목을 꺾어지기 전 그가 한 손을 번쩍 들며 소리쳤고, 한동안 멍하니 서 있던 이강복은 한숨을 쉬고 학교로 향했다.

세 사람 모두 뻘쭘했다. 눈이 마주치면 얼른 외면하거나 딴청을 부리는 것이 평소 같지 않았다. 그들 모두 아는 것이다. 서로가 서로에게 연적(戀敵)이라는 것을.

"나 먼저 간다."

점심 도시락을 까먹고 나자, 강우석이 가방을 들고 달아나듯이 교실을 떠났다. 박재기가 슬슬 눈치를 보면서 이강복에게 다가왔다.

"저 자식 저거 다른 때보다 더 열심인 거 같지 않냐? 뭐라고 좀 해줘야 하는 것 아냐?"

"뭘?"

"방학도 끝나가고, 대입 시험 날이 코앞에 다가올 거잖아. 공부도 해야 하지 않겠어?"

"자기 일은 자기가 알아서 잘 하겠지 뭐."

강우석은 열정을 둘로 쪼개서 살고 있었다. 공부와 밴드 그 중 어느 하나에만 집중한다면 누구보다 빠르게 성취를 이룰 만한 놈인데 그렇지 못한 게 안타까울 때도 있었다. 저러다가는 공부도 밴드도 대충 하고 마는 결과가 될지도 모르기 때문이다. 하지만 이강복은 그를 붙잡고 충고해줄 용기를 낼 수 없었다.

"너나 잘해 인마! 내 일은 내가 알아서 충분히 하니까 걱정 말라고! 난 애초에 서울대 포기한 사람이거든. 대학? 못 가면 어때?"

그렇게 씩씩거리며 대들 놈이 뻔하기 때문이다.

한숨을 쉬는 이강복의 머릿속에 아침에 했던 명철이의 말이 가득 차 왕왕거렸다.

어떻게 수업이 끝났는지 모르게 끝났다. 그리고 이강복은 담임선생님에게 불려가 한바탕 훈계를 들었다. 선생님의 눈에도 그가 요즘 엄벙덤벙하고 있는 게 확연히 보였던 것이다. 이제 석 달밖에 남지 않았다. 마지막 피치를 올려야 할 때인데 그렇게 넋 놓고 있으면 되겠느냐, 부모님은 물론 선생님들 모두가 너에게 걸고 있는 기대가 크다, 그런 말들이 명철이의 말과 뒤섞이며 머릿속에 울려대는 것이어서 교문을 나서는 이강복의 얼굴이 어둡기만 했다.

"오늘 연습실에 안 갈 거냐?"

자전거를 타고 쫓아온 박재기가 채근했다.

"됐어. 내가 몸이 좀 안 좋다. 못 가겠어. 그리고 오늘 명철이가 너희 집으로 간다고 하더라. 이따가 연습실에 올지도 몰라. 그러면 데리고 가라."

"그래? 나야 좋지 뭐. 심심하지 않고."

박재기가 히히, 웃었다.

그는 외동아들이었다. 남대문에서 포목점을 운영하고 있는 부모님은 항상 밤늦게야 들어왔기 때문에, 집에 가면 늘 혼자였다. 그게 싫어서 늦도록 바깥을 배회하곤 했는데, 명철이가 오는 날이면 그러지 않았다.

"그럼 몸조리 잘하고 있어라. 내일 보자."

신나게 자전거 페달을 밟아 멀어지는 그의 뒷모습을 물끄러미 바라보고 있던 이강복이 한숨을 쉬었다.

"그래. 내가 지금 이러고 있을 때가 아니지. 명철이 말이 맞아. 언감생심 누나에게 연정을 품는다는 게 말이 돼? 정신 차리자, 이강복. 네 주제를 알고 살아야 하는 거야. 언제나."

그렇게 이강복은 자신을 되찾았다.

사랑을 포기하고 돌아서는 마음이야 어리든 늙었든 차이가 있을 것인가. 누구나 가슴 아프고, 자기 자신에게 화가 나 자학하다가 우울중에 빠져 세상의 끝에 홀로 선 것 같은 절망을 맛보게 된다. 고독의 실체와 마주하게 되는 것이다. 그리고 잊는다.

아픔이 크고 깊을수록 그때의 기억은 오래 남기 마련이다. 그래서 백발이 된 뒤에도 문득 그 사람을 떠올린다. 그러면 그 사람은 가장 좋았을 때, 그리고 마지막으로 보았을 때의 모습 그대로 여전히 기억 속에 살아서 되돌아온다.

죽음 직전에 사람은 세 가지 생각을 한다고 했다.

가장 행복했던 때와 괴로웠던 때 그리고 사랑하던 때.

이강복에게도 그녀, 박명숙이 그런 존재로 남을지는 알 수 없다. 그러나 그는 지금 독한 마음으로 사랑을 등졌고, 스스로 떠나는 자가 되어 터덜터덜 집으로 향하고 있었다.

늘 오가던 그 길이 낯설고 황량한 사막이 되어 있었다. 누군가가 반갑게 아는 체를 하고 지나갔지만, 그와 방금 무슨 말로 인사를 나누었던지 조금도 생각이 나지 않았다.

"무슨 일 있었니? 얼굴이 왜 그래? 어디 아픈 거니?"

걱정스럽게 묻는 어머니에게 뭐라고 대답했는지도 모르고 2층 자기 방으로 올라간 강복은 책상 앞에 앉아 습관처럼 책을 펼쳐놓았다. 수학 문제풀이를 하고 영어 단어를 외우지만, 머릿속은 여전히 텅 비어 있기만 했다. 자기가 지금 무엇을 하고 있는지도 모를 지경으로.

그 시간에 박재기는 연습실에서 베이스기타를 퉁기고 있었고, 강우석은 우두커니 앉아 시커먼 허공만 바라보고 있었다. 연습을 마친 김 형의 밴드 멤버 몇이 잡담을 나누다가 두 사람에게 말을 건넸지만 우석이도 재기도 심드렁하기만 했다.

그들이 고개를 갸웃거리며 나가고 나서 명철이가 불쑥 찾아왔다. 두리번거리더니 대뜸 강복이부터 찾는다.

"못 왔다. 몸이 아프대."

재기의 퉁명스런 말에 명철이가 고개를 끄덕이고 히죽 웃었다. 다 안다는 듯이.

"나도 오늘은 그냥 갈까보다. 이건 뭐, 흥이 나야 연습도 하고 그러지."

재기가 기타를 내려놓자 우석이 와락 인상을 썼다.

"그렇게 성의 없이 할 거면 때려치워 인마."

"자식은, 괜히 신경질을 내고 지랄이야. 너나 제대로 해라 이놈아. 오늘 기타 한번 제대로 잡아보지도 않았으면서."

"나는 인마, 곡을 구상하고 있는 중이다."

"지랄을 하고 있어요."

우석의 서툰 변명에 재기가 피식거리고 웃었다. 명철이는 슬그머니 드럼 앞에 앉아 이것저것 만져보고 있었다.

그가 드럼에 관심을 보이지만 박재기나 강우석은 투덕거리느라고 미처 돌아보지 못했다. 그때 연습실로 향기가 왈칵 밀려 들어왔다. 그녀가 온 것이다.

순간 두 사람이 약속이라도 한 것처럼 입을 다물고 그녀를 보았다.

"오늘은 왜 연습 안 해?"

박명숙의 짜랑짜랑한 음성에 비로소 그녀를 바라본 명철이가 멋쩍은 얼굴로 일어섰고, 그녀가 그에게 관심을 보였다.

"오늘은 새 친구가 왔구나. 누구니?"

"김명철이라고 합니다. 저놈들 친구예요."

고개를 꾸벅 숙이는 그를 본 명숙이 입을 가리고 웃었다.

"보기에는 영락없이 형 같은데 친구라니 좀 의외네?"

그러고는 우석과 재기에게 물었다.

"어쩐 일이냐? 강복이가 안 보인다?"

"몸이 좀 아프대요. 학교 끝나고 집으로 곧장 갔어요."

"그래?"

재기의 대답에 살짝 눈살을 찌푸리는 얼굴이 화사하고 아름다웠다.

숙대 근처라 오가는 길에 여대생들을 많이 볼 수밖에 없었다. 아직 앳된 소녀티가 나는 여학생들이 대부분이었는데, 그녀는 성숙한 여인의 향기를 가지고 있었다. 세련된 화장과 남다른 옷차림 때문인지도 모른다.

그녀가 다시 명철이에게 관심을 보였다.

"드럼 칠 줄 알아?"

"아뇨, 보기도 처음 보는 걸요."

얼굴마저 붉히는 명철을 우석과 재기가 째려보았다.

"어렵지 않아. 리듬만 탈 줄 알면 되거든. 배우기도 쉬워."

"쉬운 건 없을 거예요."

명철의 대꾸가 의외였던 듯 박명숙이 활짝 웃었다.

"어째서 그렇게 생각해?"
"배운다는 건 그게 뭐가 되었든 어려우니까요. 생소한 거잖아요. 그러니 익숙해지기가 어렵고, 익숙해진 다음에는 가르쳐준 사람을 뛰어넘기가 또 어렵지요. 세상 이치가 그런 것 같아요."
"어머, 이제 보니 명철이는 생각하는 게 참 깊구나."
그녀의 눈이 동그래졌다. 박재기가 쳇, 하고 혀를 찰 때 강우석은 뱁새눈을 하고 매섭게 째려보았다.

박재기로부터 명철이의 기구한 삶에 대해 듣는 동안 소리 없이 운 명숙이 아픈 가슴을 쓸며 잠긴 음성으로 말했다.
"내일 그 아이를 다시 데리고 와."
그리고 다음날 명철이를 보자마자 와락 안아주었다. 박재기와 강우석이 너무 놀라 입을 딱 벌렸고, 명철이 또한 믿을 수 없는 상황이라 어쩔 줄 모르고 쩔쩔맸다.
"내가 이제부터 누나가 되어 줄게."
그녀의 말은 그를 더욱 당황하게 했다.
"너는 혼자가 아니야. 친구들이 있고 이제는 누나도 있어."
"여기 형님도 있다."
김 형의 밴드에서 드러머로 활약하고 있는 권갑석이 성큼성큼 다가와 명철이의 어깨를 꽉 붙들었다.
"뭐든 고민이 있으면 이 형님한테 말해. 필요한 것도 다 말해라. 나는 이제부터 네 형이야."
그러고는 단호하게 말했다.

"오늘부터 드럼을 배워."

"에이, 제가 무슨……."

권갑석이 머리를 긁적이며 난처해하는 명철이를 몰아세웠다.

"네 가슴속의 슬픔과 어둠을 두드려 부숴 버려. 그것들이 가루가 되어서 흩날려 사라져 버리고 하나도 남지 않을 때까지 드럼을 두드리는 거다. 드럼에는 비트가 있고 그 앞에 앉아 있는 네가 있을 뿐 과거도 미래도 없어. 그러니 인생과 가장 가까운 게 바로 드럼이다."

"예?"

"박자는 이미 정해진 것이지. 하지만 그 속에서도 너만의 비트를 만들어낼 수 있다. 드럼 스틱을 쥔 네 손이 그렇게 하는 거야. 그러므로 드럼을 마주하고 앉은 순간 세상은 네가 두드려 만들어가는 거다. 누구도 끼어들 수 없지. 그러니 이것보다 더 인생에 가까운 게 있겠어?"

"그래도 제가 시간이 좀…… 방학이 있는 것도 아니고……."

"어허, 형님이 하라면 하는 거지 웬 말이 많아? 무조건 하는 거야."

"그래, 배워봐. 무엇과 일체감을 느껴본다는 건 중요하단다."

명숙도 권했으므로 명철이는 더 사양할 수 없었다.

그렇게 해서 그날부터 권갑석이 그의 드럼 선생이 되었다. 드러머로서 최고봉에 오르고 싶다는 꿈을 가지고 있는 권갑석의 실력은 자타가 공인하는 바였다. 그에게 드럼채로 머리통을 맞아가면서 배우기를 일주일.

"저놈은 천재야."

권갑석이 그 한마디로 명철이의 정체를 연습실 모두에게 선포했다. 박명숙이 제일 기뻐했고, 강우석과 박재기는 코웃음을 쳤으며, 말을 전해 들은 이강복은 그럼 그렇지, 하고 고개를 끄덕였다.

권갑석이 천재라면 천재인 것이다. 적어도 드럼에 있어서는 누구도 그걸 부인할 수 없었다. 그가 장담했을 만큼 리듬을 타고 받아들이며 쏟아내는 명철이의 자질은 탁월했다. 자신도 여태까지 모르고 있었던 끼가 드러나게 되었던 것이다.

드럼을 구성하는 세 개의 심벌즈와 탐, 베이스와 스네어의 차이와 역할을 이해하고, 비트를 만들어내는 데 일주일은 누구에게나 턱도 없이 짧은 기간이다. 그러나 명철이는 그것들의 쓰임을 완벽하다고 할 만큼 숙지했을 뿐 아니라, 각자의 음향을 최대한 살리며 비트에 풍부한 감정을 입혔다.

리듬을 타는 그의 감각 또한 천부적인 것이어서, 기타에 자부심을 가지고 있는 우석이조차 무색해질 지경이었다. 스틱을 쥔 손의 투박함 따위는 문제가 되지 않았다. 손목의 유연성과 탄력은 드럼을 치기 위해 만들어진 게 틀림없어 보였다. 그래서 권갑석은 신이 준 선물이라고까지 극찬을 하며 명철이를 아꼈고, 박명숙의 기쁨도 그만큼 커졌다.

2주 뒤, 명철은 정식 드러머로 인정받기 위한 통과의례를 치렀다. 모두가 연습실에 모인 날, 권갑석이 눈을 부릅뜨고 지켜보는 앞에서 스틱을 잡은 것이다.

드럼을 배우기 시작한 뒤 불과 2주 만에 솔로 연주를 한다는 건 생각할 수 없는 일이었다. 그래서 연습실 안의 사람들은 모두 의심 반 기대 반으로 고개를 갸웃거렸다. 소식을 듣고 오랜만에 찾아온 이강복만이 기대를 잔뜩 품고 바라보았을 뿐이다.

드럼 앞에 앉은 명철이가 긴장하여 마른 침을 거푸 삼키더니 드디어 스틱을 들어 올렸다. 딱딱 부딪쳐 알리고 나서 힘껏 하이햇 심벌을 내리친다.

챙, 하고 날카롭게 울리는 그것의 소리가 모두를 깜짝 놀라게 한 순간이었다.

와두두두-

드럼이 폭우처럼 강렬한 비트를 쏟아내기 시작했다.

탐을 두드려대는 스틱이 신들린 듯하고, 쿵쿵 울려대는 킥 베이스의 무거운 소리가 천둥소리처럼 모두의 가슴을 두드려댔다. 적절한 때마다 라이드와 크래쉬 심벌이 두텁고 날카로운 소리를 터뜨렸고, 왼발과 오른발이 하이햇 심벌과 킥 베이스를 밟느라 쉴 새 없이 움직였다.

경주용 자동차가 굉음을 내며 트랙 위를 달려가듯, 빠르고 강렬한 비트를 쏟아내는 드럼 소리가 모두의 넋을 빼앗으며 치달려 울려 퍼졌다.

고갯짓으로 리듬을 맞추고 두 발과 두 손을 현란하게 움직여 밟고 두드리자면 자연스럽게 춤을 추듯이 온몸을 출렁거리게 된다. 보는 것만으로도 절로 흥이 나는 들썩거림 속에서 명철은 무아지경에 빠져들어 있었다.

콰앙-

라이드 심벌의 천둥치는 소리로 연주가 끝났다.

아직도 연습실 안에는 무어라 말할 수 없이 강렬하고 시원한 소리가 가득 차서 웅웅 울렸다. 그 속에 모두의 벅찬 감동과 흥분이 소나기처럼 쏟아져 내렸다.

박수와 환호성이 범벅이 되어 드럼을 대신했다. 그 소리로 가득 찬 연습실은 놀람과 열정이 들끓는 뜨거운 용광로가 되었다.

"대단해. 정말 대단해!"

냉소적이기만 하던 강우석마저 진심으로 감탄하여 손바닥이 아프도록 박수를 쳐댔고, 이강복은 다시 연습실에 나와야겠다는 충동으로 몸을 떨었다. 멍하니 앉아 있는 명철이를 바라보는 박명숙의 눈에는 눈물마저 글썽거렸다.

"봐, 천재 맞잖아! 이놈은 천재라니까. 타고났어!"

달려간 권갑석이 명철을 끌어안고 등을 마구 두드리며 어쩔 줄 몰라 했다.

그렇게 김명철은 단번에 연습실의 모두를 압도하고 영웅이 되었다. 그때만큼은 이강복도 진심으로 그를 우러러보았던 것이다.

* * *

"너 요즘 수상해."

재기의 눈총이 명철이에게는 부담이지 않을 수 없다. 그가 담요를 걷어차 버리고 명철이의 홑이불 속으로 파고들었다.

"징그럽다, 인마."

명철이가 기겁했지만, 재기는 암컷을 덮치는 수컷처럼 거칠게 눌러댔다. 그러나 명철이의 힘이 더 셌다. 그래서 곧 두꺼비에게 달라붙었던 방아깨비가 되어, 재기는 저만치 나뒹굴고 말았다.

"이 자식이 이제는 사람도 치네?"

"갑자기 미쳤냐? 자다 말고 왜 이러는 건데?"

"네가 수상하다고 인마. 그래서 신체검사 좀 해 보려는 거다."

"뭐가 수상하다는 거냐?"

"오늘도 철물점에 명숙이 누나가 왔었다지?"

"그래."

"짜장면도 사 주고 갔다지?"

"어라? 네가 그런 건 다 어떻게 알았냐?"

"다 아는 수가 있어 인마. 너는 내 손바닥 안에 있다는 걸 알아야지."

"그래. 누나가 와서 짜장면 사 주고 갔다. 그게 어때서?"

명철이가 슬그머니 일어나 앉았고, 박재기는 나뒹굴었던 그대로 다리를 포개고 누워서 발가락을 까닥거리며 콧구멍을 후볐다.

"너, 설마 엉뚱한 상상 하는 건 아니지?"

명철이의 심각한 말에 재기가 곁눈질했다.

"뭔 상상?"

"누나는 누나다. 그걸 확실히 알아라. 너도 그렇고 우석이도 그렇고. 괜히 헛물 켜 봐야 가슴 아파지는 건 너희들뿐이야. 강복이를 봐라. 얼마나 현명하냐?"

그는 박명숙에 대한 연정을 접은 게 틀림없었다. 재기가 여전히 발가락을 까닥거리며 코웃음을 쳤다.

"자식이 끈기가 없는 거지 뭐. 사나이가 한번 칼을 뽑았으면 무 동가리라도 잘라야 하지 않겠어?"

"네 칼은 이 빠진 부엌칼인가보다. 그러나 강복이의 칼은 보검이다. 보검으로 무 동가리나 자르고 있으면 되겠냐?"

"이 자식이 정말, 형님을 어떻게 보고."

벌떡 일어난 재기가 다시 달려들었다. 둘이서 끌어안고 넘어져 뒹굴어대니 시끄럽지 않을 수가 없다. 명철이가 간지럼을 태웠는지 재기가 자지러지는 소리를 내며 다시 저만큼 떨어졌고, 방문이 왈칵 열렸다.

"뭐하는 짓들이야? 도대체 시끄러워서 잠을 잘 수가 없잖아!"

어머니다.

두 악동이 후다닥 이불을 뒤집어썼다. 서로 자리가 바뀌었지만 상관없다.

"한 번 더 시끄럽게 굴면 둘 다 밖으로 내쫓아버린다."

어머니가 으름장을 놓고 나가자 홑이불 밖으로 눈만 내놓은 둘이 낄낄거렸다.

재기가 다시 일어나 앉았다.

"나 심각하다."

"누나 때문에?"

"그래. 어쩌면 좋으냐? 누나 생각만 하면 가슴이 막 미어져. 그러면서도 막상 누나 앞에서는 한 마디도 말을 할 수 없다. 똑바로 바라볼 수도 없어. 맛있는 걸 보면 누나 얼굴이 떠오르고, 저녁노을을 봐도 누나 생각이 난다. 화장실에 혼자 앉아 있으면 나도 모르게 명숙이 누나, 하고 중얼거리게 되지 뭐냐."

"자식은, 냄새나게……."

명철이가 코를 쥐고 손을 내둘렀다. 재기는 여전히 심각하기만 했다.

"나 병 걸렸나봐. 짝사랑 병. 치료할 수 있을까?"

"그거 죽을병이라더라. 머지않아 온몸이 삐쩍 마르고, 눈이 십 리는 기어들어가면서 혓바닥이 가뭄 든 논처럼 쩍쩍 갈라질 거다. 그러면서 시들시들 죽어가는 거야. 상사병이 원래 그렇대. 쯧쯧, 안 됐다. 좋은 나이에……."

"이 자식이 정말!"

"너 색즉시공 공즉시색이라는 말을 아냐?"

명철이가 급히 하는 말에 다시 달려들던 재기가 즉각 멈추었다.

"그게 무슨 귀신 씨나락 까먹는 소리냐? 먹는 거야?"

"색불이공공불이색(色不異空空不異色) 색즉시공공즉시색(色卽是空空卽是色)."

명철이가 정좌하고 앉아 지그시 눈마저 감은 채 반야심경의 구절을 독송했는데, 장난기라고는 없었다. 그의 돌변한 모습에 재기가 어리둥절해서 자기도 정좌를 하고 마주앉았다.

"큰스님이 말해주셨다. 색이 공과 다르지 않고 공이 색과 다르지 않으며, 색이 곧 공이요 공이 곧 색이다. 라고."

"그러니까, 그게 무슨 뜻인데?"

"물질적 현상에는 실체가 없는 것이며, 실체가 없기 때문에 바로 물질적 현상이 있게 되는 것이라는 뜻이야."

노스님의 말투를 흉내 내듯이 느릿느릿 하는 말이 재기는 더욱 아리송할 뿐이었다. 바다 건너 먼 나라의 언어를 듣고 있는 것 같아서 신기하기도 했다.

"나도 그 말을 당최 이해할 수 없었다. 왜 안 그렇겠어? 고작 열두어 살 때였으니까 말이야. 지루해서 꾸벅꾸벅 졸고 앉아 있기 일쑤였지. 그래도 큰스님은 한 번도 나무라지 않으셨다. 그저 돌부처에게 말씀하시기라도 하는 것처럼 여전히 설강해 주셨어."

문득 명철의 얼굴 가득 아련한 그리움과 슬픔이 어렸다.

활짝 열려 있는 창문 안으로 흘러드는 달빛이 그를 멀어보이게 했다.

"노스님이 말씀하셨다. 중생과 부처, 번뇌와 깨달음, 색과 공을 차별적인 개념으로 이해하기보다는 대립과 차별을 넘어선 일의(一義)로 관조할 것을 가르쳐 주는 게 바로 그 구절이라고 말이다."

귀를 기울이고 잘 듣는 것 같던 재기가 코웃음을 쳤다.

"그래서 뭐가 달라지는데?"

"사물과 현상을 바라보는 투명한 마음을 갖게 되는 거지. 그러면 번뇌의 근원이 무엇인지 깨닫게 되고, 깨달으면 그것에서 자유로워질 수 있게 된다. 즉, 색의 본질을 직관하여 그것이 곧 공임을 알게 될 때 해탈하여 자유인이 될 수 있다는 거야."

"쥐약 드셨냐?"

"안 드셨다."

"그런데 알아들을 수도 없는 말을 뭘 그렇게 하염없이 중얼거리고 있어? 비 맞은 중처럼 중얼거린다는 말이 괜히 있는 게 아니었구나. 네가 지금 딱 그래."

명철이 희미하게 웃었다.

"누나 때문에 번뇌하는 네가 가엾어서 해 준 말이다. 잘 생각해

봐. 그러면 네 스스로 번뇌를 떨쳐버릴 수 있게 될 거다. 강복이가 그런 것처럼."

"그럼 강복이는 그게 무슨 말인지 죄다 알아듣고 득도했단 말이냐?"

"아니. 그 녀석한테는 굳이 이런 말을 해 줄 필요도 없었어. 지금 네 처지를 생각하고 판단하라는 한 마디에 대오각성했으니까."

"쳇, 역시 수재와 꼴통은 다르다는 건가? 그런데 그런 복잡하고 아리송한 말은 나 같은 꼴통이 아니라 수재에게 들려줘야 어울리는 것 아니냐?"

"미안하다. 그냥 자자."

명철이 벌렁 누워 홑이불을 덮어썼고, 박재기는 여전히 고개만 갸웃거리고 있었다.

그렇게 여름이 지나갔다.

시끄럽던 매미 소리가 애잔하게 들리기 시작할 무렵, 혼자인 사내들의 얼굴에 쓸쓸함이 깃들기 시작하는 때가 찾아왔다.

아침저녁으로 가을의 냄새를 맡아야 하는 그 무렵의 정서 때문일까, 네 친구의 눈동자에도 건조해진 감정의 그늘이 엷은 막처럼 덮여가고 있었다.

2학기가 되자 이강복의 얼굴을 보기 힘들어졌다. 교실에서도 그렇고 밖에서는 더욱 그랬다. 그가 학교에 나오지 않는다는 말이 아니다. 같은 교실에 있지만 그는 책상에서 고개를 드는 일이 거의 없었다. 오직 눈을 책에 딱 붙이고 있을 뿐이다. 복도에서 마주쳐도 몇 마디 형식적인 말을 나누거나 말없이 씩 웃는 것으로 대신했을 뿐이니 보지 못한 것과 다름없다.

그렇게 이강복이 제 자리를 완전히 되찾은 것에 자극이라도 받은 것처럼 박재기와 강우석도 빠르게 자기들의 자리를 찾아가고 있었다.

짝사랑의 열풍은 태풍과 같은 것인지도 모른다. 그것은 어느 날 불쑥 찾아와 무섭고 끔찍한 힘으로 세상을 온통 흔들어대지만 오래지 않아 소멸하고 만다. 짝사랑도 그와 같다. 인생의 한 계절에 소리 없이 찾아와 무서운 힘으로 우리를 흔들어대고는 어느새 사라지는 것이다.

네 친구들이 서로 서먹서먹하게 된 것도 그 열병의 후유증인지 모른다. 그러나 시간이 좀 더 지나면 극복할 것이라고 모두 믿었다. 태풍이 할퀴고 간 자리가 다시 말끔하게 정리되듯이.

"자식이, 사랑의 열병을 앓고 나더니 훌쩍 어른이 된 것 같구나?"

박재기의 놀리는 말에 강우석이 우울한 얼굴로 푸른 하늘을 올려다보았다.

"사는 게 다 그런 거지 뭐. 너는 가끔 인생이 허무해질 때가 없냐? 뒤돌아보면 후회만 긴 그림자처럼 남아서 발뒤꿈치에 매달려 있는 걸 보게 될 때가 없어?"

"없어."

"……"

"뭘 복잡하게 그런 걸 생각하며 사나? 안 그래도 대굴빡 깨질 것 같은 요즘이구만."

히죽 웃는 박재기를 물끄러미 바라보던 강우석이 한숨을 내쉬었다. 왠지 그는 시인이나 철학자가 된 것 같았다. 고독을 찾아 쿵쿵거리고 다니는 사색의 하이에나처럼.

"좋겠다."

"뭐가?"

"생각 없이 사는 게 부럽단 말이다. 아무 걱정도, 근심도 없잖아. 그냥 현재가 만족스러우면 그걸로 인생도 만족하는 거지."

"당연하지. 그게 내 삶의 지혜요 인생의 철학이니라. 커흠."

우쭐댄 재기가 어른스런 얼굴로 우석을 훑어보았다.

"과거를 가지고 고민해 봐야 주름살만 늘어날 뿐이고, 미래를 두고 걱정해 봐야 가슴만 참새가슴이 되어 콩닥거릴 뿐이다. 혈압 올라가. 그러니까 너도 내 철학을 배워라. 제자 삼아주랴?"

우석이 땅이 꺼질 듯이 한숨을 쉬었다.

"나도 그랬으면 좋겠다."

"왜, 요즘 뭔 일 있냐? 얼굴이 늘 어둡더라?"

"뭔 일은 무슨…… 그냥 가을이 다가오니까 그러는 모양이지 뭐."

"가을 타냐? 그런 일 없었잖아."

"사춘기를 벗어나기 위한 성장통인가보다."

"지랄을 해요."

피식 웃고 쿵쿵거리는 재기를 힐끔 보는 우석의 얼굴은 확실히 어두웠다. 그건 짝사랑의 끝에 남은 상처 같은 게 아니었다. 그에게는 말 못할 고민이 생긴 것이다.

"뭔데? 나한테 말을 해 봐. 친구 좋다는 게 뭐냐? 고민상담 같은 거 해주고 그러니까 좋은 거야. 부모님한테 말할 수 없는 일도 친구에게는 털어놓을 수 있는 거잖아. 그러면 마음이 훨씬 가뿐해져."

제법 어른스럽게 하는 말이 의외이지만 우석은 재기의 그 말이 옳다고 인정했다. 혼자서 끌어안고 끙끙대 봐야 나아질 일이 하나도 없는 것이다.

"나 아무래도 대학 진학 포기해야 할까보다."

"뭐? 왜?"

"그럴 일이 좀 있어."

재기가 우뚝 멈추어 섰다. 인상을 쓰며 노려본다.

"이 자식이, 지금 나를 놀리는 거냐?"

"내가 너를 왜 놀려 인마. 지금 그럴 기분도 아니다."

"그럼 뭐야? 나야 오래 전에 포기했으니까 속 편하다. 부모님도 그렇고. 하지만 너는 아니잖아. 선생님들도 그랬다. 지금부터라도 열심히 하면 전기 대학 중 한 군데는 들어갈 수 있을 거라고."

"다 소용없어."

"우리 저기 좀 앉자."

그제야 강우석의 고민이 심각하다는 걸 눈치 챈 박재기가 그를 길가 건물 계단에 주저앉혔다.

"말해봐. 갑자기 왜 그런 생각을 하게 된 거냐?"

"대학에 붙으면 뭐하냐? 등록금 낼 돈이 없는데. 그게 어디 한두 푼이야?"

"어라? 이건 또 무슨 귀신 트림하는 소리래?"

재기의 눈이 휘둥그레졌다.

"너희 집 살만하잖아. 아버지가 인쇄소 사장님이고, 무슨 신문사에 관계된 일을 하신다며 우쭐댄 게 언제야?"

"망했다."

내던지듯 불쑥 내뱉은 우석의 한 마디가 재기의 뒤통수를 사정없이 후려쳤다.

"뭔데? 대체 이게 무슨 청천벽력 같은 소리냐?"

"아버지가 민족일보 쪽 일을 하셨잖아. 다른 일 다 제쳐두고 신문 찍으셨어."

"아!"

재기가 비로소 무슨 사정인지 알겠다는 듯 머리통을 두드렸다.

민족일보는 1961년 2월 13일에 창간된 일간신문이다. 4·19의거 후 서울에서 발행되던 신문으로써, 발행인에 조용수, 편집인에 이종률이 취임하였고, 서대문구 정동에 사옥을 두고 있었다.

당시로서는 혁신적이라고 할 수 있는 '민족의 진로를 가리키는 신문, 부정부패를 고발하는 신문, 노동대중의 권익을 옹호하는 신문, 양단된 조국의 비애를 호소하는 신문'임을 내세웠던 것만 보아도 성격을 알 수 있다.

5·16 정권이 쿠데타에 비협조적, 비판적인 논지를 싣는 그 신문을 두고 볼 리가 없었다. 반공을 국시로 삼은 혁명정부는 국민들에게 자신들의 의지를 보여주기 위한 희생양이 필요했다. 그런 그들 앞에 민족일보가 있었다.

쿠데타 사흘 뒤인 5월 19일에 계엄사령부는 민족일보를 강제로 폐간하고 관련자 13명을 잡아들였으며, 8월 21일 〈특수범죄처벌에

관한 특별법〉 위반 혐의로 그들 전원을 혁명재판소에 회부하였다. 언론에 대한 최초의 탄압이 시작되었던 것이다.

그리고 그해 10월 30일, '공산당 자금으로 신문을 발행함으로써 특수반국가행위에 해당하는 활동을 하였다'는 죄목 하에 발행인 조용수(趙鏞壽)와 감사 안신규(安新奎), 논설위원 송지영(宋志英)에게 사형을, 5명에게는 5~15년의 징역형을, 나머지 5명에게는 무죄선고를 판결 확정했다.

이후 국내외 각계의 진정과 호소로 사형 언도자 3명 중 2명은 무기징역으로 감형되었으나 발행인 겸 사장인 조용수에 대해서는 그해 12월 21일 서대문 형무소에서 사형을 집행하였다. 이른바 〈민족일보사건〉이라 일컬어지는 대한민국 최초의 필화사건은 그렇게 시작되고 끝난 것이다.

"인쇄소도 망했어. 기계며 건물까지 압류당하고 얼마 전에는 아버지도 끌려가셨어. 아직 안 돌아오셨어."

"이런, 이런……."

뜻밖의 말에 박재기가 입만 딱 벌렸다. 뭐가 뭔지, 어떻게 돌아가는 건지 몰라도 그의 머릿속 가득 '위험'이라는 단어가 떠올랐다.

"어디로 끌려가셨는데? 면회라도 가봐야 할 것 아냐?"

강우석이 한숨을 쉬고 머리를 설레설레 흔들었다.

"새벽에 군인들이 들이닥쳤다. 어디로 데려간다는 말도 없었어. 어머니는 놀라서 아직까지도 누워 계신다. 집안이 풍비박산 날 지경이야. 이런데 내가 대학에 가겠다고 말이나 꺼낼 수 있겠냐?"

"아니, 민족일보사건 터진 게 언젠데 왜 이제 와서 네 아버지를…… 돈 받고 신문 찍어준 게 무슨 죄야? 그럼 돈 주고 사본 사람들도 죄다 잡아가야겠네."

우석은 대꾸하지 않았다. 거푸 한숨만 쉬는 그의 몰골이 형편없이 초라해 보이는 것이어서 재기는 가슴이 찢어지는 것처럼 아팠다. 도대체 무슨 말로 위로해 주어야 할지. 아니, 지금은 어떤 말로도 그를 위로해줄 수 없을 것 같았다.

형은 군대에 가 있고, 그 위의 누나는 부산으로 시집가 있으니 지금 우석이에게 도움을 줄 수 있는 사람은 아무도 없는 것이다.

재기는 그래서 그가 요즘 연습실에 나오는 일이 뜸했다는 걸 비로소 안 자신의 무감각함이 밉기만 했다. 명숙이 누나를 피하고 싶어서 그런다고만 생각했던 것이다. 좀생이 같은 놈이라고 속으로 흉까지 보지 않았던가.

"어디 가서 밥이라도 먹자. 배고프지 않냐?"

자책감으로 괴로워하다가 기껏 꺼낸 말이 그런 엉뚱한 것이라는 데에 자기가 깜짝 놀라 두리번거린다.

"그래, 가자."

우석이 일어나 엉덩이를 털었다.

"그렇지? 어디로 갈까? 내가 살게. 뭐 먹고 싶은지 말해라."

"그냥 명철이 보러 가자."

"그럼 그럴까?"

그 무렵 김명철은 두어 달 모은 돈으로 철물점 근저에 삭은 사글세방을 하나 얻어서 자취하고 있었다. 독립한 것이다. 돈을 아끼느라고 점심밥도 집으로 달려와 후딱 차려먹고 갈 만큼 지독한 놈이 되어 있었다.

생각대로 그의 자취방은 문도 잠겨 있지 않았다.

그는 문을 잠가두는 일이 없었다. 도둑이 들면 어쩌려고 하느냐는 편잔에 피식 웃으며 말했었다.

"나보다 궁한 도둑도 있다더냐? 그렇다면 와서 가져가도 괜찮아."

강우석은 한숨을 쉬었고, 박재기는 네가 바보인지 너그러운 건지, 세상물정에 깜깜한 푼수인지 모르겠다며 주먹을 들었다 놓았다 했었다.

그런 명철이의 자취방은 그의 말처럼 가져갈 만한 게 아무 것도 보이지 않았다. 벌써 여러 차례 와 보았지만, 그때마다 신기해서 재기가 두리번거리다가 말했다.

"사람이 이렇게도 살 수 있는 거로구나."

가재도구라고는 주워온 낮은 서랍장과 그 위에 접어 올려놓은 이불 한 채, 그리고 탁상시계 하나가 놓여 있는 앉은뱅이책상이 전부였다. 부엌을 들여다봐도 마찬가지다. 역시 주워온 찬장 한 쪽과 그릇 몇 개가 반짝거리고 있을 뿐이었다. 대체 뭘 해먹고 사는 건지 알 수가 없다.

"이것 봐라?"

찬장을 열고 기웃거리던 재기가 반색을 했다.

"고기다."

"고기?"

의외의 말인지라 우석이 부엌으로 난 작은 문을 열고 고개를 내밀었다. 재기가 찬장 안에서 꺼내 보인 것은 네 칸으로 나뉘어 있는 둥그런 찬합이었는데 계란말이와 장조림이 들어 있었다. 아직 손도 대지 않은 것이다.

"이 자식이?"

재기가 당장 인상을 썼고, 우석이도 씁쓸한 얼굴이 되어 외면했다.

서둘러 찬장 안에서 이것저것 꺼내놓는 재기의 손길이 온통 심술로 가득했다.

김치를 담은 그릇이 한 개, 콩자반과 나물무침이 고루 있었다. 역시 한 번도 손대지 않은 것들이다.

"명숙이 누나가 방금 다녀갔었나 보다."

얼른 쌀독을 열어본 재기가 "와우!" 하고 탄성을 터뜨렸다.

"쌀도 가득 채워놓았는데?"

우석을 돌아보고 볼을 부풀린다.

"죄다 먹어버리고 가자. 밥도 잔뜩 해서."

더 어두워진 얼굴을 하고 외면했던 우석이 씩씩거리고 있는 재기에게 풀죽어 말했다.

"넣어두고 들어와라. 주인도 없는 집에서 예의가 아니잖아. 우리가 밥도둑이냐?"

"예의는 얼어 죽을……."

명철이가 밖에 있는 듯이 눈을 흘기고 난 재기가 여전히 툴툴거렸다. 이제 투덜이는 우석이 아니라 그가 된 것 같았다.

"눈꼴시지도 않냐? 나는 막 질투가 나서 못 살겠다. 나도 집 나와서 자취해야 할까보다."

기어이 독에서 쌀을 푹푹 푸더니 솥에 담아 마당의 펌프가로 가져갔다. 벅벅 문질러 씻고 조리로 건져내는 솜씨가 제법이다. 자취를 해도 될 것 같아서 방에 앉아 구경하고 있던 우석이 풀썩 웃었다.
 아궁이에서 연탄 화덕을 꺼내 솥을 올려놓고 들어온 재기가 히히거렸고, 우석은 팔베개를 하고 벌렁 누워서 눈만 끔벅거렸다.

 그들이 배가 터지도록 밥을 먹고 났을 때 명철이가 돌아왔다. 그가 들어서자 마당이 환하게 밝아지는 것 같아서 우석이 눈을 끔뻑였다.
 "너희들 왔구나."
 벙긋 웃고 펌프로 물을 퍼올려 대충 씻은 명철이 방으로 들어오더니 놀라서 눈을 끔뻑였다.
 "이게 뭐냐?"
 "밥 좀 해 먹었다. 왜?"
 불룩 솟은 배를 안고 비스듬히 누워서 시비조로 던지는 재기의 말을 듣는 둥 마는 둥 비어버린 찬합을 보고 반찬통들을 본 명철이가 다시 벙긋 웃었다.
 "누나가 다녀갔었던 모양이구나."
 "맛있는 반찬을 많이 해 왔더라. 그런데 장조림이 있지 뭐냐. 아무리 땡초일망정 그래도 스님한테 고기를 먹여서야 되겠어? 그래서 나랑 우석이가 깨끗이 잡숴 줬다. 너 대신 죄를 짊어진 거니까 고맙다고 해라."
 명철이 하하 웃고 말았다.

"잘했다. 그런데 나, 중 아니거든?"

"인마, 한번 중이 되었으면 영원한 중인 거야. 머리카락이 아무리 자라도 불심을 가리지는 못해."

재기의 엉뚱한 말에 명철이 눈을 크게 떴다. 농담으로 던진 말 한 마디가 그의 가슴에 쿵, 하고 무겁게 떨어졌던 것이다.

머리카락이 아무리 자라도, 내 번뇌가 아무리 무성해져도, 삶이 아무리 층층이 쌓여도 그것들이 가리고 덮을 수 없는 건 있다. 그걸 깨달은 순간 숨을 수 있는 곳도 더 이상 없게 된다.

그 생각이 불처럼 갑자기 타오르는 것이어서 명철은 가슴이 저려 왔다.

"너 왜 그러냐? 어디 아프냐?"

창백해진 명철의 안색을 본 재기가 슬그머니 몸을 일으켰고, 우석도 걱정스럽게 바라보았다.

"이리 좀 앉아라."

그를 끌어 앉힌 재기가 빤히 들여다보더니 혀를 찼다.

"배가 고픈 모양이로구나. 잠깐만 기다려라, 내가 금방 밥 해줄게."

"아니, 아니야. 그게 아니다."

명철이가 손사래를 쳤다.

"그냥 좀 어지러워서 그랬다. 신경 쓰지 마."

"그러게 인마, 일도 좀 쉬어가면서 해야지. 철물점 일에 대장간 일에, 네가 무슨 철인이냐? 그렇게 돈 벌어서 어디다 쓰려고?"

명철이 한숨을 쉬었다. 재기의 말이 다 옳다고 여긴다.

내가 무엇을 바라고, 무엇을 찾기 위해서 이처럼 달려왔는지 모호해졌다. 아니, 내가 누구인지, 왜 여기에 있는 것인지도 알 수 없게 되었다. 혼란이 가슴을 답답하게 하며 밀려들었고, 후회가 어둠이 되어 정수리를 눌러댔다.

명철은 자기를 붙들고 있는 인연의 끈을 좀체 끊어버릴 수 없다고 생각했다. 자신의 외로움이 그것을 만들어냈으니 원망할 수도 없다.

재기를 바라보고 우석이를 보며 이왕 끊어버릴 수 없는 것이라면 그들과의 인연이 끝까지 아름답게 이어지기를 소망한다.

갑자기 밀려든 제 안의 어둠 때문에 넋 나간 사람처럼 멍해졌던 명철의 눈에 조금씩 우석의 어둠이 보이기 시작했다.

'이 녀석이 왜?'

아직 한 번도 우석이에게서 그런 어둠을 본 적이 없었다. 언제나 오기와 고집으로 똘똘 뭉쳐 있는 녀석 아니던가. 그래서 의아해졌다.

명숙이 누나 때문인가? 하는 의심이 잠깐 들기도 했으나 곧 그게 아니라고 생각했다. 만약 그렇다면 우석은 우울해진 얼굴 대신 잔뜩 심통이 난 얼굴을 하고 빚쟁이처럼 버티고 앉아 있어야 옳은 것이다. 그래서 명철은 우석이에게도 밟고 올라서야 할 높은 계단 하나가 생겼다는 것을 알았다.

누구나 그럴 때가 있다. 그러나 그 앞에서 포기하고 돌아선다면 이룰 수 있는 건 아무 것도 없다. 온 힘을 다해 밟고 올라가야만 이제까지와는 다른 또 하나의 세상을 볼 수 있게 되는 것이다.

연민의 마음으로 우석을 바라보던 명철이가 한숨을 쉬고 물었다.

"너야말로 무슨 일 있냐? 왜 그래? 너답지 않게."

대답은 재기가 대신했다.

"아버지가 잡혀가시고, 사업도 망했단다. 집안이 말 그대로 풍비박산이 났어. 하루아침에 말이다. 그래서 대학도 포기한단다."
"뭐? 아니 왜?"

* * *

일요일 아침부터 연습실에 모였다.
박명숙이 긴급 호출을 했고, 요즘 들어 더욱 얼굴 보기 힘들어진 이강복마저 무슨 일인가하여 나왔으니 명철이와 재기야 말할 것도 없다. 강우석을 제외한 모든 인원이 모인 것이다.
이마를 맞대고 무엇인가를 숙의하는 그들의 얼굴이 심각했다.
"너희들 생각은 어때?"
권갑석이 갑작스럽게 던진 말에 한쪽에 앉아 기다리고 있던 이강복 등이 깜짝 놀라 일어섰다.
"공연 해보자. 장소는 명숙이가 섭외한다니까 됐고, 너희들도 출연을 해라."
"저희가요?"
재기가 얼떨떨해서 반문했지만, 권갑석은 무시하고 할 말을 했다.
"강복이도 나와. 신디사이저를 맡아라. 처음 구경하는 기계라 사람들이 모두 신기해하고 더 좋아할 거야. 명철이가 드럼, 재기는 베이스, 우석이가 리드기타를 잡으면 되니까 빠진 게 하나도 없지."
박명숙이 얼른 거들었다.
"너희는 그저 연습만 해. 나머지는 내가 다 알아서 도와줄게."

갑작스런 결정이고, 공부에 확실히 방해가 되는 일인지라 반발할 줄 알았던 이강복이 의외로 묵묵히 고개를 끄덕였다.

"자, 자. 연습이다. 너희들 아직 정식으로 호흡을 맞춰본 적 없지? 시간이 별로 없으니까 지금부터 죽도록 해봐."

"우석이가 없는데요?"

재기의 말에 권갑석이 빙긋 웃었다.

"조금 있으면 나올 거야."

그 말에 박재기는 싱글벙글하여 당장 기타를 잡았고, 명철은 무표정하지만 심각한 얼굴로 침묵했다. 강복이 잔뜩 볼을 부풀리고 재기의 뒤통수를 냅다 후려쳤다.

"자식아, 왜 진작 말해주지 않았어? 이제 나는 친구도 아니라는 거냐?"

그는 오늘 아침에야 재기로부터 우석이가 처한 상황을 들었던 것이다. 화가 났다. 재기에게도 우석이에게도. 그런 한편 가슴이 아파서 남몰래 눈물을 찍어내기도 했다.

이제 사연을 알았으니 우석이를 돕기 위한 공연에 빠진다는 건 말이 안 된다. 그래서 강복이는 서울대고 뭐고 잠시 접어두고, 공연을 위한 데에만 내 시간을 기꺼이 헌납하겠노라고 결심했다. 우석이를 도울 수 있는 일이라면 뭔들 못할 것인가.

자존심 강한 우석이를 위해서, 모두들 그에게는 철저히 비밀로 하기로 단단히 약속했다. 적당한 장소를 빌려서 로큰롤 공연을 하고, 입장권을 팔아 수익 전부를 우석이에게 주기로 한 이상, 그때까지는 그가 눈치채지 않아야 하는 것이다. 우석이는 그런 내막을 까맣게 모르고 단지 공연 무대에 서는 게 좋아서 신나게 연주를 할 것이다.

이제 문제는 입장권을 한 장이라도 더 팔아야 한다는 것이었다. 그렇게 하기 위해서는 적지 않은 홍보비가 들어가야 하는데, 박명숙이 그 비용 일체를 부담하겠다고 나섰다. 대신 현수막 설치와 전단지 배포 등의 노동은 권갑석과 밴드 멤버들이 떠맡았다. 각 대학마다 찾아가 정문 앞에서 거리공연을 함으로써 적극적으로 알리자는 제안도 나왔다.

그들의 그런 적극성을 의아하게 생각했지만 우석은 아무 것도 눈치 채지 못했다. 공연 무대에 다시 설 수 있게 되었다는 걸 지금의 암담한 처지에 대한 위안으로 삼고 더욱 열심을 냈다. 요즘 들어 같이 놀아보기는커녕 말 붙이기도 쉽지 않은 강복이마저 꼬박꼬박 나와 함께 연습을 하니 반갑고 좋을 뿐이었다.

당시 박명숙은 일주일에 두 번 미군클럽에 나가 노래하고 있었다. 가수로서의 그녀의 명성이 미군클럽을 중심으로 빠르게 알려지기 시작해서 제법 유명세를 타기도 했는데, 그런 명숙의 영향력으로 미8군내에도 〈빅 사이즈〉의 공연 티켓이 팔려나갔다.

형들이 나간 날의 연습실은 온전히 이강복 등의 차지였다. 옥신각신한 끝에 밴드 이름도 정했다. 〈신나라 밴드〉였다.

재기가 그게 뭐냐? 촌스럽다고 시끄럽게 반대해서 다수결에 붙였는데 명철이가 천성했으므로 그렇게 결정되고 만 것이다.

재기가 따지자 명철이가 한 말은 간단명료했다.

"드럼이 원래 신나는 악기이거든. 그리고 이왕 놀 바에야 신명나게 놀아야 하지 않겠냐?"

명철이의 드럼은 날이 갈수록 박력과 기교가 무르익어갔고, 그때쯤 이강복도 신디사이저의 매력에 흠뻑 빠져서 새로운 음을 쏟아내는 데 농익어 가고 있었다. 우석이의 기타야 말할 것도 없다. 재기 또한 제법 베이스기타를 다루었다. 우쭐거리며 기타 줄을 튕기거나 잡아 뜯고 긁어대기도 하는 폼이 그럴 듯했다. 때로 과장된 동작으로 퍼포먼스를 하며 튀기도 했는데, 그러면 다들 자지러지게 웃다가 일제히 핀잔을 주었다. 껄렁거리기만 하는 줄 알았던 재기에게 의외로 타고난 쇼맨십이 있었던 것이다. 그걸 알게 된 것도 뜻밖의 소득이라면 소득이었다.

저녁이 되면 강복이 재기와 우석이를 끌고 명철의 방으로 갔다.

다 같이 먹은 저녁 밥상을 치우고 나면 명철은 일을 하기 위해 나갔다. 권갑석이 자기가 알고 있던 유흥업소에 웨이터 보조로 넣어주었던 것이다. 그곳에서 명철은 제일 바쁜 시간인 저녁 8시부터 업소가 문을 닫는 자정까지 일해 주고 통행금지 해제를 알리는 사이렌이 불면 집으로 돌아와 잠깐 눈을 붙였다. 그리고 다시 철물점으로 출근하는 생활이 피곤하련만 그는 한 번도 그런 내색을 하지 않았다. 〈신나라 밴드〉의 연습에도 더욱 적극적이라 다들 철인이라고 혀를 내둘렀다.

명철이가 야간 일을 하기 위해 떠난 방안에서는 세 친구가 상을 펴놓고 공부를 하다가 통행금지 사이렌이 불기 직전에야 각자 서둘러 집으로 돌아가는 생활이 반복되었다.

이강복이야 원래 한번 공부에 빠지면 옆에 벼락이 떨어져도 모르는 학생이었으니 상관없다. 그에게 붙잡혀 머리를 싸매고 책과 씨름

하는 강우석도 공부에 대한 틀이 어느 정도 잡혀 있던 터라 별 문제가 없었다. 그러나 박재기는 영 죽을 맛이기만 했다.

열심히 공부하는 두 친구에게 방해가 되지 않기 위해서, 밀려드는 졸음과 싸우기 위해서 안간힘을 써야 하는 건 정말 참기 힘든 일이었다. 게다가 뭐가 뭔지 도대체 한 자도 머릿속에 들어오지 않는 딱딱한 교과서며 참고서를 붙잡고 앉아 있어야 하니 더 그렇다.

"명철이가 열심히 일하고 있을 시간만큼 우리도 다른 생각 버리고 공부만 하는 거다."

그게 강복이가 밴드 공연을 함께 해 주는 대신 우석과 재기에게 제시한 조건이었다. 그가 무슨 의도로 그러는 건지 알고 있는 재기는 그것을 받아들이지 않을 수 없었다.

우석은 졸업하기 전에 꼭 자기들의 밴드로 공연을 해보고 싶다는 열망 때문에 강복이의 제안을 받아들여야 했다. 그래서 억지로 붙잡혀 공부를 하기 시작했는데, 하루 이틀 지나자 또 다른 의욕이 생겼다. 대학 진학이 물 건너간 꿈이었으나 그래도 가슴속에 남아 있는 공부에 대한 한 가닥 미련만은 버리지 못하고 있었던 것이다.

이것이 어쩌면 내 인생에서 마지막 공부가 될지도 모른다고 생각하자 수학 문제 하나를 더 풀고 영어 단어 하나를 더 외우는 일이 그 어느 때보다 소중해졌다.

모르는 것은 언제든 강복이가 최선을 다해서 가르쳐 주었으므로, 우석은 곁에 든든한 독선생을 둔 수험생이나 마찬가지였다.

재기는…….

기어이 책을 냅다 팽개치고 벌렁 누워버리는 그를, 이강복이 걷어

찼다.

"일어나, 인마! 나나 우석이한테 미안하지도 않냐?"

재기가 발버둥을 쳤다.

"나를 죽여라. 고문하지 말고 그냥 죽여. 이 지독하고 악독한 순사 놈아."

"이 자식이? 나하고 한 약속을 벌써 잊었어?"

"방해만 안 하면 되는 거지?"

"공부를 해야지."

그 말에 겨우 일어나 앉았던 박재기가 다시 벌렁 나자빠졌다.

"배 째."

강복이 씩씩댔고, 참 딱한 놈을 본다는 듯이 물끄러미 내려다보던 우석이 한숨을 쉬었다.

"그냥 포기해라. 저 꼴통이 여태까지 참고 견뎌준 것만 해도 대견하지 뭐."

그러나 이강복은 포기하지 않았다.

"약속은 약속이다. 영어 단어 하나 더 외우는 것보다 친구 사이의 약속은 꼭 지켜야 한다는 것을 아는 게 백배는 더 크고 중요해. 재기는 그걸 배워야 할 필요가 있다. 저렇게 끈기가 없고 약속에 대한 책임감이 없으면 사회에 나가서도 성공할 수 없어."

"하긴······"

강복이의 말이 구구절절히 옳은지라 우석도 더는 뭐라 할 수 없었다.

재기가 다시 슬그머니 일어나 앉았다.

"그러니까, 나한테 같이 공부하고 있으라는 건 무리한 요구라고. 더 견딜 수가 없어. 그러지 말고 좀 봐 주라. 너희들과 함께 있으면서 공부하는 걸 방해하지만 않으면 되는 것 아니냐? 어쨌든 약속은 지키는 거잖아."

이강복이 외면했고, 강우석이 그의 머리통을 쥐어박았다.

그렇게 해서 다음 날부터 두 사람이 머리를 맞대고 공부하는 시간에 박재기는 방구석에 혼자 상을 펴놓고 앉아 열심히 만화책이며 소설책을 읽어댔다. 그래도 꼬박꼬박 함께 있어주는 그의 정성이 기특해서 강복과 우석은 더 이상 구박하지도, 핀잔을 주지도 않았다.

제4장

한다면 한다

"하기만 해봐. 그랬다간 너희 모두 정학이다."
"선생님."
"글쎄 안 된다니까."
"왜 안 된다는 겁니까?"
"취미생활로 하는 건 뭐라고 하지 않아. 그런데 뭐? 학생이 유흥업소에서 돈 받고 공연을 한다고? 대체 정신이 있는 거냐? 절대 안 돼. 그건 학생의 본분에서 벗어난 짓이고, 교칙을 위반하는 일이다. 학교의 명예를 위해서도 절대로 허락할 수 없어."

생활지도주임인 박꺽정 선생님은 완강했다. 담당 과목이 영어라 미국식의 개방된 사고방식을 가지고 있어 주기를 기대했던 이강복 일행은 하늘이 무너지는 실망감을 맛보았다.

강우석이 발끈해서 대들었다.

"무대에서 로큰롤 연주 좀 하는 게 무슨 학교의 명예와 상관이 있단 말입니까? 우리가 교복 입고 공연할 것도 아니고, 술자리에서 하겠다는 것도 아닌데 말입니다."

"이 사식이?"

박꺽정 선생이 눈을 부라렸지만, 우석은 물러서려 하지 않았다.

"공연장을 구할 수 없어서 겨우 빌린 곳이 그곳일 뿐입니다. 그럼 학교 강당 좀 빌려 주시겠습니까?"

"네가 지금 반항하는 거냐?"

특별반 땡땡이 건으로 이미 한 번 크게 부딪쳤던 두 사람이다. 정수고의 살아 있는 전설인 박꺽정 선생을 꺾은 새로운 전설 강우석이 아닌가. 마주 보는 스승과 제자의 눈에서 불똥이 튀었다.

박꺽정 선생은 단단히 미운털이 박힌 강우석의 일이기에 더 반대하는 것인지도 몰랐다. 그렇지 않다고 해도 역시 유흥업소에서 청소년이, 더욱이 명문으로 발돋움하고 있는 정수고의 학생 신분으로 밴드 공연을 하겠다는 건 누가 생각해도 무리한 요구이기는 했다.

눈치만 보고 있던 박재기가 기어들어가는 소리로 말했다.

"저기요, 선생님…… 그냥 하루 저녁이면 되는데요. 학교 끝나고 하는 과외활동 같은 건데…… 그것도 아주 쬐끔요."

"넌 닥치고 있어, 인마!"

박꺽정 선생의 호통에 재기가 자라목이 되어 구석으로 물러섰다. 그래도 중얼거림을 멈추지 않는 건 자존심이 상해서였다.

"말하지 말고 그냥 할 걸 그랬나보다."

"뭐라고?"

"아니요, 아무 말도 안 했어요."

"선생님 모르게 슬쩍 하면 그냥 넘어갈 수 있을 것 같아? 나중에 발각되면 마찬가지야 인마. 더 큰 징계를 받게 돼. 퇴학조치가 내려질 수도 있다."

으름장일 것이지만 퇴학이라는 말은 강우석에게도 이강복에게도 충격적이었다. 박재기가 찔끔해서 벽에 딱 붙어 섰다.

고개를 숙이고 묵묵히 서 있는 강우석의 눈에 눈물이 맺혔다. 입술을 잘근잘근 씹고, 주먹을 불끈 쥔 것이 심상치가 않다.

그는 수많은 생각과 갈등으로 인해 흔들리고 있었다.

어차피 대학 진학도 포기했는데, 까짓것 고등학교 때려치우면 어때? 하는 충동과, 그렇게 되면 아버지가 얼마나 더 상심하실까, 어머니에게도 또 한 번의 커다란 충격을 주는 일이 될 것이라는 이성이 부딪쳐서 머릿속이 온통 시끄러웠다.

밴드 공연을 포기하면 모든 게 순조로울 것이다.

어영부영 졸업할 수 있게 되고, 새벽과 저녁으로 우유며 신문배달이라도 해서 어머니에게 적은 돈이나마 가져다 드릴 수도 있다.

남들은 중학교 졸업하기도 힘들어 하는 이 때에 고등학교 나왔으면 됐지 뭘 더 바란단 말이냐, 하는 데에까지 생각이 미치자 어깨가 축 처졌다.

'사치였어. 난 아직도 철부지였던 거야.'

그런 자책감이 들어 괴롭기도 했다.

학생 신분에 밴드라니. 남들은 먹고살기도 힘들어 정신없고, 세상이 온통 뒤숭숭한 이때, 딴따라 짓에 푹 빠져서 내가 뭐라도 되는 양 우쭐거리고 있었다는 게 한심하게 여겨지기도 했다. 지금 자신과 집안이 처한 상황을 생각하면 더욱 그렇다.

'하지만……'

우석이의 눈에서 기어이 굵은 눈물방울이 뚝, 떨어져 신발코를 적셨다.

"너희들 나가 있어."

아무 말 없이 굳은 얼굴로 서 있기만 하던 강복이 재기에게 눈짓을 했다. 결연한 얼굴이고 말투여서 재기가 어리둥절해서 바라보았다.

"우석이 데리고 잠깐 나가 있으란 말이야."

"어? 어. 알았어."

재기가 얼떨떨해서 우석이의 팔을 잡아당겼다. 뻗댈 줄 알았던 그가 고개를 푹 숙인 채 순순히 생활지도부실을 나간다.

"뭐야, 누가 나가래!"

박꺽정 선생이 험악하게 인상을 썼지만 이강복이 버티고 선 바람에 그들을 붙잡지 못했다.

"선생님."

이강복이 팔을 활짝 벌렸다.

"너, 이 자식!"

박꺽정 선생이 눈을 부라리지만 강복은 물러서지 않았다.

그의 결연한 얼굴을 본 박 선생이 찔끔했다. 마치 거사 직전의 독립 투사 같지 않은가. 도시락 폭탄을 감추고 있을지도 모른다는 엉뚱한 생각이 들었을 만큼 강복이의 얼굴은 심각하게 굳어 있었다.

"드릴 말씀이 있습니다."

"뭔데? 해 봐."

묘한 긴장이 생활지도부실에 흘렀다. 저쪽 책상에 앉아서 빙글빙글 웃으며 구경하고 있던 다른 두 명의 선생님도 정색을 하고 이강복을 바라보았다.

"우리가 단지 취미생활로 밴드를 하고 있는 것만은 아니에요 선생님. 그렇다고 직업으로 삼고 싶은 마음도 없어요. 그저 폼이나 한번 내보자고 우쭐하는 기분에 달려든 것도 아니거든요."

"그럼 뭐냐?"

"우석이가 고집이 세고 순종적이지 못해서 선생님들께 미운털이 박혔다는 거 압니다."

"꼭 그래서만은 아니야 인마. 몰라서 그래? 교칙에 위반되는 짓이라니까."

"방과 후에 모여서 밴드 연습을 하는 것도 말입니까?"

"뭐 그 정도야 학생들의 여가생활이라고 봐도 되겠지."

"그런데 공연은 안 된다는 거지요? 장소 때문에 그러시는 모양인데……"

"학생 신분으로 야간 유흥업소 공연은 누가 보든 정상적인 게 아니야."

"그럼 장소가 건전한 곳이면 공연을 해도 괜찮은 거지요?"

"돈 받고 표 판다면서?"

"수익을 낼 필요가 있거든요."

"그 자체도 용납할 수 없는 일이다. 아직 미성년인 학생이 돈 받고 밴드 공연을 한다는 게 정상이냐? 너는 올바른 사고방식을 가진 놈이니까 스스로 한번 판단해 봐라."

"선생님 말씀에 충분히 공감합니다."

강복의 얼굴이 어두워졌다. 잠시 침묵하던 그가 고개를 발딱 들고 박꺽정 선생과 눈을 마주쳤다.

"하지만 말입니다."

"뭐가 또 하지만이야? 안 된다면 안 되는 줄 알아."

이강복이 주먹으로 눈물을 훔쳐냈다.
생활지도부실은 어느덧 숙연한 침묵 속에 가라앉아 있었고, 강우석의 사정에 대해서 다 듣고 난 박꺽정 선생의 얼굴에도 침통한 기색이 떠올랐다.
그가 땅이 꺼질 듯이 한숨을 쉬고 중얼거렸는데, 어눌한 음성이었다.
"4·19 때는 학생들을 쏴 잡더니 이제는 그놈의 혁명인지 쿠데타인지가 또 생사람 여럿 잡는구나."
이강복이 잠긴 음성으로 말했다.
"우석이는 우리의 의도에 대해서 아직 아무 것도 모르고 있어요. 그저 학창 시절의 마지막을 한번 멋있게 장식해 보겠다는 생각을 갖고 있을 뿐이지요. 그놈의 집념은 지금의 자기 처지에 대한 반항이자 탈출구를 찾고 싶은 간절함 때문일 겁니다."
"……"
"그놈, 똥고집이지만 그래도 삐뚤어진 놈은 아니지 않습니까? 대학에 진학할 실력도 충분히 되고요. 조금만 부축해 주면 다시 삶의 활기와 명랑함을 찾을 수 있을 겁니다. 지금 그에게는 도움이 절실히 필요한 때인데, 친구들이 또 학교가 그를 도와주지 않으면 누가 도와주겠어요?"
다시 무거운 침묵이 흘렀다.
"박 선생님."
저쪽에서 김 선생이 박꺽정 선생을 불렀다.

"강복이 말에 일리가 있네요. 참작해 주면 어떻겠습니까?"
"단지 공연을 위한 거라면 크게 문제 될 것도 없지 않을까요?"
이 선생마저 거든다.
잠시 생각하던 박꺽정 선생이 머리를 가로저었다.
"그래도 안 돼. 사정은 잘 알겠지만 교칙은 교칙이다. 그걸 무시하면 너희들은 인마 쿠데타를 일으키는 거나 마찬가지야. 난 그게 아주 싫다. 쿠데타가 싫어. 학교가 꼭 대학 입시에 필요한 공부를 가르치고 배우는 곳만은 아니거든. 준법정신과 올바른 사고방식을 배우고 익혀서 바르게 살아갈 수련을 하는 훈련장이기도 하다. 그러니 학교에서 원리원칙이 무너지면 어떻게 되겠어?"
여전히 안 된다고 하지만 어투에 조금 전과 같은 강경함이나 노여움은 없었다.
이강복은 박꺽정 선생님의 말도 옳다는 것을 인정하지 않을 수 없었다. 자기가 할 말은 다 했고, 선생님의 견해도 충분히 들었으니 이제는 두 가지 중 하나를 결정할 수밖에 없었다.
이대로 공연을 포기하느냐, 교칙을 위반하고 징계를 감수하면서라도 공연을 강행할 것이냐, 하는 결정을 내리기는 참으로 어려웠다. 혼자서 할 수 있는 것도 아니다.
생활지도부실을 나오는 이강복의 어깨가 무거웠다. 복도에서 기다리고 있던 재기가 얼른 달려왔다.
"어떻게 됐어?"
강복이의 어두운 얼굴을 보더니 낙심해서 어깨를 늘어뜨린다.
"안 됐구나."

재기의 어깨를 두드려준 이강복이 벽에 붙어서 우두커니 서 있는 우석이에게 다가갔다.

할 말이 없다. 그래서 두 사람은 마주섰지만 눈을 부딪치지 못한 채 허공만 바라보았다. 재기가 다가와 "빌어먹을." 하고 낮은 소리로 투덜거렸다.

"나 학교 그만 둘까봐."

갑작스런 강우석의 말에 강복과 재기가 깜짝 놀라 굳어버렸다. 우석이 슬픈 얼굴로 말했다.

"살아가는데 꼭 고등학교 졸업장이 필요한 것도 아니잖아? 대학이라면 모를까."

"너 이 자식!"

이강복이 와락 우석이의 멱살을 잡았다.

"그따위 말이 어디 있어? 이제 몇 달만 지나면 졸업인데 그만두겠다고? 그걸 지금 말이라고 하는 거냐?"

"그렇잖아."

우석이 물끄러미 강복을 바라보았다.

"몇 달 더 배운다고 달라질 것도 없고, 몇 달 일찍 그만둔다고 나 빠질 것도 없잖아. 졸업장 따위 없으면 어때. 그냥 인쇄한 종이쪽일 뿐 그게 나를 보증해 주는 보증서 같은 것도 아닌데 말이야."

"우석아!"

재기가 크게 부르고 와락 달려들어 그를 끌어안았다. 우왕, 하고 울음을 터뜨린다.

강복은 주춤 물러났고, 우석이는 뻣뻣하게 굳은 채 멍한 얼굴로

서 있기만 했다. 그에게 매달리듯 끌어안은 재기의 울음소리가 꺽, 꺽, 하고 복도에 울렸다.

그 소리를 들은 것일까, 생활지도부실에서 김 선생이 나왔다.
"누가 이렇게 울어?"
꾸짖는 듯 말하지만 눈은 웃고 있었다.
다가온 김 선생이 재기의 뒤통수를 쳤다.
"사내자식이 뭔 눈물이 그렇게 흔해? 비켜봐 인마."
외면하는 우석이를 빤히 바라보다가 빙긋 웃는다.
"네가 그렇게 기타를 잘 쳐? 리드기타를 할 만큼?"
우석이 힐끔 김 선생을 바라보고 다시 외면했다.
"아직 결정된 건 아니야. 조금 더 기다려 봐. 선생님들이 상의해 볼 테니까."
"정말입니까?"
강복이 반갑게 소리쳤고, 우석도 김 선생을 바라보았다. 울음을 뚝 그친 재기가 "선생님."하고 달려들더니 이번에는 김 선생을 와락 끌어안고 매달렸다.
"뭐, 뭐야? 이거 못 놔? 이 자식이 왜 이래?"

텅 빈 교정을 터덜터덜 걸어 나오는 세 사람의 표정은 제각각이었다. 침통한 강우석과, 불안한 이강복과 달리 박재기는 싱글벙글했다.
"그것 봐. 파랑새는 있다니까."
"무슨 파랑새?"
강복이 핀잔을 주듯 묻지만 재기는 의기양양했다.

"희망을 가져다주는 파랑새 모르냐?"

"자식은. 아직 결정된 거 아니잖아. 어떻게 될지 몰라."

"일단 선생님들이 교무회의를 하겠다고 했으면 거의 결정된 거다. 긍정적인 쪽으로."

"어떻게 알아? 징계를 결정할 때도 교무회의 한다."

"무식한 놈."

박재기가 눈을 흘기고 우쭐댔다.

"그건 인마 징계위원회에서 하는 거다. 선생님이 그 말은 안 했잖아. 그러니까 긍정적인 거지."

"그랬으면 좋겠다."

한숨을 쉰 강복이 힐끔 우석이를 바라보았다.

공연 티켓은 예상보다 훨씬 좋은 판매 실적을 보이고 있었다.

당시는 '원' 단위의 화폐로 개혁되기 직전으로서, 우동 한 그릇에 40환(圜)이던 시절이었다. 그 때에 예매된 티켓 값만 3만 환 가까이 되었으니 '대박'이었다. 공연장에서 판매될 입장권까지 예상하면 4만 환이 넘을지도 모른다며 다들 흥분했다.

미8군 가수로서의 명숙의 영향력이 컸다는 것을 누구도 부정하지 않았다. 간간이 라디오 방송 전파를 탄 그녀의 노래가 대중들에게 알려지면서 팬들이 생겨나던 무렵이었으니 더욱 그렇다.

공연 날짜를 닷새 앞두고 홍보에 마지막 피치를 올렸는데, 총천연색으로 포스터까지 만들어 거리 곳곳에 붙이고 현수막도 걸었다. 명숙의 얼굴이 전면에 크게 나오고, 그 뒤에 배경으로 〈빅 사이즈〉

의 연주 사진을 깐 것도 좋았다.

　아직 록 밴드의 공연 모습에는 낯설었지만 젊은 층이라면 거의 로큰롤을 알고 있었다. 트위스트의 열풍이 불기도 했고, 미국 노래나 가수들의 이름을 알지 못하면 문화에 뒤처진 촌닭 취급을 받는 풍조가 대학가를 중심으로 확산되기도 했다. 그런 때에 순수 국산 록 밴드가 유명세를 타기 시작한 가수를 내세우고 대형 나이트클럽에서 로큰롤 공연을 한다니 젊은 사람들의 관심이 커질 수밖에 없었다. 문화적인 충격을 주는 일이기도 했던 것이다.

　"아무래도 저희는 안 될 것 같아요."
　이강복의 풀죽은 말에 박명숙이 깜짝 놀랐다.
　"아니, 왜?"
　"교칙을 위반하는 일이라고 학교에서 허락을 해 주지 않네요."
　"그런 걸 뭘 말했어? 그냥 했으면 아무도 몰랐을 텐데."
　"어디 그런가요? 한두 사람 앞에서 하는 것도 아니고…… 반드시 들통이 나고 말텐데 그러면 처벌 수위가 더 높아진데요."
　"얼마나?"
　"퇴학처분이 내려질 수도 있다고 그러던 걸요."
　"어머, 어머. 그건 안 되지."
　명숙이 심각해져서 인상을 썼다.
　이강복은 풀이 죽어 고개를 숙였고, 우석이는 저쪽에 있는 재기를 쩌려보고 있었다. 그가 빅 사이즈 멤버 형들과 시시덕거리는 게 못마땅했던 것이다.
　명숙은 무언가를 생각하느라고 멍하니 허공만 바라보고 있었다.

이제 닷새밖에 남지 않았다. 강복이 팀을 빼고 빅 사이즈만 공연을 해도 그만이었다. 하지만 그러면 잔뜩 기대하고 있는 우석이는 낙심할 것이고, 그에게 자신감과 의욕을 불어넣어 주자는 취지가 무색해질 것 아닌가. 상심으로 가라앉아 있는 그의 등을 떠밀어 대학에 들어가도록 해 줘도 의미가 반감되는 것이다. 저렇게 좋아하고 잔뜩 들떠 있는 재기와 명철이에게도 실망을 주고 싶지 않다.

박명숙은 자기가 나설 수밖에 없다고 생각했다. 그들을 사랑스런 동생들로 받아들인 이상 어떻게든 이 난관을 해결해 주어야 한다고 결심한 명숙이 심각하게 말했다.

"내가 너희 학교 교장선생님을 만나보겠어."

그녀의 말에 강복과 우석이 "예?" 하고 눈을 휘둥그레 떴고, 저쪽에서 시시덕거리던 재기도 얼떨떨해서 돌아보았다.

"교장선생님은 아무나 뵐 수 있는 분이 아닌데요? 학부모도 만나기 어려워요. 기껏 주임선생님이나 교감선생님 면담을 할 뿐이지."

우석의 말에 박명숙이 환하게 웃었다.

"내가 알아서 할 테니까 너희들은 연습이나 신경 써."

다음 날, 정수고등학교에서는 생활지도부 선생님들과 각 학년의 주임선생님들이 둘러앉아 이강복 등의 문제를 놓고 회의를 하고 있었다. 눈감아 주자는 쪽과 그럴 수 없다는 쪽의 의견이 딱 반으로 갈려서 갑론을박할 뿐 결론을 내지 못했다. 그러므로 아직 교장선생님에게는 보고가 올라가지 않은 상태였다.

그때 교장선생님은 비서 겸 행정 사무를 보는 여직원의 엉뚱한 말에 읽고 있던 신문 너머로 그녀를 바라보았다.

"어떤 여자가 교장선생님과 통화하고 싶다는데 어떻게 할까요? 가수랍니다."

"가수? 내가 아는 가수는 없는데 누구지?"

"박명숙이라고 하는데요?"

"박명숙?"

신문을 내려놓고 고개를 갸웃거리는 교장선생님의 얼굴에 당혹감이 어렸다.

박명숙이 누구인지는 알고 있었다. 라디오에서 흘러나오는 그녀의 노래를 즐겨 듣기도 한다. 그러나 한 번도 본 일이 없고, 연관된 일은 더더욱 없는데 갑자기 그녀에게서 전화가 걸려왔다니 의아하면서 궁금하기도 했다.

"바꿔봐."

이내 전화벨이 울렸고, 헛기침을 해서 목청을 가다듬은 교장선생님이 그래도 긴장이 되는지 넥타이를 한 번 만져보고 나서야 수화기를 들었다.

"네, 교장 이필교입니다."

수화기 저쪽에서 쟁쟁 울리는 명랑한 음성이 왈칵 쏟아져 나왔다. 머릿속을 상쾌하게 하는 음성이었다.

"아, 네, 박명숙 씨. 그럼요, 알지요. 박명숙 씨의 노래 팬이랍니다. 으허허허."

수화기를 바꿔 쥐고 네, 네, 하던 교장선생님의 입이 벌어졌다.

"아, 그래요? 내일 저를 만나보고 싶단 말이지요? 아니, 안 된다는 게 아니라 좀 얼떨떨해서요. 아, 예. 무슨 상의인지는 모르지만 그렇게 하지요. 음……."

잠시 일정표를 점검하고 난 교장선생님이 크게 고개를 끄덕였다.

"내일은 오후 4시 무렵에 시간이 비는군요. 예, 예. 그러세요. 그럼 그때 보죠. 예, 예."

수화기를 내려놓고 나서 여전히 알 수 없다는 얼굴로 고개를 갸웃거리지만 얼굴에는 흐뭇하고 밝은 웃음이 번지고 있었다.

다음 날, 명숙이 정수고등학교 교정에 나타났다.

평소의 털털하던 그녀답지 않게 그날은 화사하고 요염한 차림이었다. 그녀가 하늘거리는 치마를 입을 수도 있다는 걸 사람들은 믿지 않으려 할 것이다. 화장까지 하고 나타난 그녀의 모습은 운동장에서 체육 시간을 보내고 있던 학생들은 물론 선생님의 눈길마저 붙들어 놓았다.

매끈한 종아리를 드러낸 채 힐을 신고 흰 장갑에 선글라스마저 쓴 그녀가 또각또각 걸어 들어오는 걸 보기 위해 창가에 학생들이 다닥다닥 붙었다. 휘파람 소리도 들려왔다.

종로며 명동에서도 그만큼 세련되고 요염하기까지 한 아름다움을 뽐내는 아가씨를 보기란 여간해서 힘든 시절이었다. 아가씨들은 대게 수수한 검정 치마에 흰 저고리 차림이거나, 통이 넓은 카키색 바지에 허름한 모직 스웨터나 남방이 고작이던 때 아닌가.

수업 중이던 교실의 선생님들마저 무슨 일인가 하여 창밖을 내려다보다가 놀라서 명숙의 모습을 눈으로 좇았다.

제4장 한다면 한다   121

지금 이 시간에 정수고등학교에 여자라고는 그녀 한 사람뿐인 것 같았다. 온통 남자들만 있는 세상에 단 한 사람의 이브가 되어서 명숙이 당당하게 본관 건물로 들어섰다. 곧장 2층의 교장실로 향한다.

교장선생님이라고 긴장하지 않을 수 없었다.

평소 근엄하고 고지식하달 만큼 원리원칙을 따지던 그 또한 명숙의 방문에 적잖게 당황하여 눈 둘 곳을 찾지 못하고 쩔쩔맸다.

차를 가져온 여직원이 민망할 지경으로 힐끔거렸지만, 명숙은 조금도 어색해 하거나 당황하지 않았다. 무대 위에서 수많은 사람들의 시선에 단련될 대로 단련된 그녀가 아닌가. 간혹 맞닥뜨리게 되는 미군들의 염치없는 희롱 앞에서도 당황하지 않고 여유 있게 상대할 수 있을 만큼 노숙해져 있는 것이다. 그러니 나이 많은 교장선생님이 오히려 사춘기 학생처럼 손발을 허둥거렸다.

"그래, 무슨 일로 이처럼 갑자기 나를 보자고 하셨는지요?"

뜨거운 차를 한 모금 마시고 나서 헛기침을 한 교장선생님이 애써 근엄한 얼굴을 하고 물었다. 명숙이 배시시 웃었다.

"이강복과 강우석 그리고 박재기의 일을 들으셨는지요?"

"예? 그 학생들이 혹시 무슨 잘못이라도……"

교장선생님이 긴장해서 눈을 깜빡였다. 이강복은 학교에서 잔뜩 기대하고 있는 우등생이라는 걸 잘 알고 있었다. 강우석이라는 녀석도 몇 번 주임선생님으로부터 사고뭉치라는 보고를 받은 적이 있어서 이름은 안다. 박재기는 잘 모르지만.

"아니, 아무 잘못도 하시 않았어요. 아직 그 학생들에 대한 일을 듣지 못하신 모양이군요."

"무슨 말을 하시려는 건지 영 모르겠습니다만……."
"실은 그 학생들이 징계를 받을 위기에 처했답니다."
"그래요? 아니, 무엇 때문에?"

그런 일이 있었다면 벌써 주임선생님을 통해 보고가 올라왔어야 하는데 아무 것도 모르고 있었으니 그것 때문에 또 당황하게 된다. 그래서 이필교 교장선생님은 어색한 웃음을 흘리며 명숙의 눈치를 보기 바빴다.

"실은 그 아이들이 록 밴드 공연을 계획하고 있거든요."
"록 밴드라니요?"
"방과 후 취미활동으로 밴드를 구성해 연습을 해왔는데 실력이 여간 좋은 게 아니에요. 그래서 이번에 제가 저희 밴드와 함께 대중공연을 하는 자리에 그 아이들을 선보이려고 계획했답니다."

명숙으로부터 처음 그런 사정을 들어 알게 된 교장선생님의 얼굴에 거듭해서 표정의 변화가 일어났다.

정수고 학생들 중에 록 밴드 활동을 하는 학생들이 있다는 말을 들었을 때는 신기하기만 했다. 그 중에 이강복이 끼어 있다는 건 자못 놀라운 일이기도 했다. 역시 그놈은 달라도 뭐가 달라, 하는 감탄까지 했지만 대중공연이라는 말 앞에서는 얼떨떨했다가 대뜸 교칙의 구절들을 떠올렸던 것이다.

공연 자체로는 별 문제가 될 게 없다고 생각했다. 그러나 장소가 종로의 유명한 나이트클럽이라는 것을 알고는 뜨끔해지고 말았다.

몇 해 전 국내에 최초의 나이트클럽인 〈뉴스맨스클럽〉이 등장한 이후 부산과 서울 등지에 속속 대형 나이트클럽들이 생기기 시작했는데, 종로의 나이트클럽 〈불루문〉도 그중 하나였다.

　나이트클럽은 지금이나 당시나 술을 팔고 남녀가 어울려 춤을 추는 곳이라는 건 변함이 없다. 그러나 당시의 나이트클럽은 퇴폐적인 유흥업소라는 것보다는 사교장의 이미지도 가지고 있었다. 악사와 가수들이 있어서 연주하고 노래했으며, 그것에 맞추어 양장을 멋지게 입은 나이 지긋한 남녀가 젊은이들 틈에 섞여 춤을 추기도 했으니 카바레의 분위기와 비슷한 면도 있었던 것이다. 무희들의 댄스쇼를 구경할 수 있다는 점에서 극장식 카바레의 원조격이기도 하다.

　어쨌든 〈불루문〉이 유흥업소이고, 돈을 받고 하는 공연이라는 데에 교장 선생님의 안색이 굳었다.

　그러나 명숙이 그때까지 말한 건 다만 표면에 드러난 공연 계획이었을 뿐이고, 그 본질이 실은 곤경에 처한 강우석을 돕기 위한 것임을 말하자 교장선생님은 다시 심각해졌다.

　지난 번 민족일보 사건으로 우석의 집안에도 날벼락이 떨어져 풍비박산이 날 지경에 이르렀다는 것. 그 일로 우석이 대학 진학을 포기해야 하는 형편에 처했다는 것. 의기소침해서 의욕을 잃어버린 그에게 다시 용기와 희망을 갖도록 해 주기 위해 나섰다는 것 등을 명숙이 차근차근 말하는 동안 어느덧 교장선생님의 얼굴에 감동의 표정이 떠올랐다. 수익금 전액을 우석이의 대학 진학을 위한 장학금으로 쓸 계획이라는 말에 이르러서는 교장선생님이 감격하여 덥석 명숙의 손을 잡았을 정도였다.

　"강복이도, 박재기 학생도 그런 친구를 돕기 위해서 나선 거란 말이지요?"

"그렇습니다, 교장선생님. 고3 학생들이 지금 얼마나 정신없을 시기예요? 그런데도 자기 시간을 할애하면서까지 친구를 돕자고 나선 그들인데 징계를 받으면 되겠습니까?"

"안 되지요. 그건 안 되는 거예요."

고개를 설레설레 젓던 교장선생님이 난처한 얼굴로 안경을 추켜올렸다.

"그런데 아무래도 장소가 걸리는군요. 아직 미성년인 학생들이라서 말이에요."

한동안 생각하더니 빙긋 웃는다.

"이러면 어떻겠습니까?"

교장선생님의 제안은 간단한 것이었지만 어렵기 짝이 없는 것이기도 했다.

"그날, 아, 물론 연주회가 있는 시간 동안이라고 해야겠지요."

'연주회'라는 말에 명숙은 괜히 가슴이 간지러워져서 몸을 약간 비틀었다.

"그 업소, 블루문이라고 했던가요? 그곳에서 술을 팔지 않고, 우리 학생들이 대중 앞에서 유행가를 연주하지 않는다는 조건이면 괜찮을 것도 같습니다."

"나이트클럽에서 술을 팔지 못한다고요? 세상에나……."

명숙이 화들짝 놀랐다. 유행가야 그렇다 쳐도 술을 팔지 못하게 하는 건 불가능하다고 생각한 것이다.

블루문의 영업상무 박수한을 어렵게 설득해서 장소를 마련한 명숙이었다. 잠시 무대를 빌려주고 주류 판매수입을 올린다면 안 될 것도 없지 않으냐는 그녀의 말에 박 상무도 빠르게 계산을 했던 것이다. 그렇게 해서 겨우 섭외했는데 술을 팔지 말라는 말은 청천벽력이나 같았다. 명숙은 박 상무가 어떻게 반응할지 눈에 보이는 것 같아 한숨이 절로 나왔다.

교장선생님이 근엄함을 되찾은 얼굴로 말했다.

"술을 파는 야간업소에 우리 학생들을 세울 수는 없어요. 거기서 대중가요를 연주하는 것도 그렇고. 우리 학교뿐 아니라 어느 학교라도 그럴 겁니다. 하지만 그 시간만큼은 술을 팔지 않겠다고 약속하면 허락해 주지요. 그것만 해도 크게 양보한 것입니다. 불루문을 나이트클럽이 아니라 공연장으로 인정하겠다는 것이니까요."

술을 팔든 팔지 않든 불루문은 엄연히 성인들이 출입하는 나이트클럽이다. 그런 곳에 고등학생이 들어간다는 건 중대한 교칙 위반이었다. 하지만 교장선생님은 술만 팔지 않으면 그곳이 나이트클럽이라는 것을 잠시 눈감아 주겠다고 했으니 이만저만 양보하신 게 아니다.

하긴, 눈 가리고 아웅 하는 격이지만 명숙으로서는 그런 걸 따질 형편이 되지 못했다. 그러나 이번에는 불루문의 깐깐한 영업상무 박수한을 어떻게 설득해야 하나, 하는 게 커다란 근심거리가 되었다.

혹 하나 떼었더니 다른 혹을 다시 붙여 가지고 돌아가는 심정이 되어서 학교를 나온 그녀는 마음을 단단히 다지고 곧장 불루문으로 쳐들어갔다.

"말도 안 되는 소리. 그러자고 우리 영업장을 빌려준 게 아니야."

박수한이 카랑카랑한 목소리로 일언지하에 거절했다. 명숙은 당연히 그럴 것이라고 짐작했기에 놀라지 않았다. 다만 어떻게 이 욕심쟁이를 설득할 수 있을까, 하는 고민이 커졌을 뿐이다. 조금도 물러서고 싶지 않았다. 이만한 일도 내 힘으로 처리하지 못한다면 이보다 더 크고 힘든 인생은 어떻게 헤쳐 나갈 수 있을 것인가, 하는 생각으로 정색을 한다.

"며칠 동안 영업을 하지 말라는 것도 아니고, 고작 공연하는 시간 동안이잖아요. 또 삼백 장이 넘는 표가 예매된 이상, 그날 들어오는 사람은 오백 명 가까이 될 거라고 봐요. 그러면 업소의 홍보 효과가 대단할 텐데 두어 시간 술 팔아서 얻는 이익보다 그게 더 크지 않겠어요? 손님들 중에 공연 끝나고도 남아 있거나, 다시 찾아오는 사람도 꽤 될 것이고요."

명숙의 말은 충분히 일리가 있었다. 공연을 보러 온 사람들에게 술을 팔지 못해도 손해는 아니라는 계산이 선 박 상무가 지그시 그녀를 바라보았다.

"명숙 씨는 노래만 잘하는 게 아니라 사업 수완도 좋군. 좋아, 하지만 한 가지 조건이 있어."

명숙은 짜증이 나려고 했다.

"왜 사람들은 죄다 조건 걸기를 좋아하는지 모르겠어요. 순순히 들어주는 법이 없네요. 좋아요, 말해 보세요."

"그거야 이것도 거래니까 그렇지. 모든 거래에는 조건이 붙어."

"그러니까 뭔데요?"

"요구를 들어주는 대신 명숙 씨가 고정적으로 우리 업소에 나와 노래를 해 주면 좋겠는데……."

"스카우트인가요?"

"뭐, 그렇다고 해도 좋고."

"그럼 저도 조건이 있어요. 우리 빅 사이즈 멤버와 함께 공연할 수 있게 해 주세요. 일주일에 두 번. 그 이상은 안 돼요. 시간 내기 힘들거든요."

"그렇게 합시다."

그렇게 해서 의외로 쉽게 난관을 극복한 셈이지만 명숙의 마음고생은 결코 적지 않았다. 그녀는 그것을 이강복 등이 알아주지 못해도 상관없다고 생각했다.

음료수를 사들고 연습실로 돌아온 명숙이 잠시 쉬었다가 닦달을 해댔다.

"다들 정신 차리고 한 번 더 해봐! 이게 마지막 연습이다. 내일 공연인 거 알지?"

그녀의 호통에 강복이와 재기 우석이가 다시 제 자리에 섰고, 명철이는 드럼 앞에 앉아 스틱을 들었다.

"너희들은 유행가를 연주할 수 없어."

그녀의 말에 다들 불만으로 입을 삐죽거렸다. 준비한 레퍼토리 외에 한창 인기를 끄는 '노란셔츠 입은 사나이'며 '낭랑 18세'를 연주해 보고 싶었는데 안 된다니 그렇다.

"그럼 고향의 봄 연주할까요? 애국가는 어때요?"

우석이 당장 볼을 부풀렸지만 명숙은 양보하지 않았다.

"너희들 무대에 서고 싶다고 했지? 그럼 내 말 들어. 내가 교장선생님과 한 약속을 깨는 순간 너희들은 교칙 위반으로 징계를 받게 되거든. 그리고 싶어?"

그 말에는 다들 꿀 먹은 벙어리일 수밖에 없었다.

〈빅 사이즈〉는 일찍 마지막 연습을 끝내고 내일 공연을 위해서 쉬겠다며 돌아간 터라 연습실은 그들 〈신나라 밴드〉의 차지였다. 그리고 무서운 교관으로 변한 박명숙의 카랑카랑한 호통이 그치지 않는 고난의 수련장이기도 했다.

명철이의 드럼은 더욱 완숙해져서 딱히 트집 잡을 데가 없었다. 피아노 솜씨가 뛰어난 강복이었던 만큼 신디사이저를 다루는 기교도 그렇다. 우석이의 기타 솜씨야 이미 인정받았던 것 아닌가. 문제는 재기였다.

그동안의 연습으로 인해 재기의 기타 다루는 솜씨도 일취월장했는데, 흥이 오르면 자기도 모르게 튀었다. 전문 밴드라면 그 정도야 팬서비스 차원에서 봐줄 수 있었다. 빅 사이즈의 베이스 기타리스트인 종철이도 그런 면이 다분하지만 아무도 그것을 가지고 뭐라고 하지 않는다. 그러나 아마추어라면, 더욱이 학생들로 구성된 밴드라면 빈축을 살 소지가 있었다. 신선함과 개성으로 어필해야지 어설픈 프로 흉내를 내는 건 곤란하다. 그래서 명숙은 재기의 튀는 버릇을 고쳐주기 위해 애썼으나 되지 않았다. 그동안 종철이에게서 베이스를 배우더니 선생의 버릇까지 고스란히 배워왔던 것이다.

"할 수 없네."

결국 명숙이 손을 들고 말았다. 괜히 억지로 눌러 놓았다가는 자 칫 공연에서 실수를 연발할지도 모른다는 불안감 때문이었다. 그래서 재기는 히히, 웃으며 마지막 연습에서도 어릿광대 같은 특유의 과장된 액션으로 모두를 웃기고 말았다.

* * *

공연은 대성황이었다.

처음 나이트클럽이라는 곳에 들어와 본 사람들은 〈불루문〉의 화려함에 놀라 주눅이 들었다가 〈빅 사이즈〉의 경쾌한 연주와 박명숙의 노래에 모든 것을 잊고 갈채와 환호를 보냈다.

젊은 축들 중 몇몇은 〈빅 사이즈〉의 연주 수준에 감탄하고 열광했는데, 당시로서는 희귀한 TV를 통해 미국 대중음악을 즐겨 보던 '있는 집' 자제들이었다.

기록상으로 한국에서 텔레비전이 처음 선보인 것은 1954년 7월 30일이었다. 서울 보신각 앞 미국 RCA사의 한국 대리점이 유선방식의 20인치 수상기를 일반에게 공개한 것이 처음이었던 것이다. 그 뒤 1956년 5월 12일 텔레비전 방송국이 생겨나 세계에서 15번째로 TV전파를 발사했으며, 시험방송을 거쳐 그해 11월 1일부터 정규방송에 들어갔다. 그러나 여전히 대중에게 TV는 생소한 물건이기만 해서 이처럼 현장에서 눈으로 보고 귀로 듣는 공연이 더 좋기만 했다.

박명숙과 〈빅 사이즈〉의 대중가요와 로큰롤 공연은 대성공이었다. 누구도 일백오십 환이라는 적지 않은 액수의 돈을 주고 입장권을 샀다는 것을 후회하는 사람은 없었다.

그 일로 인하여 가수 박명숙이라는 이름은 물론 전문 밴드로서의 〈빅 사이즈〉의 위상 또한 훌쩍 뛰어올랐다. 그동안 공연에 쏟았던 열정에 대하여 넘치도록 보상을 받은 셈이다.

그리고 정수고등학교 학생들로 구성된 밴드라는 소개를 받고 등장한 〈신나라 밴드〉의 공연은 더 큰 갈채와 찬사를 받았다. 단지 그들이 국내에서는 유일하다고 할 학생 밴드이기 때문만은 아니었다. 앞서의 〈빅 사이즈〉와 미리 비교하며 당연히 미숙할 것이라고 여긴 사람들의 뒤통수를 사정없이 후려쳤기 때문이다.

〈빅 사이즈〉의 연주가 끝나 어수선해지던 자리에 〈신나라 밴드〉의 비트가 쏟아져 나오기 시작했다. 그러자 갑자기 불호령이라도 들은 아이들의 마당처럼 홀이 조용해졌다. 그러다가 조금씩 술렁거리더니 이내 일제히 일어나 어깨를 흔들고 엉덩이를 흔들어대며 열광하기 시작했다.

〈신나라 밴드〉는 세상에 발표된 지 얼마 되지 않은 〈벤쳐스 악단〉의 신곡 세 개를 가지고 무대에 섰는데, 이강복과 강우석, 박재기, 김명철이 자기들의 존재를 세상에 알린 첫 곡은 〈Perfidia〉였다.

사람들은 제일 먼저 명철이가 두드려대는 드럼의 폭발적인 열정과 비트에 어리둥절했다. 그리고 보기에도 생소한 신디사이저의 파도처럼 쏟아내는 음향과 두 대의 전자기타가 정신없이 몰고 가는 리듬에 완전히 몰입되어 버리고 말았다.

원래 'Perfidia'는 'Alberto Domínguez'라는 멕시코의 작곡가가 1939년도에 만든 노래다. 지극히 달콤하고 우수에 찬 멜로디로 떠나간 사랑을 그리워하며 애절하게 부르는 노래인 것이다. 그래서 듣고 있노라면 자기도 모르게 애수에 잠겨 한숨을 쉬게 되고, 머릿속이 몽롱해지는 마력을 갖고 있는 명곡이다. 그것을 벤처스 악단이 그들 특유의 트위스트 리듬으로 완전히 바꾸어서 세상에 내놓은 게 1960년 초였다. 그 즉시 미국에서 선풍적인 인기를 끌어 싱글차트 15위에 기록되는 기염을 토했다. 애수를 흥으로, 실연의 상심을 낙천적인 춤으로 완벽하게 바꾸어버리는 놀라운 변화에 성공한 것이다. 지극히 미국적인 발상이고 '갈 테면 가라.'하는 연애관의 멜로디화이기도 하다.

그것을 연주했던 벤처스 악단에는 아직 신디사이저가 없었다. 그러나 〈신나라 밴드〉에는 그게 있다.

신디사이저는 상용화되지 않은 시험적인 악기였던지라 미국에서도 구경하기 힘든 것이었다. 그러니 〈불루문〉에 와 있는 사람들 중 그것을 본 사람은 당연히 한 명도 없었다.

저게 뭔가? 싶어 의아한데, 그것이 쏟아놓는 다양하고 풍부한 음향과 멜로디는 록 밴드에 팝 악단의 연주를 덧씌워놓은 것 같았다. 충격적이지 않을 수 없다. 그래서 두 번째 곡인 〈Ram-Bunk Shush〉에 이르러서는 사람들이 죄다 무대 아래의 플로어로 몰려오기 시작했다.

빌 헤일리(Bill Haley)나 척 베리(Chuck Berry), 그 후의 엘비스에 이르러 로큰롤의 열기는 미국을 온통 불태웠고 세계로 퍼져나갔다.

그 속에서 벤쳐스 악단이 새로운 컬러를 입혀가던 무렵이다.

　오직 연주만으로 만들어갔던 그들의 트위스트 리듬은 이제 유럽을 넘어 아시아 젊은이들의 엉덩이를 바쁘게 하는 중이었다. 그러나 국내에는 아직도 생소한 이름이고 연주였다. 그래서 사람들은 〈신나라 밴드〉가 쏟아내는 벤쳐스의 경쾌한 리듬에 더욱 빠져 들어갔다.

　그들의 마지막 곡은 〈Walk, Don't Run〉이었다. 그것은 60년에 싱글차트 2위에 올랐을 만큼 히트곡이었던지라 아는 사람도 많았다.

　명철이의 드럼이 한층 경쾌해졌고, 강복이의 신디사이저가 새처럼 날아다니는 속에 우석의 기타가 고음을 비누방울처럼 날렸다. 그리고 그 모든 음향을 탄탄하게 지지해주며 북처럼 쿵쿵 울려주는 재기의 베이스도 어느 때보다 힘 있고 흥이 넘쳐났다.

　그 무렵 플로어에는 발 디딜 틈도 없이 사람들이 밀려나와서 트위스트를 추어댔고, 일부 점잖은 신사들은 자리에 앉은 채 어깨를 움찔거리고 몸을 들썩였다. 그 사람들 속에 이필교 교장과 생활지도주임인 박꺽정 선생도 있었다. 근엄하던 교장선생님의 얼굴에 웃음꽃이 활짝 피어났고, 험상궂기만 하던 박꺽정 선생님의 얼굴에도 흥과 즐거움이 놀람과 함께 가득 넘쳐나고 있었다. 그리고 대미를 장식한 재기의 엉뚱한 퍼포먼스에 사람들이 모두 자지러지도록 웃어댔다.

　"저놈들 저거, 아주 사람을 깜짝 놀라게 하는구먼."

　교장선생님이 어깨를 들썩이는 것만도 놀라운 일인데 흥분으로 들떠 있는 말 또한 처음 듣는 것이라 박꺽정 선생이 눈을 휘둥그레

제4장 한다면 한다　　133

뜨고 돌아보았다.

〈신나라 밴드〉의 연주가 끝나자 앙코르를 외치는 소리가 쏟아져 나와 온통 시끄러웠다. 그래서 이필교 교장은 악을 쓰듯 말해야 했다.

"박 선생. 저놈들 못하게 막았더라면 어쩔 뻔했어?"

"예?"

"내가 억울해서 못 견딜 뻔했잖아. 이 좋은 걸 모르고 지나갔을 테니 말이야."

박꺽정 선생이 어색한 웃음을 흘렸다.

"아, 예. 저도 그랬을 겁니다. 이정도일 줄은 몰랐거든요. 대체 저놈들 언제 저렇게……."

"공연 또 시킵시다."

"예?"

"아, 우리만 듣고 즐겨서야 되겠어요?"

"무슨 말씀인지 저는 당최……."

"뭐가 되었든 핑계거리를 한번 만들어 봅시다. 그래서 또 공연하게 합시다. 학교에서면 어때?"

너무 의외의 말이라 박꺽정 선생은 입을 딱 벌렸을 뿐 할 말을 잊었다. 그런 그에게 교장선생님의 연이은 말이 충격으로 들려왔다.

"이참에 아예 우리 학교에 밴드부를 하나 만들어볼까? 아이들도 좋아할 것 같은데 박 선생 생각은 어때요?"

* * *

길길이 뛰며 반발할 줄 알았던 우석이 모두의 예상을 깨고 순한 양처럼 머리를 끄덕였다. 바라보는 검은 눈에 체념이라고도 할 슬픔마저 깃들어 있는 것 같아서 명숙이 그를 꼭 안아주었다.

"그래, 때로는 현실을 받아들이고 순응할 줄 알아야 하는 거야."

저쪽에서 조마조마하여 바라보던 재기가 머리를 갸웃거리더니 강복의 옆구리를 찌르고 귓엣말로 소곤거렸다.

"저 자식이 철이 든 거냐 아니면 퇴화한 거냐? 네 생각에는 뭐 같아?"

강복이가 그를 매섭게 흘겨보았다.

"그럼 인마, 우석이가 안 된다고 펄펄 뛰고 난리를 쳤으면 좋겠냐?"

"아니, 뭐 꼭 그런 건 아니고. 나는 한바탕 시끄러워질 줄 알았단 말이다."

"그래서, 불만이야?"

"그냥 그렇다는 거지 뭐. 그런데 저놈 저거 강우석이 맞는 거냐? 다른 놈인 것 같은데?"

그랬다. 지금 그들이 보고 있는 우석이는 모두가 익히 아는 반골 강우석이 아니었다.

공연이 끝나고 연습실에 모두 모였을 때 비로소 명숙이 오늘의 수익금을 어떻게 쓸 것인지 말해 주었다. 다들 조마조마한 심정으로 우석이를 바라보았었다. 그의 기질이 어떤지 잘 알기에 그렇다. 값싼 동정심 운운하며, 또는 왜 미리 말해주지 않았느냐고, 내 일인데 나 모르게 멋대로 결정했느냐고 한바탕 악을 써댈지도 몰랐던 것이다.

명숙도 그런 짐작으로 긴장하면서 장학금에 대한 이야기를 꺼냈었다. 그밖에 명철이가 너를 위해 써 달라며 자기 통장과 도장을 맡겼다는 것도 말했는데, 의외로 우석이 풀이 죽어 고개를 푹 숙였으니 다들 어리둥절해진 것이다.

그날 들어온 수입에 명철이의 통장에 들어 있는 돈을 합산하자 예상보다 많아서 우석이의 대학 입학금이며 등록금을 내고도 남을 만했다. 아니, 1년간 그가 아무 걱정 없이 대학 생활을 해도 될 만큼 돈이 모였으니, 명철이의 보탬이 있었다고는 해도 처음 한 대중공연 수입치고는 놀랄만한 결과였다. 그래서 모두 들떠 시끄럽게 떠들어댔다.

내년에도 또 하자. 해마다 정기적으로 한 번씩 한다면 우석이 뿐 아니라 강복이까지도 우리 연습실 장학금으로 학교 다닐 수 있다.

분하냐? 그럼 재기 너도 열심히 공부해서 대학에 가라. 재수라도 해 봐, 하고 빅 사이즈 형들이 놀리자 재기가 콧방귀를 날렸다.

"나는 이대로가 좋아요."

"영원히 학생일 것 같아? 시간을 멈추게 하는 재주라도 있어?"

"그게 아니라 그냥 이렇게 친구들이랑 어울려 사는 게 좋단 말이에요. 대학 같은 거 안 가도 상관없어요. 그렇다고 이놈들이 창피해서 나랑 친구 안 한다고 할 놈들도 아니고. 안 그래 임마?"

그러면서 엄한 명철이의 머리통을 옆구리에 끼고 두들겨댔다. 명철이가 히히, 웃으면서 재기를 번쩍 안아들고 한 바퀴 돌았다.

명숙이 엄마 같은 얼굴로 우석이에게 말했다.

"일단 이 돈은 모두 교장선생님에게 맡겨둘 테다. 만약 네가 이번에 대학에 진학하지 못하면 이 돈도 우리의 노력도 다 소용없게 되는 거야. 그때는 교장선생님이 알아서 다른 어려운 학생에게 전해주실 거다. 무슨 말인지 알지?"

우석이 말없이 고개를 끄덕였고, 재기와 명철이도 장난을 멈추었다.

"감동적이었다."

박꺽정 선생님의 첫 마디가 오히려 더 감동적이었던지라 강우석과 이강복, 박재기는 뭐라고 해야 할지 몰라 입을 꾹 다물고만 있었다.

"졸업 기념 공연 한번 할래? 전교생이 다 모인 데서 말이야."

"예?"

박 선생의 다음 말 또한 의외이기만 했다. 당장 생활지도부실로 뛰어오라는 호출을 받고 혼날 걸 단단히 각오했던 터라 더 어리둥절해진다.

"너희들 실력이 그 정도일 줄 몰랐다. 학부형들도 모두 좋아할 거야. 하겠다면 졸업 식순에 너희들의 공연을 넣어줄게."

"합니다. 해요!"

누가 뭐라고 하기도 전에 재기가 손을 번쩍 들고 소리쳤다.

"할 거지? 응? 할 거지?"

우석과 강복을 번갈아 보며 다그치는 얼굴이 상기되어 있었.

우석이 고개를 숙이고 침묵했는데 역시 예전의 그 같지 않았다.

졸업식 날 학생과 학부형들 앞에서 멋지게 공연을 한다면 학창 시절의 잊지 못할 추억이 될 것이다. 그걸 원해 왔던 우석이기도 했다.

그래서 밴드 활동에 열심이었고, 강복이와 재기까지 끌어들였으니 누구보다 기뻐해야 할 일인데 의기소침해져 있었다.

강복이 우석이의 손을 잡았다.

"하자. 한번 신나게 해 보자. 명철이도 좋아할 거야."

명철이라는 말에 우석이 물끄러미 강복이를 바라보았다. 학교에 다니지 못한 걸 가슴속의 한으로 묻어두고 있는 그가 아닌가. 교복 입은 학생들만 보면 부러워했고, 그게 지나쳐서 심술까지 부렸던 녀석이다. 졸업식 날 많은 학생과 선생님들, 학부형들 앞에서 연주를 하게 된다면 그런 한이 조금은 풀릴지도 모른다.

그 생각에 우석이 천천히 고개를 끄덕였다. 명철이를 위해서 한 번 더 해야겠다고 결심한 것이다.

"잘 생각했어."

박꺽정 선생이 다가와 강복이와 우석이의 어깨를 두드려 주었다.

"그리고 박명숙 씨로부터 이야기 들었다. 그래서 우리도 무언가 해야겠구나, 하고 생각했어. 선생님들이 조금씩 모아서 약간의 돈을 마련했다. 역시 교장선생님께 맡겨 두었지. 많지는 않으나 도움이 될 거다."

지그시 바라본 박꺽정 선생이 다시 무서운 얼굴로 돌아가 딱딱하게 말했다.

"하지만 우석이 네가 대학에 진학한다는 조건이 있는 거야. 만약 떨어지면 그때는 그 돈으로 몽땅 풀빵을 사 먹어버리고 말 테니까 알아서 해."

그렇다면 배가 터지도록 먹어야할 것이라는 생각에 재기가 얼굴마저 시뻘개져서 끅끅거렸다. 박꺽정 선생님이 앞에 풀빵을 산처럼 쌓아놓고 두 다리 쭉 뻗고 앉아 꾸역꾸역 먹어대고 있는 모습을 상상만 해도 견딜 수 없이 우스웠던 것이다. 터져나오려는 웃음을 참는 게 고역이 아닐 수 없다.

"무슨 일 있어?"
학교를 나와 집으로 돌아가는 길에 참지 못하고 우석이를 붙들어 세운 이강복이 근심스런 얼굴로 다그쳤다.
"말해봐. 무슨 일 있지?"
우석이 입을 꾹 다문 채 도리질을 했다.
"아냐, 있는 게 분명해."
그렇지 않고서야 언제나 오기로 똘똘 뭉쳐 있던 그가 이처럼 의기소침해졌을 리 없었다. 강복이의 거듭되는 다그침에 저쪽에서 강아지를 희롱하고 있던 재기도 건들거리며 다가와 거들었다.
"고민 있으면 언제든 말하라고 이 형님이 그랬었지? 뭐야, 여자 문제라도 생긴 거냐? 말 못하는 것 보니까 맞나보네. 자식이 밝히기는. 대학에 들어가면 예쁜 여학생들 천지라면서? 그러니까 공부나 해 인마. 그리고 그때 되면 나 소개시켜 주는 거 잊지 말아야 한다. 두 명 아니, 세 명."
히히 웃는 재기의 엉덩이를 냅다 걷어찬 강복이 우석이를 골목 안으로 끌고 들어갔다. 무슨 일이 있었느냐는 듯이 재기는 다시 뉘집 개인지도 모르는 강아지를 놀리느라 바빴다.
"아버지가?"

골목 안에서 터져나온 강복이의 놀란 소리에 힐끔 돌아보았을 뿐 재기는 강아지가 아주 사랑스러워 못 살겠다는 듯했다. 그대로 가방 안에 집어넣고 달아나기라도 할 기세다.

"저런, 저런 나쁜 놈들……."

강복이 주먹을 부르르 떨었다.

어디론가 끌려갔다는 우석의 아버지가 근 이십여 일 만에 돌아왔는데, 완전히 망가졌다고 했다. 목숨이 붙어있는 게 다행일 정도라니 짐작이 갔다. 정신이상 증세까지 보이고 있다는 말에 강복의 가슴속에서 불길이 타올랐다.

"사람을…… 사람을 그 지경으로 만들어 놓고 저희들은 무사할 것 같아? 인쇄소하는 게 무슨 죄라고…… 돈 받고 신문 찍어준 게 그렇게 큰 죄야?"

우석이 주먹으로 눈물을 훔쳤다. 이를 악문 채 울음을 참고 있는 그를 보면서 강복은 이건 아니라고 거듭 중얼거렸다. 세상이 이렇게 돌아가서는 안 되는 것이다. 모진 놈 곁에 있다가 공매 맞는다더니 우석의 아버지가 딱 그 형편이라 더욱 분하고 안타까웠다.

얼마 뒤 민족일보 사건으로 체포되었던 사장 조용수는 기어이 사형을 당했다(1961년 12월 21일).

우석이의 집안이 풍비박산이 난 건 보지 않아도 알 수 있었다.

다음 날, 싫다는 우석이를 억지로 앞세우고 찾아간 〈수도의과대학 부속병원(현 고려대학교 병원)〉에서 강복과 재기는 후덕하던 우석이 아버지의 망가진 모습을 볼 수 있었다. 사람마저 제대로 알아보지 못하고 횡설수설하는 아버지는 침대에 묶여 있었다.

"죽일 놈들. 죽일 놈들."

병원을 떠날 때까지 재기가 내내 주먹으로 눈물을 훔쳐내며 주문처럼 그렇게 중얼거렸고, 강복이는 아무 말도 하지 못했다.

"나는 이 나라가 싫어."

우석이의 말이 공허하게 허공에 울렸다. 가슴이 답답해진 강복이가 그를 와락 끌어안았고, 곁에서 재기는 "죽일 놈들." 하고 여전히 중얼거렸다.

우석은 달라졌다. 말이 없어졌고, 눈에는 더욱 지독한 오기가 어렸다. 그리고 공부를 했다. 죽어라고 한다는 말이 딱 맞을 정도로 그는 오직 공부에만 매달렸다. 그것만이 구원의 유일한 문이라도 되는 것처럼.

두 달 뒤 대학 입학시험이 앞 다투어 시작되었고, 강복이는 모두의 예상대로 무난히 서울대학교 법학과에 합격했다.

우석이는 두어 달 바짝 공부에 열을 올리더니 고려대학교 인문학부에 합격하는 기염을 토했다. 비록 아슬아슬하게 커트라인을 넘긴 성적이었지만 그것만으로도 학교의 선생님들이 놀라 자빠지기에 충분했다. 원래 머리가 좋았던 녀석이라 작심하고 달려들자 기어이 해냈다며 강복이가 서울대에 합격한 것보다 더 기뻐하는 선생님들을 보면서 재기가 투덜댔다.

"이럴 줄 알았으면 나도 진작 공부 좀 해 둘걸. 내 머리도 괜찮은데……."

그들의 대학 합격을 누구보다 기뻐한 사람은 박명숙이었다. 그녀는 어느덧 졸업반이 되어 있었고, 이제는 누구나 알아주는 가수로 성장해 있었다.

뒤늦게 우석이 아버지의 소식을 들은 그녀가 놀라서 강복이와 재기를 쥐어박으며 소리쳤다.

"이놈들이? 그런 일이 있었으면 제일 먼저 누나에게 말을 했어야지!"

"하지만 면목이 없어서요."

강복이의 변명에 더욱 화를 냈다.

"무슨 면목? 누나한테 그런 걸 따지는 놈은 동생도 아니야!"

"그래도……"

입학금 마련 건으로 신세를 졌는데 또 걱정거리를 안겨주고 싶지 않았던 강복이의 마음이고, 우석이와 재기의 마음이었지만 명숙에게는 그렇지 않았다.

"입원비며 치료비는? 우석이 네가 감당할 수 있어? 형은 군대에 가 있고, 누나도 부산에서 어렵게 산다면서?"

"그건……"

"기다려 봐, 내가 알아볼 테니까."

뭐라고 할 새도 없이 휭, 떠나가는 그녀를 멍하니 바라보면서 강복이와 우석이의 대학 합격의 기쁨은 다시 수심으로 바뀌었다.

"세상은 이래서 공평하다고 하는 건가보다."

우석이 중얼거렸다.

"슬픔 뒤에 기쁨이 따라오고, 기쁨 뒤에 다시 걱정과 근심이 따라오잖아. 이런 걸 공평한 거라고 하면 나는 공평한 게 싫어."

그의 말에 뭐라고 반박할 수가 없었다. 그래서 강복이도 한숨을 쉬고 중얼거렸다.

"나도 싫어."

이틀 뒤 병원으로 찾아온 명숙으로부터 뜻밖의 말을 들었다.
"아버님을 당장 용산으로 옮기자."
"갑자기 무슨 말이에요?"
마침 병실에 함께 있던 강복과 재기, 우석이 모두 어리둥절해서 그녀를 바라보았다. 명숙이 배시시 웃었다.
"미8군 영내 병원이 훨씬 나아. 그리고 무료로 할 수 있어."
"예?"
너무 엄청난 말이라 모두 입을 딱 벌렸다. 명숙이 차례로 그들의 머리를 쥐어박고 다시 배시시 웃었다.
"토마스를 졸랐지 뭐. 그가 이번에 정말 힘 좀 썼어."
한 번도 본 적은 없지만 명숙과 사귀고 있다는 미군 대위였다. 그가 의료 계통에 있는 줄은 몰랐기에 놀라우면서 믿어지지 않기도 했다. 그러나 그녀의 말은 사실이었다. 수속을 하겠다며 명숙이 원무과로 내려가고 얼마 뒤에 미군 헌병 지프와 군용 앰뷸런스가 병원에 들이닥쳤던 것이다.

제5장

우리들의 아름다운 시절

이듬해인 1962년 2월. 졸업식장에서 〈신나라 밴드〉는 또 한 차례 멋지고 신명나는 공연으로 참석한 모두를 열광시켰다. 우석이의 얼굴도 한층 밝아져 있었고, 명철이의 얼굴에도 기쁨이 가득했으며, 강복이야 말할 것도 없었다. 재기만 이게 고등학교 시절의 마지막 추억이라는 아쉬움으로 눈물을 흘렸다.

그렇게 졸업을 하고 강복과 우석은 대학으로 진학했으며, 재기는 할 일을 알지 못하고 엄벙덤벙 방황했다. 그러던 어느 날 어쩌면 부모님이 운영하시는 동대문의 포목점에서 일하게 될지도 모른다는 말을 하고 시무룩해졌다.

명철이는 철물점 점원 일에 다시 전념했는데, 대장간 일도 이제는 익숙해져서 더 많은 급료를 받게 되었다며 으쓱거렸다.

그리고 그해 여름 무렵에 재기가 사발통문을 돌려 강복이와 우석이, 명철이를 모두 불러냈다. 단골로 드나들었던 정수고등학교 앞 빵집이었다.

"나 군대 간다."

그의 뜬금없는 말에 모두 눈만 끔벅거렸다.

"해병대."

어때? 멋있지? 하듯이 우쭐거리며 세 친구를 바라보는 재기의 얼굴에 예전의 활기가 되살아나 있었다.

"언제?"

명철이가 어눌하게 묻자, 그가 어른이라도 된 것처럼 껄껄 웃었다. 강복이는 눈앞의 재기가 영 다른 사람인 것 같아 어색해지고 말았다. 징그럽다고 생각한다.

"내일."

재기가 마치 놀러 가기라도 하는 사람처럼 들떠서 말했.

"나 없다고 방심하지 말고 더욱 똘똘 뭉쳐서 재미있게 살아라. 싸우지들 말고. 특히 우석이 너 강복이랑 명철이 속 썩이지 마라. 만약 그랬다가는 휴가 나와서 해병대 정신으로 박살을 내줄 테니까 알아서 해."

발끈해야 마땅할 우석이 넋 나간 얼굴로 "어, 어." 했다. 여태까지 아무런 내색도 없다가 갑자기 해병대에, 그것도 내일 들어간다는 재기의 말에 그저 얼떨떨했던 것이다.

그렇게 재기는 제일 먼저 군인이 되어 그들 곁을 떠났다. 그리고 그해 가을 명숙이 누나도 떠났다. 본국으로 복귀하는 토마스 대위를 따라갔던 것이다. 그곳에서 결혼식을 올리고 살 거라고 했다. 졸업을 포기하고 가수로서의 화려한 꿈을 접기까지 마음고생이 심했을 것이나 거기에 대해서는 조금도 내색하지 않았다.

떠나던 날, 김포공항 출국장 앞에서 부둥켜안고 펑펑 울어대는 강복이와 우석이, 명철이의 등을 쓸어주며 그녀가 말했다.

"재기가 없어서 서운하네. 누나가 끝까지 너희들 곁에서 챙겨주지 못해 미안해. 하지만 이제는 너희들끼리도 잘 할 수 있을 거야. 공부가 되었든 삶이 되었든. 그렇지?"

세 친구는 정신없이 머리만 끄덕일 뿐 아무 말도 하지 못했다. 명철이의 슬픔이 가장 컸는데, 그동안 명숙의 따뜻한 보살핌을 받으며 이제는 찾을 수도 없는 엄마와 누나에 대한 그리움을 잊을 수 있었기 때문이었다. 명숙 또한 그런 명철이가 제일 걱정되었던지 특별히 그를 꼭 안아주고 다정하게 위로해 주었다.

"누나가 없어도 풀죽지 않을 거지? 당당하고 멋지게 살아갈 거지? 그래야만 해. 그래야 나도 안심하고 살 수 있잖아. 절대 기죽으면 안 돼. 너한테는 강복이랑 우석이, 재기가 있다는 걸 잊지 마. 죽을 때까지 친 형제들처럼 잘 지내."

그런 다음 두 사람에게서도 다짐을 받았다.

"그럴 거지? 너희들 넷이서 내 말대로 그렇게 지낼 거지? 지금처럼 서로 도와주고 아껴주면서 잘 살 거지?"

"물론이에요, 누나. 누나가 영원히 우리들의 누나이듯이 우리들 또한 죽을 때까지 이렇게 잘 지낼 거니까 걱정하지 마세요."

명숙이 강복이의 뺨을 쓰다듬어 주었다.

"그래, 그래야지. 그래야 내 마음이 놓이지. 몇 년쯤 뒤에 다시 올지도 몰라. 잠깐이 되겠지만 그때 다시 만나자. 지금의 모습 이대로 변함없어야 돼?"

고개를 끄덕이는 세 사람에게 손을 흔들어 주고 그녀는 출국장을 통해 이 나라를 떠났다.

공항을 터덜터덜 걸어 나오면서 세 사람은 아무 말도 하지 않았다. 가슴이 텅 빈 것처럼 공허하기만 해서 누가 뭐라고 말을 꺼내면 왈칵 울음이 쏟아질 것 같았던 것이다.

푸른 하늘을 올려다보던 명철이 합장하고 나지막하게 "나무아미타불 관세음보살." 하고 중얼거렸다.

재기도 명숙이 누나도 없이 셋이서만 걷는 걸음이 허전하기만 했다.

그렇게 그들의 사춘기가 지나가고 있었다. 뒤에 남겨진 김포공항의 관제탑이 쓸쓸한 그림자를 늘여가듯이 아쉬움과 그리움을 키워가면서.

1962년. 군사정권이 들어선지 1년이 되어가는 그해, 제1차 경제개발 5개년 계획이 발표되었다(1월 13일). 사회경제적인 악순환을 시정하고 자립경제를 이룩한다는 목표 아래 강력한 계획성을 가미한 '자본주의 경제체제'를 추진하겠다고 선포한 것이다. 국민들에게 우리도 잘 살 수 있게 될 것이라는 꿈과 희망을 주는 메시지이기도 했다.

3월 16일에는 국가재건비상조치법에 의거하여 '정치활동정화법'이라고 하는 특별법이 제정되었다. 이 법은 군사정권이 구 정치인 및 군부 내 반대세력의 활동을 막고 자신들의 정치세력을 키우기 위한 초법적인 수단이었다. 이에 반발한 윤보선 대통령이 전격적으로 사임을 발표하자 국가재건최고회의는 이를 즉각 받아들였음은 물론, 기다렸다는 듯이 박정희 의장을 대통령 권한대행의 자리에 앉혔다(3월 24일).

정치정화법 제정으로 민간정치인들의 발을 묶어놓은 가운데 군사정권은 민정 참여에 대비하여 김종필의 중앙정보부 주도 아래 비밀리에 창당을 위한 사전조직 준비 작업에 박차를 가하는 한편 통화 개혁을 단행했다. 6월 10일 0시를 기해 기존의 '환' 단위를 '원' 단위로 바꾸고 통화단위를 10대 1로 인하했던 것이다. 5·16군사정변 직후부터 반 년 만에 두 배로 늘어난 통화를 거둬들여, 경제개발 5개년 계획에 필요한 내자를 충당하겠다는 의도였다. 또한 국가재건최고회의는 최고회의 의원과 학자, 전문가 등 21명으로 구성된 헌법심의위원회를 발족시켜(7월 11일) 이곳에서 결정된 헌법 개정안을 공고했다. 개헌안은 12월 17일 대한국 최초의 국민투표에 붙여져 통과되었다.

제3공화국의 기틀이 된 헌법개정안이 가결된 것이다.

1963년 10월 15일, 대통령 선거에서 박정희 최고회의 의장이 윤보선 후보를 누르고 5대 대통령에 당선되어 12월 17일 취임했다. 제3공화국이 탄생한 것이다. 명분상 쿠데타에 의한 군사정권이 물러나고 민간 정부가 들어섰다고 하지만 세상은 여전히 군인들이 활개를 쳤다.

* * *

어느덧 2학년이 된 이강복과 강우석은 얼굴 보기 힘들어졌다. 명철이는 대장간에 밀려드는 일감 때문에 눈코 뜰 새 없이 바빴던 터라 자연히 모이는 일이 뜸해져 갔다.

여름이 다가오는 어느 날, 오랜만에 모두 모여 중국집에서 저녁 식사를 할 때였다.

"재기가 있었으면 참 좋았을 걸 그랬다."

일찌감치 젓가락을 내려놓는 명철이의 말투와 표정에 우울함이 묻어났다.

"왜 그래? 너 무슨 근심거리라도 생겼니?"

"근심은 무슨."

고개를 가로젓는 그가 예전 같지 않다는 것을 우석은 물론 강복이도 눈치 채고 있었다.

그러나 명철은 오히려 그들이 변했다는 생각을 해오고 있었다. 그럴수록 명숙이 누나가 보고 싶어지고, 재기가 그리웠다. 누구나 한번은 가야 하는 군대라지만 그래도 훌쩍 떠나버린 녀석이 자꾸 야속해진다.

우석이는 볼 때마다 눈이 반짝였다. 명철이는 그것에서 알 수 없는 불안을 느끼곤 했다.

그는 사회와 현 정권에 대한 불만이 갈수록 커져가는 것 같았다. 하는 말 중에 반이 넘게 그 이야기일 뿐 친구들의 일상에 대한 안부는 지나치기 일쑤였다.

다행히 아버지는 건강을 되찾았지만 정신이 전과 같지 않았다. 어머니가 행상으로 생계를 꾸려가고, 아버지는 폐인이나 다름없이 되어 하루 종일 집안에만 있었는데, 대문이며 방문을 모두 꼭꼭 잠가두고 기척도 내지 않는다고 했다.

그런 환경의 변화를 받아들인 우석이는 학생운동 활동을 하는 틈틈이 아르바이트까지 하느라 정신없이 바쁜 날들을 보내고 있었다.

강복이는 벌써 고시에 눈을 돌리고 있었다. 종일 도서관에서 사는 그에게 시간 내서 한번 보자는 말을 꺼내기 힘들었다.

그런 일들로 인해서 모이기가 쉽지 않았으나, 강복이나 우석이는 거기에 대해 별로 생각하지 않는 것 같았다.

모두 자기 앞길을 개척하기 위해 바쁠 시기라고 인정하지만 그래도 아쉽기만 한 명철이가 한숨을 쉬고 말했다.

"우리 언제 재기한테 면회 한번 가야지?"

그는 모든 훈련을 마치고 저 멀리 포항의 해병부대에 배속되어 가 있었다.

"그래야지."

강복이 머리를 끄덕이자 우석이 인상을 썼다.

"너무 멀어. 잠깐 얼굴 보고 오는데 꼬박 사흘 걸렸잖아."

"그래도 여름방학 되면 한번 다녀오자."

"난 안 돼. 그놈 휴가 나오면 그때 보지 뭐."

지난해 가을 재기로부터 훈련을 마치고 포항에 와 있다는 연락을 받았었다. 며칠 뒤 재기 부모님을 모시고 처음 다녀온 뒤 금년 초에 셋이서만 한 번 더 다녀왔었다. 그 뒤로는 엄두가 나지 않았다.

그때까지도 재기는 군기가 바짝 든 모습이었다. 소곤소곤 이야기 하다가도 선임병이나 하사관이 면회실에 나타나면 벌떡 일어나 경례를 붙이며 목청이 터지도록 "필승!" 하고 외쳐대는 통에 깜짝 놀라곤 했다.

외박은 물론 외출도 허락되지 않아 답답한 면회실에서 두어 시간 남짓 그놈의 "필승" 소리만 듣다가 나왔다. 아직 졸병이라 그럴 것이라고 이해하지만 서운하기 짝이 없었다.

  차를 몇 번이나 갈아타고 서울로 돌아오는데 꼬박 하루가 걸렸다. 그 과정은 우석이의 말 그대로 끔찍한 것이 사실이었다.

  재기가 지난달 편지에서 머지않아 곧 상병이 될 거라고 우쭐댔으니, 그때 같지는 않을 것이다. 그래도 다시 찾아갈 엄두가 나지 않기는 마찬가지였다.

  명철이가 더 조르지 못하고 한숨을 쉬었다.

  그렇게 봄날이 지나갔다.

  세월은 추억과의 거리를 멀리 떨어뜨려 놓으며 무심히 앞으로만 나아간다. 세상의 모든 것은 그 세월의 등에 업혀, 앞만 바라볼 뿐 뒤돌아보려 하지 않는다. 그래서 어제보다 더 멀어진 추억은 어제보다 더 초라해진 채, 그때 그 자리에 우두커니 서 있다는 것을 알 수가 없다.

  이듬해 봄, 3학년이 된 강복이는 8회 행정고시에 합격하는 기염을 토했다. 그건 모두를 깜짝 놀라게 할 만한 사건이었다. 시험 삼아 한 번 응시해 볼 뿐이라고 대수롭지 않게 말했었는데 덜컥 붙어버렸으니 말이다. 자신감을 얻은 강복은 내친김에 대학 재학 중에 사법고시마저 합격하고 말겠다는 각오로 더욱 공부에 매달렸다. 한편, 우석은 운명의 길이 그렇게 정해놓기라도 했었던 듯이 자연스레 학생운동가가 되어가고 있었다.

  그의 운명의 전환점이 된 것은, 역사가 '6·3사태'라고 기록한 그해의 대규모 학생 시위였다.

  1964년 3월 23일, 한일 국교 정상화를 위한 한일 회담이 합의되자, 다음날부터 이를 반대하는 학생들의 시위가 본격화되었다. 몇 달이 지나도 수그러들 줄 모르고 더욱 격렬해지는 학생 시위에 대응해, 정부는 6월 3일 대통령 공고 제11호를 발동하여 비상계엄령을 선포했다. 곧 검거 열풍이 몰아쳐 7월 29일 자정을 기해 비상계엄령이 해제될 때까지 1,120명이 검거되었다. 그중 540명은 군재(軍裁)에, 86명은 민재(民裁)에, 216명은 즉결심판에 넘겨졌고, 나머지 278명은 방면되었다.

강우석은 다행히 처음이라는 것이 감안되어 즉결심판을 거쳐 석방되었으나, 사찰 기관에 요주의 인물로 찍힐 수밖에 없었다. 그는 그 일로 인해 풀이 죽는 대신 더욱 날카롭게 이상과 이념을 갈고 또 갈았다. 그가 지닌 신념의 칼이 날을 세워가는 것을 강복은 걱정스럽게 지켜보지 않을 수 없었다. 그러다가 또 사건이 터졌는데, 언론 윤리위원회법안 통과가 그것이었다.

그해 8월 2일, 국회에서 여당 의원들만으로 '언론윤리위원회법안'을 가결시켰다. 언론을 탄압하고 장악하려는 의도가 분명했다. 언론인들이 즉각 <법 철폐 투쟁위원회>를 구성하여 정면으로 정부와 대치했다. 그러자 정부는 신문 구독을 방해하고 언론사의 각종 이득을 박탈하는 보복 조치를 취했고, 이를 규탄하는 반대 운동이 전국적으로 번져나갔다.

우석이가 이제는 투쟁의 선봉에 있었다. 고려대학교 학생운동의 중심에 서서 부정부패와 비리 척결, 언론의 자유와 사회 정의의 실현을 목이 쉬도록 외쳐댔던 것이다. 독재 권력을 지향하고 있는 현 정부와 여당에 대한 비판의 소리가 점점 더 커져만 갔다.

재기가 휴가를 나왔다. 팔각모에 병장 계급장을 달고 으스대는 꼴이 가관이었다. 세상이 온통 자기 것인 양했다.

오랜만에 함께 모여 저녁을 먹는 자리에서 그는 온통 군대 얘기만 했다. 그의 말을 듣고 있으면 이 세상에서 제일 영웅은 바로 박재기인 것 같아 강복과 명철은 허탈하게 웃었고, 우석은 낯을 찌푸린 채 콧방귀만 날려댔다.

그 자리에서 재기가 또 한 번 모두를 당황하게 하는 엉뚱한 발표를 했다.

"나 말뚝 박을 거다."

"뭐야?"

"장기 복무 지원할 거라고 인마. 그러면 금방 하사가 되고 머지않아 중사, 상사님이 된다 이거다."

"직업군인이 되겠다고?"

강복이 믿을 수 없어서 눈을 끔벅이며 어눌하게 묻자 재기가 껄껄 웃었다.

"군대 좋다. 내가 어디 가서 왕 노릇하며 살아볼 수 있겠냐? 강복이 너는 행시 합격한 귀한 몸이라 조만간 높으신 분이 되겠지. 우석이도 고려대학교 이름값을 톡톡히 할 테고. 명철이도 언젠가는 철물점 하나 차려서 사장님이 될 거 아니냐? 그런데 나는 뭐냐? 배운 것도 없고, 할 줄 아는 것도 없어서 제대해 봐야 기껏 부모님 가게에 빌붙어 살면서 눈칫밥이나 먹는 청춘밖에 더 되겠어? 별 볼일 없는 꼴이 되는 거지. 그러나 군대에서는 안 그렇다 이 말이다. 해병대 병장이 쉽게 되는 줄 아냐?"

재기의 말에 모두 침묵했다. 그리고 모두 생각했다. 이 녀석도 이제는 철이 들었구나, 하고.

바로 그날 그 자리가 네 친구의 인생이 확연하게 갈라지는 갈림길에 선 자리였다는 것을 당시에는 아무도 짐작하지 못했다.

닷새의 짧은 휴가를 끝내고 재기가 부대로 복귀한 며칠 뒤, 광복절을 하루 앞둔 8월 14일에 이름도 생소한 '인혁당'사건으로 세상이 떠들썩해졌다.

기자들을 소집한 중앙정보부장 김형욱이 회견 자리에서, 북괴의 지령을 받고 대규모 지하조직을 구축해 국가에 대한 변란을 획책하던 '인민혁명당'을 적발했다고 발표했던 것이다. 이것이 바로 1차 〈인혁당 사건〉이다.

뜬금없는 내용에 얼떨떨해진 기자들 앞에서 김형욱은 당당하게 일당이 총 57명이라는 것과, 그중 41명을 구속하고 나머지 16명은 수배 중에 있다는 것도 밝혔다. 중앙정보부의 활약을 강조했음은 물론이다.

신문에 연일 대서특필되었고, 세상이 시끄러워졌다. 그런데 중앙정보부에서 1차 조사를 마친 관련자들을 서울지검에 송치하면서부터 사건이 묘한 방향으로 흐르기 시작했다. 검찰 조사 결과, 중앙정보부가 주장한 것처럼 사건이 그렇게 북괴의 지령을 받고 활동한 국가보안법 사안이 아니라는 게 속속 드러났던 것이다.

검찰의 윗선에서는 관련자들을 보안사범으로 몰아가기를 원했으나, 담당 검사들은 그것의 부당함을 말함으로써 검찰 내부에 분규의 조짐마저 보였다. 그 와중에 관련자들에 대한 고문설 등이 나돌기 시작하면서 사건은 걷잡을 수 없는 방향으로 흘러갔다.

끝내 공안부 검사들이 피의자들의 혐의를 인정할 수 없다며 기소장 서명을 거부하는 항명 파동이 일어났으니, 이는 대한민국 최초의 일이었을 것이다. 그만큼 인혁당 사건은 처음부터 중앙정보부의 조작 혐의가 짙었다. 결국 재판과정에서 혹독한 고문에 의한 조작 사건임이 밝혀져, 관련자 대부분이 무죄 선고를 받고 사건은 일단락되었다.

그러나 그런 사실은 몇 개월 뒤에 드러날 일이고, 당장 중앙정보부장의 인혁당 사건 발표가 있자마자 세상은 온통 그 일로 시끄러웠다. 공안 담당 부서의 경찰관은 물론 군 수사기관과 정보부에서까지 관련자를 색출하는데 눈이 벌게졌고, 서로 경쟁적으로 검거에 나섰다. 사찰 기관에 요주의 인물로 찍혀 있는 사람들에게는 그야말로 아닌 밤중에 홍두깨라는 말처럼 얼떨떨하고 당혹스러운 일이었다.

그 사람들 중에 강우석도 있었다.

"우석이 네가 먼저 선애 데리고 달아나. 우선 어디든 안전한 데 숨어 있어!"

선배의 다급한 말이 절규처럼 들리는 것이어서 우석의 가슴이 철렁, 내려앉았다.

우이동에 있는 선배 이인규의 자취방이었다. 강우석과 몇 명의 운동권 학생들이 급히 그곳으로 몸을 피해온 게 불과 이틀 전이다.

구석에 무릎을 안고 앉아 있던 동그란 얼굴의 여학생이 새파랗게 질린 얼굴로 눈치를 보았다. 박선애였다. 이화여자대학교에 다니면서 학생운동에 동참한 후배 여학생이다.
"다들 흩어져. 어서."
이인규 선배의 말이 사뭇 떨리고 있었다.
"가자."
우석이가 박선애의 손을 잡아 일으켰다.
"자, 이것밖에 없다."
선배가 주머니에서 꼬깃꼬깃한 지폐 한 움큼을 꺼내 우석의 주머니에 쑤셔 넣어 주었다. 얼마인지도 모른다. 거절하거나 뿌리칠 여유도 없었다.
등을 떠밀려 나온 우석은 선애의 손을 잡고 무작정 뛰었다. 골목 저쪽에서 급하고 날카로운 호각소리가 들려왔다. 인규 선배의 집이 있는 쪽이었다. 선배가 어떻게 되었을지 보지 않아도 알 수 있었다. 후배들이 한 걸음이라도 더 멀리 달아날 수 있도록 버티며 최대한 시간을 벌어주고 있을 것이다.

* * *

"이게 뭐야!"
명철이가 엉덩방아를 찧고 주저앉았다.
그는 몇 달 전부터 철물점에 딸린 작은 방에서 살고 있었다. 주인이 집과 가게 모두를 그에게 맡겨버린 것이다. 명철 입장에서는 월세가 나가지 않는데다가 따로 출퇴근할 필요도 없으니 잘 됐고, 주인은 그렇게 해서라도 듬직한 명철이를 붙잡아 둘 수 있으니 두 사람에게 모두 만족스러운 일이었다.

　명철이는 오늘도 일찌감치 철물점 문을 닫고 대장간에서 밤일을 하고 돌아왔다. 얼른 밥부터 차려 먹어야겠다는 생각으로 무심히 방문을 열었는데 불도 켜지 않은 시커먼 어둠 속에 누군가 웅크리고 있는 것 아닌가. 귀신인가? 하는 생각에 등줄기에 소름이 돋았다.

　"조용히 해. 어서 들어와라. 아무 일도 없는 것처럼 굴어."

　어둠 속에서 속삭이는 소리가 들려왔다. 혼비백산한 중에도 명철은 그것이 우석이의 음성이라는 걸 알 수 있었다. '저놈이 왜?' 하는 의문이 들었지만 자기도 모르게 우선 대문 밖의 동정에 귀를 기울이고 주변을 두리번거리게 된다.

　남의 집에 들어가듯 어색하게 방에 들어가 문을 닫고 선 명철이가 머리 위 허공을 더듬어 줄을 잡아당겼다. 딸깍, 하고 형광등이 몇 번 깜빡이다가 하얀 빛을 방 안 가득 뿌려댔다. 우석이 얼른 그의 옷자락을 잡아당겨 주저앉혔다.

　명철이가 눈을 끔뻑였다. 우석이 혼자가 아니었던 것이다. 선애가 구석에 무릎을 안고 앉아 있었다.

　대체 무슨 일인지, 왜 여기 있는 건지, 이 아가씨는 누구인지 물어야 마땅하련만 명철은 놀란 가슴이 두근거리기만 해서 한 마디도 꺼내지 못했다.

　멍하니 두 사람을 바라보는데 우석이 씩 웃었다.

　"인사해라. 박선애다. 이화여대에 다니고 있지. 학교는 다르지만 후배야."

"처음 뵙겠어요."

고개를 까닥, 하고서도 여전히 무릎을 안고 웅크려 앉아 있는 그녀의 동그란 얼굴이 잔뜩 겁에 질려 있었다. 명철의 우락부락한 모습이 무섭기도 하고 의심스럽기도 해서 더 겁이 났을 것이다.

"김명철입니다."

"우석 선배에게서 얘기 많이 들었어요."

"흉이나 봤겠지요, 뭐."

알맹이 없는 말이지만 몇 마디 나누고 나자 그래도 마음이 훨씬 진정된다. 그래서 명철은 비로소 두 사람을 찬찬히 살펴볼 수 있었다. 꼴이 말이 아니었다. 사냥개에게 쫓겨 가시덤불 속으로 뛰어든 큰 토끼 작은 토끼 같다.

"숨을 만한 데를 급히 찾아야 하는데, 제일 먼저 생각나는 게 여기더라."

우석의 변명 비슷한 말에 명철이가 음성을 한껏 낮추어 물었다.

"왜? 죄 지은 거라도 있냐? 도망쳐온 거야? 무엇 때문에?"

"낸들 알겠냐? 대체 이게 무슨 영문인지, 내가 왜 도망쳐야 하는지, 왜 숨을 곳을 찾아야 하는 건지 누가 좀 가르쳐 줬으면 속 시원하겠다."

울분에 찬 그의 말에 명철이는 심각해져서 고개를 끄덕였다. 그도 라디오를 듣고 사람들이 주고받는 이야기를 들어 짐작은 하고 있었던 것이다.

"네가 주동자냐?"

불쑥 묻자 우석이 험악하게 인상을 썼다.

"주동자라니? 네 눈에는 내가 정말 빨갱이로 보이는 거냐?"

"아니, 그게 아니고……."

발끈하긴 했지만 우석도 이해하고 있었다. 명철이 진짜 의심하는 게 아니라 단지 표현할 마땅한 말을 알지 못해서 그럴 뿐이라는 것을.

"정보부의 수배자 명단에 나나 선애가 들어 있지는 않을 거야."

"그런데 왜 도망 다녀?"

"정보부가 인혁당 관련자라고 뒤집어 씌워서 찾는 사람들이 죄다 선배들이다. 그들 중에는 친하게 왕래하는 사람도 있어. 네가 경찰이라면 그들을 찾기 위해서 우리를 잡아들여 다그치지 않겠냐?"

우석은 우이동에서 인규 선배의 집이 급습을 당한 것도 그런 이유가 틀림없다고 믿고 있었다. 굳이 긴급 수배자가 아니더라도 사찰 대상에 올라 있는 자라면 누구나 위험한 것이다.

"아무래도 내가 함께 있으면 안 되겠지?"

무겁게 한숨을 쉰 강우석이 일어섰다.

"우석 선배……."

박선애가 그의 옷자락을 꼭 쥐고 울 것 같은 얼굴을 했다. 명철은 뭐라고 말해야 할지 알 수 없어서 눈을 끔벅이기만 했다. 우석이의 눈치를 보고 선애의 겁에 질린 얼굴을 보고 할 뿐이다.

그런 명철에게 강우석이 근엄하게 말했다.

"평소처럼 태연하게 행동해라. 어색한 기색을 보이면 안 돼. 누가 물어보면 고향에서 올라온 동생이라고 해. 불편하겠지만 며칠만 그렇게 지내고 있으면 될 거다."

"너는 어디로 가려고? 너도 그냥 여기 있으면 안 되겠냐?"

"단칸방에 시커먼 남자 둘이 아가씨 한 명과 함께 있어봐. 사람들이 이상하게 보지 않겠어?"

"나랑 선애 씨가 있는 건 괜찮고?"

"걱정이야 되지."

그 말에 당황하는 명철의 어깨를 두드리며 우석이 낮게 웃었다.

"너를 그만큼 믿기 때문이야. 이 넓은 세상천지에 안심하고 선애를 맡길 사람은 너밖에 없을 거다."

"그래도……."

"달리 선택의 여지가 없어. 너를 내보내고 내가 선애와 있을 수도 없잖아. 사람들이 당장 이 방 주인은 어디 갔냐고 물어볼 걸?"

"하긴 그러네."

"하지만 네가 동생이라고 하면 고개를 끄덕이면서 속으로는 그럴 거야. 어디서 참한 색시 감 하나 데려왔다고. 그게 낫지 않아?"

그 말에 명철이가 힐끔 선애를 돌아보았다. 그녀도 이제는 단념했는지 무릎을 안은 채 고개를 푹 숙이고 앉아 있기만 했다.

그녀에게 조곤조곤 몇 마디 위로와 당부의 말을 해준 우석은 명철의 손을 잡았다.

"선애 잘 부탁한다. 잡혀가게 해서는 절대로 안 돼. 너만 믿는다."

"너는 어디로 가려고?"

"나는 남자 아니냐. 어디 골목이나 다리 밑에서 거적을 쓰고 새우잠을 자도 괜찮아. 아무튼 며칠이면 될 테니까 내가 연락하거나 찾아올 때까지 선애 좀 잘 보살펴 줘."

방문을 조금 열고 깜깜한 바깥을 살펴본 우석이 다시 한 번 당부를 하고 후딱 나갔다. 금방 어둠에 묻혀 어디로 갔는지 알 수 없게 된다.

둘만 남은 방안에 어색한 침묵이 흘렀다. 무겁고 답답한 적막이었다.

"어떻게 된 겁니까? 집은 어디에요?"

헛기침을 한 명철이가 최대한 점잖게 물었다. 힐끔 그를 본 선애가 무릎을 더욱 꼭 끌어안고 떨리는 음성으로 말했다.

"후암동이에요."

"여기서 별로 멀지도 않네요. 데려다 드릴까요?"

그녀가 고개를 도리도리 흔들었다.

"그럼 금방 붙잡힐 걸요? 강 선배가 그랬어요. 경찰들이 어디든 벌써 지키고 있을 테니 친구나 아는 사람 집에도 가지 말라고."

"붙잡혀 가면 큰일 나나요?"

"아마도……"

선애가 입술을 잘근잘근 씹었다.

"많이 혼날 거예요. 고문도 당하고."

"고문이라니? 여자에게 말입니까?"

명철의 눈이 휘둥그레졌다. 설마 그러랴 싶으면서 울컥 화도 났다.

"그 사람들은 그런 거 상관하지 않아요."

"절대로 잡혀가면 안 되겠군요. 선애 씨는 물론 우석이도."

그의 말에 박선애는 우이동에서 잡혔을 게 틀림없는 이인규 선배를 떠올렸다. 아는 수배자의 소재지를 불라며 그를 때리고 고문할 것이라는 생각에 진저리가 처지고 눈물이 뚝뚝 떨어진다.

제5장 우리들의 아름다운 시절

그걸 본 명철은 어쩔 줄 모르고 쩔쩔맸다. 손을 대체 어떻게 해야 하는 건지, 눈길을 어디에 둬야 할지 모르고 안절부절못한다. 그러다가 겨우 말했다.

"여기 있으면 괜찮을 거예요. 아무도 모를 테니까요. 우석이 그놈도 같이 있었으면 좋았는데……."

명철은 우석이가 붙잡혀 고문당해서는 절대로 안 된다는 절박한 마음에 속이 탔다. 그의 아버지도 그렇게 폐인이 되지 않았는가. 우석이마저 그래서는 정말 안 되는 것이다. 그 생각에 더욱 불안해지는데 선애가 눈물 자국이 선명한 얼굴로 명철이의 눈치를 보았다. 그녀도 우석이 걱정이 되지만 지금 당장 자신의 처지가 더 난감하고 무서웠던 것이다.

퀴퀴한 땀 냄새가 배어 있는 것쯤이야 견딜 수 있었다. 이 좁은 방안에, 그것도 며칠씩이나 명철이와 둘이 있어야 한다는 게 영 불안했다. 한쪽짜리 농 곁의 삼단 서랍장 위에 개켜져 있는 얇은 이불도 달랑 한 채 뿐이지 않은가.

그런 근심은 명철이도 마찬가지였다. 우석이에 대한 걱정과는 또 다른 문제였다. 대체 뭘 어떻게 해야 하는 건지 아무 생각도 나지 않아서, 배가 고픈 건 물론 아직 씻지도 못했다는 것마저 잊고 멍하니 앉아 있기만 했다.

"무슨 일 있어?"
"아니요."
"그런데 왜 그래? 영 집중을 못하고 있잖아. 어디 아프기라도 한 거 아니냐?"

 대장간에서 벌써 여러 번 실수하여 거푸집을 세 개나 망가뜨렸다. 평소에는 없던 일이라 기술자이면서 책임자인 황 씨가 짜증을 냈다.

 명철은 땀을 닦고 일어섰다.

 "오늘은 몸이 좀 불편하네요."

 "그럼 일찍 들어가서 쉬어. 문은 내가 닫고 갈 테니까 걱정 말고."

 "감사합니다."

 "내일도 이러면 안 된다. 잘라버릴 거야."

 농담 섞인 황 씨의 말에 명철이가 머리를 긁적였다.

 다른 날과 달리 일찌감치 자취방으로 향하는 걸음이 무겁기만 했다. 숙제 안 한 아이가 교무실로 불려가는 것처럼.

 철물점에 들러 문이 잘 닫혔는지 다시 한 번 확인한 명철이 또 머리를 긁었다. 바로 뒤에 자기가 사는 단칸방이 있고, 거기 선애가 숨죽이고 있을 것이다.

 어제 밤의 일을 생각하면 눈앞이 깜깜해지기만 했다. 밤새 한 숨도 자지 못했던 것이다. 선애 또한 마찬가지여서 두 사람은 어둠 속에서 서로 다른 벽에 등을 기대고 쪼그려 앉아 뜬눈으로 밤을 새다시피 했다. 달리 무슨 할 말이 있는 것도 아닌 터라 밤이 더욱 길게만 느껴졌었다.

 우석이에 대한 걱정을 하다가 명철이 입을 닫고 만 건 선애의 말 때문이었다. 우석이와 같이 있을 때 그랬던 것처럼 그녀는 정부의 부정부패와 독재적 횡포 그리고 탄압에 대해 열띤 음성으로 말했고, 대중의 무기력과 무관심에 대하여 비판해대기 시작했던 것이다.

명철로서는 여간 거북스런 화제가 아닐 수 없었다. 우석이의 일장 설교를 듣고 있었을 때처럼 '대학 다니는 사람은 모두 저런가? 저래야 하는가?' 하는 의문이 들었다. 그리고 기가 죽어 시무룩해졌다. 학교만 생각하면 열등의식을 떨쳐버릴 수 없는 것이다. 이것저것 다 잊고 저 멀리 뚝 떨어져서 군 생활을 하고 있는 재기가 부러웠다.

명철은 자기도 모르게 퉁명스럽게 대꾸했다.

"나는 학교라고는 문턱도 밟아보지 못한 사람이거든요? 선애 씨가 말하는 그런 거 하나도 알아들을 수 없어요."

그 말에 선애가 입을 다물었다. 명철이를 힐끔거리는 눈길에 미안해하는 기색이 떠올랐다. 그 다음부터 아침이 될 때까지 두 사람은 아무 말도 하지 않고 앉아 있기만 했다.

명철이는 오늘 밤에도 그런 말들을 듣고 있어야 하나, 하는 생각에 한숨이 절로 나왔다. 그래서 엎드리면 코 닿을 자취방을 놓아두고 어슬렁거리며 거리로 나갔다. 그녀와 마주치는 게 어색할 것 같고, 그녀가 불편해 할 것 같아 오늘은 점심을 먹으러 들어가지도 않았는데 그 일이 새삼 후회가 되었다. 선애가 하루 종일 혼자 있었을 테니 그렇다. 잠깐이라도 말동무를 해주는 게 좋지 않았을까? 하는 생각이 들어 미안해지기도 한다.

공덕동 굴다리 시장을 이리저리 기웃거리는 동안 두어 시간이나 지났다. 더 견딜 수 없을 만큼 배가 고팠다. 그래서 어쩔 수 없이 집으로 향하는 명철이의 손에는 몇 개의 큼직한 봉투와 얇은 홑이불 한 채가 들려 있었다.

대문을 닫기 전 골목을 세심하게 살핀 명철이 헛기침을 하고 쿵쿵

발소리를 내며 마당을 건넜다. 손바닥만 한 마당인지라 평소 같으면 훌쩍 훌쩍 서너 걸음 만에 방문을 열 수 있었다. 그런 것을 열 걸음이 넘게 걸어 방문 앞에서 다시 헛기침을 했다.

문을 조금 열고 내다본 선애가 상기된 얼굴로 배시시 웃었다.

"이제 오세요? 늦었네요?"

"아, 예. 볼일이 좀 있어서……."

"피곤하시겠어요. 우선 씻으세요."

"그래야지요. 땀이랑 쇳가루 냄새가 날 테니까."

무심코 몇 마디 말을 주고받는 동안 명철은 가슴이 사뭇 간지러워졌다. 신혼부부들이나 할 법한 대화라는 생각이 들어서였다. 얼굴마저 붉어져 엄한 곳을 보며 괜히 헛기침만 하는데 선애가 방문을 활짝 열었다.

"어라?"

명철이의 눈이 휘둥그레졌다. 방안이 자기가 살았던 그 방이 아닌 것처럼 변했던 것이다. 깨끗이 정돈되었고, 반질반질할 정도로 청소까지 되어 있지 않은가.

"뭘 이렇게 사오셨어요? 이리 주세요."

선애가 얼굴을 붉힌 채 손을 뻗어 짐을 받았다. 분홍색 홑이불을 보고는 배시시 웃는다.

"시장하시겠어요. 어서 씻고 오세요. 금방 밥 차려드릴게요."

"아니, 밥도 했어요?"

"별로 잘하지는 못해요."

더욱 얼굴이 붉어진 선애가 방과 부엌 사이에 난 쪽문을 열고 얼른 나갔다. 명철은 멍해져서 말뚝처럼 서 있기만 했는데 히죽, 하고 입이 벌어지고 있다는 것조차 모르는 것 같았다.
"기다리다가 먼저 먹었어요. 미안해요."
밥상을 들여오며 선애가 다시 얼굴을 붉혔다.
진수성찬이었다.
몇 가지 반찬과 밥 그리고 콩나물국 한 그릇일 뿐이지만 명철이에게는 임금님의 수라상 못지않았다. 늘 찬밥 한 덩이를 물에 말아 건성건성 먹고 그냥 쓰러져 눕지 않았던가. 그러나 오늘은 따뜻한 밥과 정갈하게 손질한 반찬이 있다. 무엇보다 예쁘고 풋풋한 아가씨가 오직 나를 위해 차려준 밥상이라는 데에 더욱 감격할 수밖에 없었다. 이런 일은 생전 처음인 것이다.
찬장에 넣어두고 있던 재료들만 가지고도 이렇게 예쁘고 맛있는 반찬을 만들 수 있다는 게 신기하기만 했다. 선애의 길고 고운 손가락은 마법을 부리는 손가락이 틀림없다고 생각한다.
감격하면서 조심조심 밥을 먹는데 선애가 말했다.
"아주 명필이던데요?"
"예?"
"방을 치우다가 봤어요. 저거."
그녀가 구석의 작은 상을 가리켰다. 그 위에 몇 권의 불경과 두툼한 대학노트 그리고 가는 붓과 먹통이 있었다.
명철이가 불경을 필사하기 시작한 건 얼마 전부터였다. 우선 반야심경부터 필사를 시작했는데, 세 번째 필사가 거의 끝나간다. 저녁에 조금씩 시간을 내어 정성껏 써 내려가는 동안, 마음이 깨끗해지고 평화로워졌다. 그래서 앞으로도 계속할 작정이었다.

"아, 예. 그저 달리 할 일도 없고 해서……."

"그런데 전부 한자뿐이더군요?"

"예. 불경이 원래 그렇거든요."

"그럼 그걸 다 읽을 수 있고 뜻도 안단 말이에요?"

"어려서부터 큰스님에게 종아리 맞아가며 글을 배웠어요. 주로 불경에 대한 것들이었지만 한학도 조금씩 곁들여 배웠답니다."

선애의 눈이 동그래졌다. 설마 했는데 명철이의 대답이 의외여서 놀란 것이다.

"어머, 어머. 그러니까 명철 씨는 일찍부터 한문을 배웠군요? 학교에 다니는 대신."

"지금은 많이 잊어버렸어요. 손에서 놓은 지 하도 오래 되어서……."

"몇 구절 읽어 주실래요? 저는 봐도 잘 모르겠더라고요. 흰 게 종이고 까만 게 글자인가 보다 하는 수준이죠 뭐."

선애가 입을 가리고 웃었으므로 명철의 입가에도 벙긋 웃음이 피어났다.

한자가 우리 생활에 깊숙이 자리 잡고 있을 때였다. 신문을 봐도 거의 한자가 차지하고, 각종 공문서를 작성하려고 해도 그랬다. 학교에서도 우리글과 한자, 한문교육이 같이 이루어졌는데, 어렵고 까다로운 한자는 언제나 골치 아픈 글자이기만 했다. 그래서 젊은 세대는 점점 그것에서 멀어져가고 있던 때이기도 하다.

밥상을 물린 명철이가 반야심경을 펼쳐 아무 곳이나 몇 구절 읽고 해설해 주었다. 그를 바라보는 선애의 눈이 놀람과 감탄으로 점점 커졌다.

그녀는 이화여대에 재학 중인 재원이지만 다른 여학생들과 마찬가지로 한자에 약했다. 그런데 입학하고 받아본 교재가 모두 한자 투성이 아닌가. 그것 때문에 놀랐고, 아직까지도 애를 먹고 있었다.

그런 사정은 선애만의 일이 아니었다. 인문학부에 적을 두고 있는 학생들 거의 대부분이 비슷한 상황이었다. 교재와의 싸움이 제일 먼저 마주하는 관문이었던 것이다. 입학 초 교양 시간에 따로 한자 교육을 받지만, 한 학기로는 턱없이 부족했다. 그러니 선애에게는 자기 또래의 나이인데도 불구하고 할아버지 한학자처럼 막힘이 없는 명철이가 더욱 신기하고 대단해 보일 수밖에 없었다.

정말 대단하다는 그녀의 감탄과 칭찬에 멋쩍어진 명철이 반야심경을 내려놓고 엉뚱한 소리를 했다.

"옷가지 몇 개 사왔는데 맞을지 모르겠군요."

"옷이요?"

"가끔은 마당에도 나가고 바깥출입도 할 일이 있지 않겠어요? 그런데 그런 복장은 좀……"

그녀는 검정 치마에 흰 저고리의 여학생 복장 그대로였다. 사람들이 본다면 이상하게 여길 것이다.

급히 달아나느라 갈아입을 옷도 챙겨오지 못한 터라 선애는 명철이의 자상한 마음에 감격할 수밖에 없었다.

명철이가 이불과 함께 내밀었던 봉투 안에는 여느 아낙네나 입고 다닐 만한 헐렁한 몸빼바지와 남방 그리고 학생 머리를 감출 꽃무

늬 수건이 들어 있었다.

"고마워요. 이렇게 신경 써 주셔서……."

그녀가 채 말을 잇지 못하고 고개를 푹 숙였다. 자칫 눈물이 날 것 같았다. 명철이가 머쓱해서 외면하고 머뭇거리다가 선애의 눈치를 보며 조심스럽게 말했다.

"갈아입을 속옷도 필요할 텐데…… 그건……."

속옷 가게 앞을 몇 번이나 왔다 갔다 했지만 차마 안으로 들어가 여자 속옷을 고를 엄두가 나지 않아 포기했다. 그밖에도 여자에게는 필요한 게 많다는 걸 안다. 그래서 더 고민이었다. 여성용품을 어떻게 사 온단 말인가.

선애가 목덜미까지 빨개져서 더욱 고개를 숙이고 기어들어가는 음성으로 말했다.

"제가 나가서 살게요."

"그건 안 돼요."

명철이가 깜짝 놀라 손을 내둘렀다.

"벌써 가게에 한 번 경찰이 다녀갔어요. 우석이 행방을 묻더라고요. 모른다고 했더니 그냥 가기는 했는데, 어쩌면 골목에 사복경찰이 숨어 있을지도 몰라요. 나갔다가 그 사람들한테 잡히기라도 하면 큰일이잖아요."

"하지만……."

선애도 알고 있었다. 그래서 두려웠다. 그러나 당장 갈아입을 속옷은 꼭 필요했다. 그리고 며칠 뒤에는 생리가 시작될 텐데 생리대용 면포와 냄새를 가려줄 화장용품도 반드시 있어야 한다.

"내일은 내가 무슨 수를 내볼 테니까 하루만 더 참고 견디세요."
 명철의 말이 선애에게 믿음을 주었다. 그를 힐끔 바라보는 눈길에 감사의 따뜻함이 넘쳐났다.

 며칠이면 될 거라던 우석이에게서는 아직도 소식이 없었다.
 그동안 선애와 명철은 어느덧 자신들의 환경에 적응해가고 있었다. 비좁은 방에서 젊은 남녀 둘이 같이 잔다는 게 처음에는 힘들었는데, 닷새 쯤 지나자 그럭저럭 견딜 만했던 것이다.
 더운 여름날이라 방문을 활짝 열어놓고 잤다. 철물점은 문을 닫았고, 거기에 딸린 방은 하나뿐이니 다른 사람이 있을 리 없어 편했다. 골목과 손바닥만 한 마당을 두고 맞닿아 있지만 누가 갑자기 대문을 걷어차고 들어오지 않는 이상 방문 활짝 열어두고 잔들 창피할 게 없다.
 몸빼바지를 입고 댕기머리를 수건으로 감싼 선애는 어느덧 학생이라기보다 젊은 새댁처럼 변해가고 있었다. 이제는 낮 시간에 가게에 나가 필요한 것을 사올 만큼 대담해지기도 했다. 하지만 여전히 명철과 나란히 누워 잠을 자야 하는 시간이 오면 곤혹스럽고 불안했다.
 명철은 말 그대로 돌아누운 부처님 같았다. 잠결에라도 손 한 번 잡아보는 경우가 없었던 것이다. 그래서 선애에게 작은 불만 같은 것이 생기기도 했다. 내가 여자로서의 매력이 조금도 없는 사람이란 말인가? 하는 오기이기도 하다.
 명철이는 극한이라고 해도 좋을 인내심을 발휘해 참고 있는 중이었다. 선애의 숨소리를 들으면서 자기 허벅지를 피멍이 들도록 꼬집어댔던 일이 한두 번이 아니었다. 의식적으로 그녀와 거리를 두기 위해 자꾸 방문 쪽으로 비비적거리고 돌아눕다가 마당에 떨어질 뻔한 일도 있었다.

스스로를 그렇게 억제하고 있으니 명철이에게는 그녀와 함께 자는 시간이 무엇보다 큰 고역이었다. 지독한 고문이기도 하다. 그러나 명철은 그런 자신의 행동에 대해서 후회하지 않았다. 불도에 용맹정진하는 수양의 한 방법이라고 여기면서 참았던 것이다. 나를 억누르지 않고서 어찌 마귀를 억누를 수 있을 것인가. 마귀를 억누르지 못하면서 어찌 중생을 제도할 수 있단 말인가. 그러므로 선애는 부처님이 자기를 시험하기 위해 보내준 보살이라고 수백 번도 더 생각했다. 이 시험을 통과하지 못하면 불도를 이룰 수 없는 것이다.

'하지만 나는 중이 아니잖아?'

불쑥 그런 자각이 생겨나기도 했다. 그러면 다시 인내의 고통이 커졌다. 그럴 때마다 '인마, 한 번 중이 되었으면 영원한 중인 거야. 머리카락이 아무리 자라도 불심을 가리지는 못해.'하고 히히 웃었던 재기의 말이 머릿속에 왕왕 울려와 갈등을 몰아내 주었다.

그런 날들이 지나는 동안 어느덧 욕망과 충동이 잠잠해져 갔다. 잠결에 선애의 이불자락에 손이 닿아도, 그녀의 새근거리는 숨소리가 들려와도, 아무렇지 않게 된 것이다. 인형 하나 눕혀놓고 자는 사람처럼.

그렇게 명철이의 마음이 변해갔듯이 선애의 마음에도 변화가 찾아오고 있었다. 명철이에 대한 두려움과 불안 대신 지극한 신뢰가

싹텄던 것이다. 그건 보석 같은 것이었다. 처음 손에 쥐어본 영롱하고 아름답기 짝이 없는 보석이다. 그래서 선애에게 명철은 그 무엇보다 귀한 사람이 되어갔다. 그것이 사랑의 또 다른 모습이라는 것을 그녀는 아직 알지 못했지만 명철이를 바라보는 눈길이 날마다 달라지고 있는 건 자신도 느낄 수 있었다.

날이 더 지나고 중앙정보부와 경찰의 수배가 모두 해제되었다. 검찰에서 인혁당 사건을 조작된 것이라고 인정했고, 재판 과정에서 그 사건에 연루되었던 사람들이 대부분 무죄를 선고받고 석방되었으니 그렇다.

언론은 일제히 중정의 고문을 문제 삼았지만, 사건은 늘 그렇듯이 흐지부지되어 갔다. 그리고 우석이 거지꼴을 하고 돌아왔다. 다리를 조금 절고 있었다.

"청계천 위쪽 광희동 건축공사장에서 잡일 하고 있었어. 그러다가 불심검문에 걸렸지 뭐냐. 냅다 달아나는데 워낙 급해서 앞뒤 가릴 새가 있어야 말이지. 축대에서 뛰어내렸다가 그만 이렇게 되었다."

어수선한 공사 현장에 숨어 있었던 모양인데 재수가 없었다고 해야 하리라. 왼쪽 발목이 골절되었으니 무사히 도망칠 수 있었던 대가치고는 심한 것이었다.

"병원에 갈 수 있어야 말이지. 그냥저냥 이 악물고 버텼더니 이러네."

"이런 멍청한 놈."

명철이가 안타까워 발을 굴렀다. 남의 말 하듯 하는 우석이 밉기까지 했다.

그 일로 강우석은 한 다리를 저는 신세가 되고 말았다. 치료 시기를 놓쳤기 때문에 어쩔 수 없는 일이었다. 심한 증상은 아니어서 약간씩 절었으나 영영 불구가 되었다고 해야 하리라. 그 대신 군 면제를 받았으니 작은 보상은 받은 셈이다.

"그나저나 두 사람 아무 일 없었던 거지?"

그가 미심쩍다는 얼굴로 명철과 선애를 번갈아 바라보며 곱지 않은 눈길을 던졌다. 명철이를 대하는 선애의 태도가 은근하다는 걸 느낄 수 있었던 것이다.

명철이가 쑥스럽게 웃었다.

"일은 무슨. 네 당부대로 선애 씨 잘 지키고 있었을 뿐이다."

"선애 너는?"

"선배는? 명철 씨 그런 사람 아니에요. 괜한 의심 마세요."

불쾌하다는 듯 토라져서 눈을 흘기는 그녀의 목덜미가 빨갛게 달아올라 있었다.

"정말 아무 일도 없었어? 이 좁은 방에서 보름 남짓 같이 있었는데도?"

"허, 이것 참."

명철이가 난감하다는 듯 혀를 찼고, 선애가 당돌하게 우석을 쩨려보았다.

"하긴, 청춘남녀 간의 일이니 내가 뭐라고 할 게 아니지."

체념한 듯 말하는 우석의 얼굴이 영 밝지 않았다. 그래서 세 사람 사이에 어색한 침묵이 오래 계속되었다.

우석을 따라서 그 밤에 선애가 떠나갔다.

그녀의 체취를 더듬듯 텅 빈 방안을 휘둘러보는 명철의 가슴에 커다란 구멍이 뻥 뚫렸다.

모든 게 제자리로 돌아간 것이다. 변한 건 없다.

애써 그렇게 생각하지만 대장간에서 망치질을 하는 손목에 힘이 빠졌고, 거푸집을 빚는 작업에 섬세함이 떨어졌다.

그해 가을 이강복은 벼르고 있던 사법시험에서 고배를 마셨다. 그가 말하지는 않았지만, 명철은 실패의 원인을 나름대로 짐작하고 있었다. 애인이 생겼던 것이다. 행시를 준비할 때와 달리 마음이 둘로 나뉘고 정신을 두 곳에 분산시켜야 했을 테니 어쩌면 당연한 일인지도 모른다.

강우석은 조신하게 학교에 틀어박혀 그동안 밀린 공부에 열중하고 있는 것처럼 보였다. 그러나 언제 또 폭발할지 몰라 명철은 조마조마하며 그를 지켜보았다. 그러던 어느 날 선애가 불쑥 찾아와서 그를 놀라게 했다.

여느 때와 다름없이 대장간 일을 마치고 깜깜해져서 돌아온 명철은 방에 불이 환하게 켜져 있는 것을 보고 놀랐다. 누군가, 하여 왈칵 문을 열었다가 빈 방에 오똑 앉아 있는 그녀를 보고 또 놀랐다. 깨끗하게 청소가 되어 있었고, 신문지에 덮인 밥상이 얌전하게 기다리고 있지 않은가.

명철이가 기쁨과 감격을 내색하지 못하고 묵묵히 밥을 먹고 나자, 선애가 다가앉으며 말했다.

"선생님이 되어 주세요."

"예?"

그녀의 엉뚱한 말에 명철이가 당황했다.

"선생님이라니요? 국민학교 문턱도 밟아보지 못한 제가 어떻게 대학생의 선생이 될 수 있단 말입니까?"

정색하고 손을 내두르자, 선애가 입을 가리고 웃었다.

"한문을 배우고 싶어요. 나도 명철 씨처럼 읽고 쓰고 하는 걸 자유롭게 하고 싶어졌어요. 진심이에요."

"아니, 하지만 그건……."

"자, 시간을 정해 주세요. 일주일에 세 번쯤이면 고맙겠어요. 대신 이렇게 와서 빨래하고 밥해주고 할게요. 그럼 됐죠?"

이미 그렇게 정해졌다는 것처럼 야무지게 말하고 빤히 바라보는 선애 앞에서 명철은 그저 쩔쩔맬 뿐 뭐라고 말해야 할지 하나도 생각나지 않았다. 머릿속이 온통 왕왕거리고, 우석이의 얼굴이 떠올랐다 지워지기를 거듭해서 정신을 차릴 수 없었다.

막무가내로 정해놓고 선애는 일주일에 세 번 꼬박꼬박 찾아왔다. 그리고 늦게까지 상을 놓고 마주 앉아 한자 공부를 하고 문장을 배웠다.

"선애가 요즘 심상치 않다."

어느 날 우석이 불쑥 찾아와 그렇게 말했을 때 명철은 가슴이 철렁했다. 죄지은 사람처럼 그의 얼굴을 똑바로 바라볼 수 없었다.

"나 선애를 속으로 좋아하고 있었거든. 야무지고 똑똑한 아가씨잖아. 명랑한데다가 예쁘기도 하고."

"……."

"선애도 나에게 호감이 있었어. 그런데 요즘 좀 달라진 것 같더라. 나를 피하는 건 물론 모임에도 안 나와."

왜냐고 물을 수 없었다. 우석이 이미 모든 걸 다 알고 찾아온 것 같았기 때문이다. 짐작일지도 모르지만, 자꾸만 그럴 것이라는 생각이 들어 명철은 그의 앞에서 더욱 주눅이 들기만 했다.

"좋아하는 사람이 생겼나봐."

허탈하게 말하고 난 우석이 길게 한숨을 쉬었다. 그 얼굴이 어느 때보다 쓸쓸해 보이는 것이어서 가슴이 미어지는 듯 아프지만 명철은 여전히 한 마디도 할 수 없었다.

신 김치 쪽을 안주로 막걸리 한 주전자를 혼자서 다 마신 우석이 일어섰다. 비틀거리는 그를 부축했는데 허깨비처럼 가볍게 느껴졌다. 그래서 명철이는 더욱 가슴이 아팠다.

"누구인지 모르겠다. 어떤 놈이 그녀의 마음을 빼앗아갔을까?"

어깨동무를 한 우석이 명철이에게 기대고 서서 물끄러미 바라보았다.

"설마 너는 아니겠지? 그렇지?"

"내가 어떻게 선애 씨를……."

"왜? 못 배워 무식해서? 부모형제 아무도 없어서? 대장간에서 노가다 하는 처지라서? 가난해서? 못생겨서?"

그의 말이 한 마디 한 마디 못이 되어 명철의 가슴에 박혔다.

"그래. 너는 아닐 거야. 선애가 너 같은 놈을 좋아할 리가 없지.

암, 그렇고말고. 그래서는 안 되지. 안 되는 거야."

"많이 취했다. 여기서 자고 내일 가라."

권유하는 명철의 팔을 우석이 거칠게 뿌리쳤다.

"선애랑 너랑 보름이나 같이 잔 이 방에서 나더러 자고 가란 말이냐? 그만 둬, 인마."

"우석아!"

술이 취해서 내뱉은 말이라고 해도 그 말이 명철의 가슴에 대못이 되어 사정없이 틀어박혔다.

"벌써 잊은 거냐? 그녀를 나에게 억지로 떠맡긴 사람은 너였어. 그리고 그녀와 나 사이에 아무 일도 없었다. 정말이다."

"그래, 그래. 나는 너를 믿어. 죽을 때까지 믿는다. 친구니까. 그냥 괴롭다. 괴로운데 누구한테 이런 말을 할 수 있어야 말이지. 그래서 너한테 왔을 뿐이야. 미안하다. 귀찮게 해서."

뿌리치고 어둠 속으로 비틀거리며 사라져가는 우석이의 뒷모습이 그때처럼 가엽고 초라해 보인 적이 없었다. 무너지듯이 문지방에 무릎을 꿇고 주저앉은 명철은 두 손을 합장하고 "나무아미타불. 나무아미타불." 하고 중얼거리기만 했다.

※ ※ ※

"한문 연구회라는 써클 하나 만들었는데, 와서 강의해 줄 수 있어요?"

가을이 깊어가고 있는 어느 날 선애의 갑작스런 말이 명철을 혼란하게 했다.
"내 얘기 들은 친구며 후배들이 모두 자기들도 배우겠다고 하잖아요. 겨울방학을 이용해서 한문 실력을 높여 보겠다며 아주 의욕적이에요."
그 무렵 선애는 명심보감을 거의 떼어가고 있었는데, 그녀의 한문 실력이 놀랍게 달라진 것을 알고 교수님이 물었다고 했다. 사실대로 말해 주었더니 그게 소문이 나고 말았다. 그러자 한자 때문에 고생하고 있던 과 친구들이 하나 둘 찾아와 나도 배우게 해달라고 부탁하더란다.
내친김에 함께 모여서 공부를 해보자는 목적으로 써클을 하나 만들었다고 했다. 학교에서도 건전한 취지인지라 선뜻 승낙해 주었고, 신관 3층 구석에 써클룸까지 마련해 주었다니 대단한 일이다.
명철은 선애의 적극성과 당돌함에 놀랐다. 동시에 엉뚱함도 보며, 얌전하고 조신한 아가씨이기만 한 게 아니라는 걸 깨달았다. 하긴 그런 적극성이 있으니 학생운동에 참여했을 것이라고 생각하지만, 그래도 이건 좀 아니다 싶었다.
"대단한 일도 아닌데요 뭐."
명철이가 단호하게 거절하자 선애가 대수롭지 않다는 듯이 생글생글 웃으며 말했다.
"단지 써클에 나와서 지금처럼 가르치시면 돼요. 나 혼자가 아니라 스무 명 남짓한 학생들을 상대하는 거지만. 물론 보수 같은 건 없어요. 봉사하는 거니까요. 학생회의 동의를 받아야 하지만, 큰 문제는 없을 거에요. 학벌 같은 게 뭐가 중요해요? 그 분야에 얼마나 전문적인 지식을 가지고 있느냐, 하는 게 중요한 거지. 그런 점에서 명철 씨야말로 제격이지 뭐예요."

"선애 씨 학교에도 한학에 밝은 교수님이 계실 거고, 나보다 훨씬 나은 유학자들도 찾아보면 많을 텐데 왜 하필……"

선애의 말은 간단명료했다.

"그런 분들 모시려면 보수를 드려야 하잖아요. 저희 돈 없어요. 그분들은 시간이 없을 테고."

떼쓰듯 졸라대는 선애를 돌려보낸 명철은 다음 날 강복이를 만나 상의했다. 이강복이 대수롭지 않다는 듯 말했다.

"한번 해 봐. 뭐가 어려워? 이 기회에 여학교가 어떻게 생겼는지 구경도 하고 좋잖아? 여학생들 틈에 청일점으로 있을 수 있다는 게 어디냐? 네 인기가 곧 하늘을 찌르겠네. 부럽다."

"그게 그렇게 간단하고 단순한 일이냐? 내가 여대생들 앞에서 가르친다는 게 말이 돼?"

"안 될 건 또 뭐 있어? 학교에서 교수를 뽑는 것도 아닌데. 써클은 동호회 비슷한 활동을 하는 곳이거든. 학생들이 자율적으로 운영해 간다. 써클 회원들이 오케이 했으면 그만이야. 학교나 학생회가 초빙해서 강당에 학생들을 모아놓고 하는 강의도 아니잖아. 한문을 가르친다는 게 불법도 아니고."

"하지만 우석이가 알면 곤란하잖아."

"너도 참. 그 박선애인가 하는 여학생이 우석이 애인이래? 그냥 우석이가 좋아하는 거라면서? 또, 애인이면 어때? 네가 그녀와 둘이서 데이트하는 것도 아닌데. 어디까지나 선생과 학생으로 만나는 거잖

아. 기다리고 있는 학생이 이십여 명이나 된다며?"

"그래도……."

"가서 해봐. 너에게도 좋은 경험이 될 거다. 추억도 생길 거고. 다른 사람은 그런 기회가 없어서 안달일 텐데 너는 왜 그러냐? 너를 필요로 하고, 네 도움을 원하는 사람들이 있는데 외면하는 건 자비로운 스님이 할 일이 아니지."

"나, 중 아니다."

"일테면 그렇단 말이야, 인마."

강복이 의미심장한 미소를 지었다.

"우석이는 물론 누구의 눈치도 볼 것 없다. 우정은 우정이고 사랑은 사랑인 거야. 우석이도 그쯤은 구별할 줄 아는 놈이다."

명철이가 한숨을 쉬고 입을 다물었다. 그리고 다음 날 갑자기 쳐들어온 선애와 또 한 여학생을 만나야 했다.

그날은 주문받은 물량이 넘쳐나 아예 철물점 문을 닫고 아침부터 대장간에 나와 일을 하고 있었다. 오후의 망치질 소리가 거리에 힘차게 울려 퍼질 무렵이었다. 기술자 황 씨는 거푸집 작업을 했고 명철이는 화덕에서 꺼낸 붉은 쇳덩이를 모루 위에 올려놓고 두드려 펴고 있는 중이었다. 그것들이 변하여 낫이 되고, 부엌칼이 되고, 쟁기며 쇠스랑이 되기도 한다.

그토록 강한 쇠가 벌겋게 달아올라 엿가락처럼 척척 늘어진다는 게 언제나 신기했다. 불의 뜨거움이 쇠마저 녹이고 물러지게 하듯, 정욕과 질투, 탐욕의 뜨거움도 사람의 꿋꿋함을 녹여버린다. 그런가 하면 사랑의 뜨거움과 자비의 불길이 악한 생각들을 녹여서 선한 마음만 남도록 해주기도 하는 것이다. 명철은 달궈진 쇠를 두드릴 때마다 그런 생각을 하며 고달픔을 잊었다. 자신의 이 망치질이 세상의 악한 것들을 두드려 펴는 망치질이기를 원하면서.

"어머, 어머. 정말 신기하다. 나 이런 것 처음 봐."

짜랑짜랑한 아가씨의 음성에 황 씨가 돌아보았고, 명철이가 망치질을 멈추었다.

"안녕하세요. 이경선이에요."

명철과 눈이 마주친 아가씨가 밝은 음성과 얼굴로 까닥 인사를 했다. 명철은 어리둥절해하는 표정으로 선애를 보고 그녀를 보았다.

한눈에 여대생임을 알 수 있는 깨끗한 옷차림에 세련된 가방을 들었고, 검정 구두를 신은 아가씨였다.

그녀는 호기심 많은 강아지 같았다. 어려워하지도 않고 대뜸 대장간 안을 돌아다니며 이것저것 만져보고 구경하면서 연신 "어머, 어머." 하고 감탄하는 것이 박물관에라도 온 중학생 같았다.

"누구야? 아는 아가씨들인가?"

황 씨가 어리둥절해서 물었다.

대장간에 이처럼 귀해 보이는 아가씨들이 찾아온 적이 없었기에, 그는 당황하고 의아한 중에 놀라기도 한 얼굴이었다.

선애가 얼른 황 씨에게 웃으며 인사했다.

"안녕하세요? 아저씨가 명철 씨에게 주물 일 가르쳐 주신다는 그분이시죠? 명철 씨한테서 말씀 들었어요."

황 씨가 헛기침을 했고, 명철이가 한숨을 쉬고 망치를 내려놓았다. 이제 골목 안은 물론 온 동네에 소문이 다 날 것이다. 명철이가 전에 있던 참한 아가씨를 내쫓더니 새로 이화대학에 다니는 아가씨를, 그것도 둘이나 꾀었다고.

한번 아낙네들이 입방아를 찧기 시작하면, 천하에 없는 바람둥이가 되어버리는 건 순식간이다. 지난여름 몸뻬바지를 입고 머리에 수건을 쓴 채 골목에 가끔 나타났던 선애와 지금의 그녀는 전혀 다른 사람 같았다. 그러니 누구든 뒤에서 자기를 손가락질하며 수군댈 것이라는 생각에, 명철은 저절로 한숨이 나왔다.

제6장

―――

길
고
긴
터
널

수많은 말들이 필요한 게 아니다.
수많은 별들이 있지만 그 시절 우리가 소망을 실어 보냈던 '나의 별'은 하나이지 않았던가. 그처럼 세상의 온갖 말들 중에서, 어떤 때는 단 한 마디 말의 무게가 그 모든 것을 합친 것보다 무거울 때도 있다.
별 하나 때문에 우주가 기울어질 수 있다면, 그건 내 소망의 무게 때문일 것이다.
지금 내가 허덕이며 걸어가고 있는 삶의 길고 긴 터널 밖이 어떤 세상이든 중요치 않게 여겨질 때가 있다. 그것보다는 이제 저만큼 앞에 터널의 끝이 보이고 있다는 사실이 훨씬 중요하고 심각할 때가 누구에게나 있기 마련이다.
"할아버지."
"왜?"
"저기……."
"할 얘기가 있으면 해라."
선욱이 자꾸만 눈치를 보며 망설이는 게 심상치 않다. 그래서 이 강복 노인이 읽고 있던 성경책을 덮고 돌아앉아 마주했다.

"이런 얘기 해도 될지 모르겠어요."

"그러니까 뭔데? 여자 친구라도 생긴 거니?"

"할아버지는 참. 2학기 앞두고 있는 고3한테 무슨 그런 정신이 있겠어요?"

선욱은 모의고사를 볼 때마다 전국 최상위권의 성적을 놓치지 않고 있는 모범생이었다. 착실하게 공부하고, 착실하게 교회에 나가는지라, 이 노인의 사랑을 톡톡히 받고 있었다. 다섯이나 되는 손자손녀들 중 선욱이만 막내 딸 미영이와 함께 자기 집에서 데리고 사는 것을 보아도 알 수 있다. 이 노인은 선욱을 보면 자신의 그맘때 모습을 보는 것 같아 언제나 흐뭇했다.

"있잖아요, 미국서 온 할아버지."

"재기 말이냐? 그 녀석이 뭐라고 하던? 귀담아 듣지 마라. 그때나 지금이나 철이 덜 든 녀석이니까."

"그게 아니고요. 그러니까 저기……"

수상쩍기 짝이 없다. 그래서 이 노인이 정색을 했다. 눈치를 보던 선욱이 결심한 듯 바튼 기침을 하고 나서 입을 열었다.

"그 할아버지 약 하시는 것 같아요."

"약?"

엉뚱한 소리라 이 노인이 어리둥절했다가 풀썩 웃었다.

"할아비 나이쯤 되면 누구나 약을 달고 사는 거야. 나도 그렇잖든."

"그게 아니고요. 그런 약 말고 왜 있잖아요."

선욱이 자기 팔 오금에 주사 놓는 시늉을 했다.

"이런 거요."

"그게 뭐?"

"아이 참, 할아버지는. 미국영화 같은 거 보면 많이 나오잖아요. 뒷골목 음침한 데서 불량스런 자들이 하는 그런 거. 일회용 주사기로요."

"응?"

이 노인이 놀라서 움찔, 했다.

"뽕 말이냐?"

불쑥 튀어나온 뽕이라는 말에 선욱이 킥킥거렸다. 할아버지의 입에서 그런 말이 나오니 어색하고 우습기도 하리라.

"네가 어떻게 알아?"

"며칠 전 집에 저랑 미국 할아버지랑 둘만 있었거든요. 할아버지 방에서 말동무 해드리며 놀았는데 갑자기 땀을 뻘뻘 흘리면서 괴로워하시더라고요."

"그래서?"

"약 사다드릴까요? 하고 물었더니 괜찮으니까 오늘은 그만 놀자는 거예요. 그래서 나왔는데 자꾸 걱정이 되잖아요. 안 되겠다 싶어서 할아버지, 하고 무심코 문을 열었거든요."

"그랬더니?"

"할아버지가 그거 놓고 있다가 깜짝 놀라더라고요. 알통에 노란 고무줄까지 감고 있었어요. 영화에서 본 딱 그 장면이던 걸요?"

"정말이야? 네가 잘못 본 거 아니지?"

"당황해서 얼른 문 닫았는데, 서둘러 나온 할아버지가 저를 붙잡고 막 사정을 하셨어요. 절대로 아무에게도 얘기하면 안 된다고. 얼마나 간절히 부탁하시는지 차마 거절할 수 없지 뭐예요. 그래서 며칠 망설였지만 아무래도 말씀드려야 할 것 같아서……."

"이, 이…… 이놈이……."

이 노인이 주먹을 부르르 떨었다. 그게 사실이라면 결코 용서하지 않으리라고 어금니를 악문다.

"알았으니까 나가봐라. 배고프면 고모한테 간식거리 달래서 먹고."

"예."

머뭇거리던 선욱이 울상을 하고 말했다.

"제가 일렀다고 하시면 안 돼요. 미국 할아버지랑 단단히 약속했단 말이에요."

"알았다. 할아비가 알아서 할 테니까 나가 봐."

선욱을 내보낸 이 노인이 주먹으로 방바닥을 내리쳤다.

"이, 이놈이 내 집에서 감히 그런 짓을 해? 아니, 나이가 지금 몇인데……."

더욱 괘씸하고 한심했다.

이 노인이 더운 숨을 내쉬고 있는 그 시간, 박재기 노인은 명현사의 선방 툇마루에 명진 스님과 나란히 앉아 있었다. 노을빛을 따라 불어온 바람에 흔들리는 백일홍 나뭇잎을 무심히 바라보고 있다.

"자고 갈래?"

"아니."

"그러지 말고 자고 가라. 오랜만에 나랑 같이 자 보자꾸나."

"젊은 보살이면 모를까 냄새나는 늙은 중하고는 안 잔다."

"허허."

헛웃음을 웃은 명진 스님이 넌지시 물었다.

"늙은 장로님에게서는 냄새 안 나고?"

"그러니까 같이 안 자잖아. 나는 내 방에서 잔다. 혼자서 외롭고 쓸쓸하게."

그 말을 하고 입을 꾹 다무는 박재기 노인의 주름진 얼굴이 노을빛에 젖어갔다.

얼마나 침묵이 흘렀을까. 그가 다시 가볍고 놀리는 것 같은 특유의 말투로 명진 스님을 불렀다.

"명철아."

"응?"

"그때 그 아가씨를 꽉 붙들기만 했어도 네가 지금 이렇지는 않았을 텐데 말이야. 그렇지?"

"쓸데없는 소리. 내가 지금 어때서."

"그렇잖아. 나 같았으면…… 누구랬지? 아, 그래, 박선애. 아무튼 나 같았으면 그 아가씨를 그냥 단번에 해치웠을 거다. 그래서 아들 딸 열쯤 낳고, 지금은 이놈 저놈한테 효도 받아가면서 호강하고 있을 거야."

히히 웃는 박재기 노인의 머리통을 쥐어박은 명진 스님이 눈을 흘기고 나서 멍하니 백일홍 나무를 바라보았다. 조금 더 짙어진 노을 속에서 이파리들이 하늘거리고 있었다.

"다 쓸데없느니라. 일장춘몽에 남가일몽이야. 인생이라는 게 그런 것이라는 걸 이제야 알아가는구나."

"나는 벌써 알았다. 그나저나 다시 생각해도 아깝잖아. 그렇다고 우석이 그놈이 선애 씨와 잘된 것도 아니고."

잠시 침묵하더니 명진 스님을 힐끔거리며 혼잣말처럼 중얼거렸다.

"어디 사는지 몰라. 참 예쁘고 팔팔한 아가씨였는데…… 엉덩이도 펑퍼짐하고 튼실했으니, 누구와 살든 아들딸 쑥쑥 잘 낳아 주었을 거야. 지금쯤 어디서 곱게 늙은 할망구가 되어 잘살고 있겠지. 나무아미타불."

합장하고 염불까지 하는 박 노인을 물끄러미 바라보던 명진 스님이 풀썩 웃고 말았다.

* * *

그때 명철은 선애와 이경선이라는 아가씨의 생떼에 기어이 지고 말았다. 그래서 겨울방학 내내 이화여대에 나가 스무 명 남짓한 여학생들을 마주하고 한자 공부를 겸해서 명심보감과 소학을 가르쳐 주었다. 일주일에 두 번 여자 대학교에 들어갈 때마다 왠지 뒤통수가 따가워서 쭈뼛거리곤 했던 기억이 생생하다.

방학이 끝나갈 무렵 명철의 강의는 써클룸이 비좁아 복도에 서서 들어야 할 정도로 인기를 끌었다. 하지만 거기까지였다. 학교 측에서 개학 후에도 계속해 주기를 바랐으나 명철이 단호히 거절하고 끝냈던 것이다. 그때 선애가 발을 동동 구르며 얼마나 안타까워했던지…….

지금 생각해 보면 그녀가 자기를 많이 좋아했다는 것을 확신한다. 이경선 양도 스스럼없이 짓궂은 장난을 걸어오곤 했었는데, 그러다가 반짝이는 눈으로 은근히 바라보던 그것이 호감이었다는 것을 안다.

선애와는 달리, 그녀는 철물점이며 대장간으로 아무런 거리낌 없이 찾아와 수다를 떨기도 했다. 그러다가 혼자서 깔깔거릴 때면 명철은 정리한 물건을 또 정리하고, 닦은 물건을 또 닦으면서 짐짓 무심한 척하곤 했었다.

그렇게 한 해가 슬그머니 지나가 1965년이 되었다.

긴 겨울방학이 끝나고 새 학기가 시작되었을 무렵, 선애와 우석이의 얼굴에 수심이 깃들었다.

화려하던 벚꽃이 속절없이 다 떨어지고 만 어느 날, 술이 잔뜩 취해 찾아온 우석이 선애를 단념했다며 펑펑 울어댔다. 그때 명철은 볼품없이 마른 그의 등을 쓸어주면서 자기가 그녀와 인연을 맺어서는 안 된다는 것을 다시 알았다. 그 후 우석은 더욱 적극적으로 학생운동을 했고, 4학년이 된 그는 이제 어느 집회에서나 주동적인 위치에 서 있었다.

그해 6월 22일, 한국과 일본 간의 국교를 정상화하는 '한일기본조약'과 4개의 부속 협정이 일본 수상 관저에서 조인되었다. 학생들이 나서서 국회 비준을 극렬하게 반대했지만, 세상은 4·19 때와는 달라도 너무 달랐다. 이제는 그들의 투쟁으로 바꿀 수 있는 것은 아무것도 없었다.

국민들의 생활이 조금씩 나아지고 나라의 경제 지표가 올라갈수록, 정권의 완고함과 오만함도 커져가고 있었다. 명철은 그것을 용납하지 못하는 우석과, 자꾸만 시끄러움이 더해가는 세상을 보며 가슴 졸인 적이 한두 번이 아니었다.

기어이 서울에 위수령이 발동되는 사태가 벌어졌다. 여당 단독으로 한일협정 비준안을 국회에서 통과시킨 것이 계기였다. 격렬한 학생 시위가 연일 계속되자, 대통령 명령으로 8월 26일 오전 서울 일원에 위수령이 내려졌던 것이다. 6개 사단 병력이 투입되면서 마치 5賊군사정변을 다시 보는 듯했다.

그들의 목표는 시위 학생들이었다. 수백 명의 무장군인들이 그날 오후 연세대학교와 고려대학교에 난입해 주동자들을 대거 색출·연행해 갔다. 그 과정에서 과도한 폭력이 발생할 수밖에 없었던 건 불을 보듯 뻔한 일이었다. 그들에 의해 거칠게 연행된 학생들 속에 강우석이 있었다. 얼마간 구금 생활을 하다가 재판을 거쳐 다행히 풀려나기는 했지만, 그때부터 강우석은 학생 시위가 있을 때마다 사찰 기관이 제일 먼저 찾는 인물이 되었다.

그리고 박선애는······.

우석에게 단호하게 결별을 선언한 그녀는 더욱 명철에게 집착했다. 지난해 여름, 그의 자취방에 한동안 피신해 있었을 때처럼 아예 들어와 살기라도 할 기세였다.

그녀가 집에 와 있을 때 우석이 불쑥 찾아오거나, 혹은 그가 있을 때 그녀가 모르고 찾아왔다가 몇 번 마주치기도 했다. 명철은 그때 우석이의 얼굴을 잊을 수 없었다. 원망어린 눈빛으로 물끄러미 바라보다가 말없이 돌아서던 그를 떠올리면 지금도 미안한 마음이 든다.

그런 우석에 대한 안타까움과 죄책감 때문에, 명철은 박선애뿐만 아니라 갈수록 적극적으로 다가오는 이경선 양의 호의도 여간 부담스러운 게 아니었다. 그래서 고민이 깊어지던 그 무렵, 이강복도 강우석도 모두 변해 있었다. 박재기만 여전할 텐데, 그는 보고 싶어도 볼 수 없는 곳에 가 있었다.

명철이가 그렇듯이 강복이는 강복이대로, 우석이는 또 우석이대로 자기 일에 누구보다 충실한 사람이었다. 다만, 각자 달려가고 있는 길이 다르다는 것이 문제일 뿐이다. 그들 두 사람도 그것을 알았다. 그래서 그 즈음부터 강복이와 우석이 사이가 왠지 삐걱거리기 시작했다. 만나도 서로 눈치를 보며 우물쭈물했던 것이다. 그러면 재기 대신 명철이가 너스레를 떨어가며 어떻게든 예전의 분위기로 돌려놓으려 애를 썼다. 그러나 그들은 "또 보자." 하고 건성으로 내민 손을 건성으로 잡아 주고 돌아설 뿐이었다.

강복이 먼저 떠나면 우석이 명철에게 손을 내밀고 말했다.

"선애랑은 잘 지내고 있냐? 잘해줘라. 좋은 아가씨다."

묻고 돌아서는 그의 얼굴이 너무 쓸쓸해 보여서 무서웠다.

각자 떠나는 두 사람의 뒷모습을 번갈아 보면서 명철은 이 길도, 저 길도 따라갈 수 없는 자신이 추수 끝난 벌판의 허수아비 같다고 생각했다. 다시 혼자가 되어간다는 두려움이 걷잡을 수 없이 밀려왔다. 세상에서 제일 무서운 외로움이라는 괴물이 음흉하게 웃으며 다가오는 것을 본다. 그럴 때면 명철은 이것저것 가리지 말고 선애와 사랑이라는 것에 빠져 흠뻑 취해보자는 충동에 몸을 떨기도 했다. 이경선 양이라도 상관없을 것이다. 그러나 그는 자기가 그래서는 안 된다는 것을 너무 잘 알고 있었다. 그게 문제였다.

어느 날 저녁. 선애가 잔뜩 술이 취해서 찾아와 펑펑 울고는 쓰러져 잠이 들었다. 명철은 자꾸 차버리는 이불을 끌어당겨 덮어주면서 밤새 그녀의 곁을 지켰다. 새벽이 밝아올 때까지 반야심경을 백 번도 넘게 외웠을 것이다.

그리고 떠났다.

입고 있던 옷 그대로, 아무 것도 욕심내지 않고, 아무런 미련도 두지 않고, 죽어버리듯이 그렇게 방을 나섰던 것이다. 훤히 밝아오는 새벽을 향해 대문을 열고 나가는 자신의 뒷모습을 보면서 선애가 소리 없이 눈물을 흘리고 있다는 것은 짐작도 하지 못했다.

그렇게 명철은 사라졌다. 제 발로 우석과 강복이에게 찾아갔듯, 제 발로 그들과 세상 모두를 등지고 다시 떠난 것이다.

배가 고프면 아무 집에나 찾아가 밥을 얻어먹었고, 잠이 오면 다리 밑이나 남의 집 담벼락 아래에 거적을 깔고 덮으며 잤다. 비가 오면 비를 철철 맞으며 하염없이 걸었고, 상념이 불길처럼 일어 괴로운 날은 잠자는 것도 잊은 채 찬이슬을 맞으며 밤새 터벅터벅 걸었다.

그렇게 꼬박 닷새를 걸어서 속리산 경내에 들어선 명철은, 법주사에 찾아가 삼천 배를 올리며 참회했다. 그리고 그곳에 안거하고 있던 성철 스님의 상좌가 되어 '명진'이라는 법명을 다시 찾았다.

※ ※ ※

"명숙이 누나는? 자주 찾아가 보냐?"
"요즘 들어 통 가보지 못했다."
물은 박재기 노인도, 대답한 이강복 노인도 얼굴이 어두워졌다.
"미국에서 몇 달을 수소문한 끝에 기어이 누나를 찾았지. 뉴욕까지 가는 동안 내내 가슴이 설레서 미치는 줄 알았다. 브루클린 동남부의 브라운스빌에서 혼자 살고 있더라. 너 거기가 어떤 동네인지 모르지? 할렘가 찜 쪄 먹을 만큼 질이 아주 안 좋은 데다."
"……"
"어땠는지 아냐? 나를 보자마자 기절해서 쓰러지더라. 겨우 정신을 차리고선 내내 울기만 했어. 나를 꽉 끌어안고 좀체 놓아주려 하지 않았지. 나도 울고 누나도 울고……."
박재기 노인의 눈이 붉어졌다. 잠긴 음성으로 더듬더듬 말한다.
"조만간 다시 오겠다던 누나가 소식 한 자 없다고 많이 원망했었지. 그리고 세월이 흘러가면서 저 살기 바쁘다는 핑계로 잊어갔었지. 너나 우석이나 우리 모두 말이다."
기어이 박재기 노인이 눈물을 훔쳤고, 이강복 노인의 눈도 붉어졌다.
"LA로 모시고 왔어. 거기서 한동안 같이 살았다. 애들 방 하나 빼서 누나한테 주고 마누라에게 얼마나 구박을 당했는지 몰라. 이혼당할 뻔했다니까."

"연락이라도 하지 그랬어."

"했으면? 너희들이 LA로 날아올 수 있었어?"

박재기 노인이 째려보았다. 너희들의 무심함이 누나를 더 슬프게 했고, 그러므로 너희들은 누나를 배신한 나쁜 놈들이라는 원망이 눈길에 고스란히 실려 있다.

"딱 일 년 더 살고 돌아가셨다. 자살했어. 이역만리 타국에서."

기어이 이강복 노인이 외면하고 눈물을 닦았다. 박재기 노인의 음성이 가늘게 떨렸다.

"유서에 딱 한 마디만 남겼는데, 화장해서 유골이나마 고국으로 보내달라는 거였다. 그것뿐이었어. 쳐죽일 토마스 그놈에 대한 원망도, 당신 인생에 대한 후회나 한탄의 말도 없었다. 내가 유골함을 안고 오려고 했었지. 하지만 연락을 받은 오빠라는 사람이 혼자 와서 가져갔다."

이십여 년 전이었다. 그때 박재기의 국제전화를 받고 얼마나 놀랐던가. 그리고 며칠 뒤 누나의 장례식장에 찾아갔던 일을 기억한다. 우석이는 수감생활 중이었고, 명철이는 어디에 있는지, 죽었는지 살았는지 여전히 소식 한 자 없을 때였다. 말 한 마디 없이 갑자기 사라져서 나타나지 않고 있는 그를 원망하면서 이강복 노인은 혼자 명숙이 누나의 영정을 마주하고 멍하니 서 있다가 왈칵 눈물을 쏟았었다. 엎어져 서럽게 어깨를 들썩이는 그를 사람들이 이상하게 보았지만 상관하지 않았다.

까마득한 옛날인데, 다시 떠올리자 엊그제의 일인 것처럼 기억 속에 생생하게 되살아났다. 그때의 억장이 무너지던 슬픔과 원통한 감정도 그대로여서, 기어이 이 노인은 목이 메어 고개를 푹 숙였다.
 박재기 노인이 어깨를 다독여 주었다.
 "문산 공원묘지라고 했지? 우리 내일 누나한테 한번 다녀오자. 반가워하실 거야. 내가 온 걸 알면 더 그럴 걸? 우석이랑 명철이랑 다 같이 가자."
 이 노인이 여전히 고개를 들지 못한 채 친구의 주름진 손을 꼭 잡았다. 그러자 더욱 서러움이 밀려들었던지 기어이 소리 내어 울어버린다.
 "왜 이래? 창피한 줄도 모르고. 조금 있으면 미영이 퇴근하고 올 시간이잖아. 우리가 이러는 거 보면 둘이 사귀는 줄 알겠다. 어여 저만큼 떨어져, 인마."
 "재기야…… 이 불쌍한 자식……."
 밀어낼수록 이강복 노인은 엉엉 울면서 더욱 친구를 끌어안고 매달렸다.
 "새끼는……."
 기어이 박재기 노인도 목이 메어 더 말하지 못하고 이 노인을 꽉 끌어안았다. 울음을 참기 위해 이를 악물고 있지만 주름진 두 뺨을 타고 뜨거운 눈물이 주르륵 흘러내렸다.
 얼마나 그렇게 부둥켜안고 억울한 일 당한 아이들처럼 울었을까. 이강복 노인이 눈물을 닦으며 떨어져 앉았다.
 "언제부터 그랬니?"
 "뭐가?"
 "그거 말이다."

"자식은 별걸 다 물어. 열 달쯤 되었다."

"왜 진작 말하지 않았어?"

원망하는 말에 박재기 노인이 비어 있는 선욱이의 방문을 향해 주먹을 흔들었다.

"짜식이 진득한 구석이 없어. 말하지 않기로 약속을 했으면 목에 칼이 들어와도 지켜야 할 거 아냐. 내 이놈을 그냥."

"재기야."

"아, 귀찮게 왜 자꾸 불러."

"말해 보라니까."

박재기 노인이 손바닥으로 얼굴에 나 있는 눈물자국을 문지르며 히죽거렸다.

"걱정마라. 내가 누구냐? 박재기야, 인마. 대한민국 해병대 출신. 나 그렇게 쉽게 안 죽는다. 너보다 오래 살 거니까 그런 얼굴로 쳐다보지 마. 정든다."

"우리 내일 당장 병원부터 가보자."

"명숙이 누나한테 가기로 했잖아."

"모레 가고 내일은 너 검사부터 다시 해보자. 이제는 미국보다 여기 의료 기술을 더 알아준다."

"해보나 마나야. 검사 얘기만 나와도 아주 징그럽다. 어디 한두 군데에서 해봤어야 말이지. 아까 말했잖아. 나 췌장암 말기라고. 여기서 검사하면 달라지겠어?"

"그래도."

"그거 귀찮아서 마누라고 자식이고 뭐고 다 뿌리치고 이리로 도망쳐 왔는데 이제는 네가 졸라대냐? 그만 좀 해라. 내 병은 내가 잘 알고, 나 죽을 날도 내가 의사보다 더 잘 안다. 거기서 뭐랬는지 아냐?"

"아니."

"다섯 군데나 갔었거든. 전문의라는 것들이 하나같이 그러더라. 길면 일 년 살 거라고. 벌써 퍼질 만큼 퍼져서 수술도 힘들대. 그런데 봐. 이렇게 이 년 넘게 살고 있잖아."

"그래도……"

"그래도는 무슨. 때려치라니까. 닥터 새끼들 하라는 대로 항암치료 받다가는, 오히려 그것 때문에 더 일찍 죽겠더라. 치료고 약이고 나발이고 딱 끊으니까 이렇게 좋은 걸 말이야."

"그거 하잖아."

박재기 노인이 피식 웃었다.

"그거 인마 진통제 같은 거야. 전쟁터에서 포탄 맞아 팔다리 떨어져 나간 놈들한테 의무병이 모르핀 놔주는 거나 같아. 죽더라도 고통이나 덜 받도록 자비를 베풀어주는 거지. 나 뽕 없으면 못 산다."

이강복 노인이 한숨을 쉬었다. 말기 암 환자에게 불쑥 불쑥 찾아오는 고통이 어떤 건지 알지 못하지만, 차라리 죽기를 원할 만큼 지독하다는 건 들어서 알고 있었다.

"나 중독 아니니까 걱정마라. 어지간한 통증은 그냥 이 악물고 참거든. 그런데 가끔씩 도저히 참을 수 없이 고통스러울 때가 있는 거야. 진통제 따위는 한 주먹을 먹어도 소용없어. 그럴 때 한 대 맞으면 금방 통증이 싹 사라진다. 거짓말 같지? 그런데 정말 그래. 그러니 뿡 그거 꼭 나쁜 것만도 아니다. 나 같은 사람한테는 아주 유용한 약이야."

"막 헛것도 보이고 그러냐?"

"왜? 궁금해? 한 대 해 볼래?"

두 노인이 마주보고 피식 웃었다.

"산다는 건 말이지."

불쑥 운을 띄운 박재기 노인이 잠시 침묵하다가 조용조용 말했다.

"그냥 물 흘러가듯이 순리대로 흐르게 맡겨두는 게 지혜로운 거더라. 그걸 내 힘으로 어떻게 해보겠다고 기를 써봐야 결국 후회밖에 안 남아. 죽을힘을 다해 카누를 저어서 물을 거슬러 올라가지? 금방 지친다. 그러면 물이 다시 그놈을 원래 자리로 데려다 놓아. 그때에야 비로소 다 소용없다는 걸 알고 노 젓기를 멈추니…… 인간은 참 멍청한 존재인 거야."

"그래도 치료를 받아야지. 최선을 다 해봐야 하는 것 아니겠냐?"

"뭐가 최선인데? 독이나 마찬가지인 항암제 계속 투여하는 거? 그만둬라. 아주 지겹다."

다시 침묵하던 박재기 노인이 입을 열었는데 꼭 명진 스님이 불경을 독송할 때의 얼굴 같았다.

"죽을병이 걸렸으면 죽어야지. 하나님이 왜 인간에게 그런 병을 주겠어? 죽으라고 하는 거다. 누가 그 명령을 거부할 수 있겠니? 넌 장로님이라니 잘 알 것 아니냐. 발버둥 쳐봐야 아무 소용없는 짓이고, 순종하는 게 순리인 거다. 안 그래?"

"고통스럽다면서."

"그거야 죽기 전에 그동안 내가 지은 죄에 대한 값을 치르는 거라고 생각해야지. 너도 알잖아. 내가 얼마나 많은 죄를 짓고 살았는지. 얼마나 많은 사람들에게 고통을 주었고, 또 얼마나 많은 사람들을 죽였는지. 나는 살인자야 인마. 이 정도 고통쯤은 웃으면서, 감사하며 받다가 죽어야 하는 거다."

"그건 어쩔 수 없는 일이었잖아."

"나도 그렇게 생각했지. 전쟁터인데, 총알이 빗발치는 한 복판에서 염불이나 하고 자빠져 있을 수 있니? 그러니 나도 쏴야지. 한 놈이라도 더 죽이겠다는 일념으로 정조준하면서 한 발 한 발 쏠 수밖에 없었던 거다. 그런데 너 그건 모를 거다."

"뭘?"

"방아쇠를 한 번 당길 때마다 한 명씩 죽어 넘어가는 사람을 상상해 봐라. 내가 이렇게 되기 전까지는 그 사람들에 대해서 미안한 마음이 별로 없었다. 내 곁에서도 전우들이 총에 맞아 죽어가고 있었거든."

"전쟁이라는 게 참…… 그것처럼 인간성을 말살시키는 건 또 없을 거다. 그거야말로 사탄, 마귀의 짓이야."

"그런데 온전한 이성을 가지고는 그 상황에서 살아남을 수 없다는 게 문제다. 그러니 모두 마귀가 될 수밖에 없는 거야. 적도 나도 죽이기 위해서 총질하는 게 아니라 죽지 않으려고 총을 쏘게 되는 거란 말이다. 너 내가 훈장 받은 거 알지. 그게 다시 생각해 보니까 끔찍한 일이더라. 무공훈장이라는 게 뭐냐? '귀하는 사람을 누구보다 많이 죽여서 군의 모범이 되었으므로 이에 표창과 훈장을 수여합니다.' 하는 거잖아. 그거 받았을 때는 내가 이 세상에서 제일가는 영웅이 된 것 같았어."

"안다, 알아. 그때 너 참 눈꼴시어서 봐주기 힘들었다."

이강복 노인이 피식 웃었다.

중사 계급장을 달고 휴가 나온 박재기가 훈장을 자랑하면서 온 동네가 시끄럽게 떠들어댔던 일을 기억한다. 이놈이 꼴통 짓만 하더니 군대 가서 용 되었다고 강복과 우석이 놀려댈수록 박재기는 더욱 기가 살아 으쓱거리지 않았던가.

1965년 9월 25일은 맹호와 청룡부대가 우리 역사상 처음으로 타국에 전투병으로 파병된 날이었다. 박재기는 청룡부대의 선발대로 제일 먼저 월남 전선으로 갔었다.

그가 너희를 다시 볼 수 없게 될지도 모른다며 파월 부대에 자원했다는 말을 했을 때, 다들 놀라서 할 말을 잊고 바라보기만 했었다.

"돈 좀 벌어 오려고."

마치 해외 출장 잠시 다녀오겠다는 말처럼 들리는 것이어서 강복은 기가 막혔고, 발끈한 우석이 월남 파병의 부당함에 대해서 열변을 토하자 재기가 입을 삐죽이며 핀잔을 주었다.

"시끄러, 인마. 빨갱이 때려잡으러 가겠다는데 뭔 놈의 용병이고 나발이고 떠들어대는 거냐? 남의 나라든 내 나라든 상관없이 빨갱이는 잡고 봐야 하는 거야. 게다가 돈도 벌고 좋잖아. 네 주머니도 아니고 미국 놈들이 준다는데 더 좋지 뭘 그래?"

그날 우석과 재기는 말다툼 끝에 기어이 코피가 터져가면서 싸웠다.

"대가리 속에 똥만 든 놈."

분하게 외치고 씩씩거리며 떠나간 우석이는 재기가 월남으로 가는 날 배웅 나오지도 않았었다.

재기는 탁월한 사격 솜씨를 인정받아 자기가 속한 3대대의 저격수로 맹활약을 했다고 한다. 그러던 중 67년 2월 '짜빈동 전투'에서 승리해 일계급 특진과 함께 무공훈장을 받았다. 그 전투는 월남전을 통틀어 최대의 전과라고 평가된 청룡부대의 위업이었다.

당시 그 전투를 치른 부대는 3대대 11중대였다. 총인원 300명이 채 안 되는 독립중대가 짜빈동 지역을 방어하고 있었는데, 베트콩도 아닌 월맹 정규군, 그것도 1개 연대 병력의 기습을 받았다고 한다.

밤 11시 경에 시작된 전투는 다음 날 아침 6시까지 쉴 새 없이 계속되었다. 실탄이 다 떨어지자, 진지에 쳐들어온 적을 맞아 삽과 대검으로 육박전을 벌이는 처절한 상황까지 갔었다고 기록은 전하고 있다. 결국 승리는, 악바리 정신으로 무장한 대한민국 해병대의 것이었다. 질려버린 월맹군 연대가 날이 밝자 무수한 사상자를 남긴 채 퇴각했던 것이다.

11중대는 전사 15명, 부상 33명의 피해를 입었다. 반면 월맹군 연대는 전사자만 300여 명이나 되었고, 야포와 중화기 등 버리고 간 전투 장비들도 부지기수였다고 한다.

짜빈동 전투 이후로 월맹군은 물론 베트콩들도 청룡부대 근처에는 얼씬도 하지 않았다는 이야기가 전설처럼 전해지고 있다. 지금도 미국 육군사관학교에서는 그때의 진지전투에 대해 연구하고 가르친다고 한다.

　소수의 중대 병력으로 연대급 정규군을 완벽히 물리친 전공은 세계 전사에 몇 되지 않는 일이었다. 그 대가로 군은 11중대원 전원에게 1계급 특진과 무공훈장 수여라는 포상을 했다. 국군이 창설된 이래, 전 부대원에 대한 1계급 특진은 6·25 전쟁 시 해병대가 진동리 전투의 전과로 받은 포상 이래 두 번째였다.

　전사(戰史)의 측면에서 보면 분명 자랑스럽고 영광스러운 일이다. 그러나 역사적인 관점으로 보았을 때도 과연 그럴까? 하는 의문이 남는다.

　우석은 당시에 한국 전투병의 월남 파병이 명분 없는 것임을 분명히 알고 있었기에 그처럼 반대했다. 지금은 당사자인 재기도 그 일 때문에 심리적인 고통을 겪고 있다. 이강복 장로는 이 모든 게 시대의 비극이라고 생각했지만, 한편으로는 그런 말조차도 무책임한 변명일 뿐이라고 생각했다.

"나 그거 버렸다. 훈장. LA강에 던져버렸어."
"응? 아니 왜?"
"무엇보다 내 자신에게 쪽팔려서 견딜 수가 없었거든. 사형 언도를 받듯이 닥터로부터 일 년을 예고 받고 나니까 정말 후회가 많이 되더라. 내가 왜 그렇게 살았던가 하는 생각부터, 내가 쏜 총에 죽어 자빠지던 놈들이 자꾸만 떠오르는 거야. '아, 이래서 내가 벌을 받는 거구나' 하는 생각이 들지 뭐냐. 그렇게 자랑스러웠던 훈장이 그때부터 조금도 자랑스럽지 않더라고."

재기는 자신의 죽음을 담담히 받아들일 준비가 이미 끝나 있었다. 운명 앞에서 겸손해질 수 있게 된 것이다. 이강복 노인은 그것이 그를 평화롭게 하고 있다는 것을 알았다.

"안 그래도 사람은 언젠가 죽기 마련 아니냐? 나처럼 죽는 사람이 어디 한둘이야? 그러니까 그것 가지고 안달하지 마라. 나는 이렇게 너도 보고 우석이랑 명철이도 보게 되었잖아. 여한이 없다. 내 인생에 대한 후회는 있지만."

빙긋 웃은 그가 갑자기 험악하게 인상을 쓰고 으르렁댔다.

"명심해. 우석이랑 명철이에게 절대로 말하면 안 된다. 그랬다가는 우정이고 뭐고 그냥 다 팽개치고 미국으로 돌아가 버리겠어."

"걔들도 아는 게 좋지 않을까?"

"좋기는 개뿔. 너는 인마 어쩔 수 없이 알게 되었으니까 할 수 없지만 그놈들한테까지 내가 이렇다고 자랑하고 싶겠냐? 또 알게 되면 걔들이 얼마나 놀라고 괴로워하겠냐고. 그러는 걸 보고 싶어?"

그의 말이 맞다. 그래서 이강복 노인은 고개를 숙였다. 비록 언젠가는 알게 되겠지만 역시 자기 입으로 말해줄 수는 없다고 생각한다.

재기가 갑자기 찾아와 옛날처럼 철없이 굴고 말썽부리는 게 처음에는 어이없었다. 그러나 어떤 때는 학창 시절로 돌아가 있는 것 같은 행복감에 미소 지었던 게 이 노인 혼자만은 아니었다.

재기가 이렇게 불쑥 돌아온 건 자신의 죽음을 친구들이 거두어주기를 간절히 바라기 때문이라고 짐작한다. 명숙이 누나처럼 이역만리에서 죽고 싶지 않은 절실한 마음도 있을 것이다. 그를 바라보며 수구초심(首丘初心)이라는 말을 떠올리는 이강복 노인의 눈에 다시 눈물이 맺혔다.

어느덧 장마가 시작되고 있었다.
문산 평화 공원묘지로 가는 동안 내내 굵지도 가늘지도 않은 비가 내렸다. 새벽부터 시작되어 점심 무렵이 되어가는 이 시간까지 그렇게 변함없는 비가 꾸준히 내리고 있다는 건 희한한 일이었다.
이강복 노인의 승용차 안에 습하고 후텁지근한 더위가 가득했다.
"에어컨 좀 틀라니까. 저 봐, 유리에 김 서리잖아."
강우석 노인이 그의 특징 중 하나인 카랑카랑한 음성으로 투덜댄 게 벌써 여러 번이다.
"조금만 참아. 외부공기 유입으로 하는 게 좋아. 에어컨 바람 그거 좋은 거 하나도 없다."
"지랄. 이 더운 날 시원하면 그만이지 뭘 좋고 나쁜 걸 따져? 이럴 줄 알았으면 내 차로 갈 걸 그랬다."
"너 아직 면허 정지 중이잖아."
강우석 노인은 지난달 저녁 옛 신문사 동료들과 어울려 술을 몇 잔 마시고 운전하다가 음주단속에 걸렸다.
"내가 음주운전 한두 번 해본 줄 아냐? 걸리는 건 순전히 재수가 없어서일 뿐이야. 나 여태까지 사고 한 번도 안 낸 그야말로 알짜배기 모범운전자다. 너는 인마 장로님이랍시고 술 한 잔 안 마시면서도 사고 여러 번 냈지?"
이 노인은 대꾸하지 않았다. 피식거리며 자꾸 웃음이 새어나와 입

제6장 길고 긴 터널   207

이 씰룩댄다.

"에어컨 좀 틀어!"

기어이 강우석 노인이 빽, 소리쳤다. 비가 들어오거나 말거나 창문을 그냥 내려버리고 싶어도 운전석에서 잠가버린 탓에 그럴 수도 없었던 것이다.

"이게 무슨 닭장차냐? 경찰서로 잡아가는 거야? 그때 닭장차도 이렇지는 않았어, 인마. 여름에는 그래도 에어컨 정도는 틀어줬었다."

학생운동으로 이름을 날렸던 우석은 졸업 후 정치권의 스카우트를 받았으나 뿌리치고 진보적인 성향을 가진 신문사에 기자로 들어가 자리잡았다.

오랫동안 정치부 기자 생활을 했지만, 축재한 돈은 거의 없었다. 주머니에 돈이 좀 생겼다 싶으면 도피 중이거나 옥살이 중인 운동권 후배들을 위해 다 써버렸던 것이다. 때로는 자신의 월급마저 몽땅 쏟아 붓기도 했다.

편집국장을 거쳐 정년퇴임한 후, 지금은 건들거리는 늙은 백수로 자족하고 있다.

기자 생활을 할 때는 그래도 가끔씩 쥐꼬리만 한 돈일망정 집에 가져다주곤 했는데, 그만두고 난 이후로 돈이라고는 한 푼도 벌지 못하는 완벽한 늙은 백수. 그게 지금 강우석 노인의 정체였다. 다행히 재력가 집안의 아내를 둔 덕분에 아직까지 마누라 덕으로 먹고산다.

이강복 노인은 일찍이 행정고시에 합격했지만, 사법시험에서는 두 번 고배를 마시더니 졸업과 함께 포기해 버렸다. 그러고는 곧장 경찰에 투신했는데, 병역 문제를 해결하겠다는 나름대로의 계산도 있어서였다.

지금도 그렇지만 당시에도 행시나 사시 합격자가 경찰직을 선택하면 특전을 받았다. 그래서 그는 새파랗게 젊은 나이에 중앙 부서의 과장급인 총경(현재의 경정급. 당시에는 아직 경정 계급이 없었다)으로 특채되어 남들보다 앞선 사회생활을 시작했다. 그리고 승승장구하는 것 같더니, 한순간 급격히 내리막을 타고 말았다. 부하들이 저지른 내부 비리 사건이 터지자, 지휘권을 가진 책임자로서 책임을 지고 옷을 벗었던 것이다. 50을 막 넘긴 나이였다. 몇 년 뒤에는 청장이 될 것이라고 다들 여기던 터에 졸지에 벼락을 맞은 셈이었다. 그 뒤로는 하는 일마다 결과가 좋지 않았다.

이듬해 경남 지역에 있는 〈표준개발〉이라는 건설사의 이사로 영입되어 갔는데, 1년을 채 근무하지 않아 거기서도 대형 사고가 터졌다. 1995년 4월 28일 아침에 있었던 대구시 달서구 상인동 지하철 공사 현장의 가스 폭발사고가 그것이다.

사망 102명, 부상 117명이라는 어마어마한 피해를 낸 그 사고는, 대구백화점 상인점 공사를 맡은 표준개발이 무리하게 굴착 작업을 하다가 대형 가스관을 건드려 생긴 것으로 규명되었다. 거기서 새어 나온 가스가 지하철 공사 현장으로 흘러 들어가 대 폭발을 일으켰던 것이다. 그 일로 경남 지역에 유망한 신생 건설업체로 떠올랐던 표준개발은 공중분해 되어 버렸다. 사장과 임원들이 줄줄이 구속되었지만 이강복 이사는 직접적인 관련자가 아니라는 이유로 구속을

면했다.

서울로 돌아온 그는 독자적으로 몇 가지 사업을 했으나, 흥할 때보다 망할 때가 더 많아서 조금씩 위축되더니 지금 살고 있는 건물 한 채만 남았다. 그래도 매월 임대 수입이 꽤 들어오는 편이라 노후 걱정은 없으니 다행이라면 다행일 것이다. 그런 세월을 보내는 동안 독실한 기독교인이 되어서 지금은 장로님으로 존경받고 있다.

명진 스님의 이력이야 더 말할 것도 없다. 박재기 노인 또한 그렇다.

"창문 열어. 누구 쪄 죽이려고 작정했냐?"

강 노인이 악을 쓰자, 이 노인은 어쩔 수 없이 창문 잠금장치를 해제해야 했다. 창을 내리자 빗물이 몰아쳐 들어왔다. 뒷좌석에 나란히 앉아 있던 명진 스님이 낯을 찌푸리다가 그도 창문을 끝까지 내려버렸다. 그래서 뒷좌석은 빠르게 물바다가 되어 갔다.

"어, 시원하다. 좋구먼."

땀을 줄줄 흘리면서도 불평 한 마디 없던 명진 스님이 빗물에 젖는 건 상관하지 않고 좋아했다.

"쪼잔한 새끼."

강우석 노인이 손바닥으로 얼굴에 흐르는 빗물을 닦아내며 투덜댔다.

"에어컨 좀 트는 게 그렇게 아까우면 아예 차를 가지고 다니지 말던가. 하여튼 좀 있다는 놈들이 더 지독해요."

"에어컨 찬바람 그거 정말 몸에 안 좋은 거라니까."

이강복 노인은 그 말만 되풀이할 뿐이었다. 옆에 앉아 있는 재기를 걱정해서였지만, 뒷좌석의 두 노인이 그런 사정을 알 리 없다.

"저 자식 봐라, 저거. 아주 코까지 골아대는구먼. 하여튼 옛날이나 지금이나 곰처럼 미련한 새끼야."

강우석 노인이 엄한 박재기 노인의 뒤통수에 대고 주먹질을 했다. 그는 좌석을 약간 뒤로 젖힌 채 잠들어 있었다. 땀을 줄줄 흘리면서도 쿨쿨 자고 있는 것 같지만, 실은 덥다고 투정하는 친구들에게 미안해서 그냥 자는 척하고 있을 뿐이었다. 강복이는 물론 우석이나 명철이에게도 온통 미안할 뿐이다.

그렇게 쉴 새 없이 싸워가면서 자유로를 달려 문산으로 빠져나와 공원묘지로 향하는 한적한 길을 갈 때에야 비로소 빗줄기가 약해졌다.

관리소 곁 주차장에 차를 두고 명숙이 누나의 묘소로 걸어 올라가는 네 노인 중 박재기 노인의 걸음이 제일 굼떴다. 힘들어 한다. 그것을 본 강우석 노인이 또 시비를 걸었다.

"어이, 대한민국 해병대. 힘 좀 내봐라. 자식이 제일 골골대고 있잖아. 양아치 폼은 다 잡으면서 설치더니 영 허당이었네."

"너도 인마 내 나이 되어 봐라. 숨이 안 가쁜가."

박재기 노인이 기어이 길가의 돌 위에 주저앉았고, 우산을 받쳐 든 이 노인이 걱정스럽게 그를 보다가 우석을 꾸짖었다.

"철 좀 들어라, 이놈아. 너는 어찌된 놈이 스무 살 때나 지금이나 변한 게 없어. 나이 값 좀 하고 살자."

"지랄. 초지일관, 그거 모르냐? 나는 인마 지조가 있는 노땅이라

제6장 길고 긴 터널　211

이거다. 사람이 변하면 안 되는 거야. 어느 날 갑자기 변하지? 그러면 조금 있다가 부고 날아오더라. 틀림없어. 그러니 내가 제일 오래 살 거다. 너희들 장례식 다 내 손으로 치러 줄게."

그 말에 명진 스님이 "나무아미타불 관세음보살"했고, 이강복 노인은 매섭게 째려보았다. 박재기 노인이 젖은 얼굴을 쓰다듬으며 힘없이 웃었다.

"그래, 제발 그렇게 해라. 오래 살아, 인마. 지금처럼 팔딱거리면서. 절대로 기죽으면 안 된다. 하긴, 저놈은 옛날에도 주둥아리하고 기만 살아 있던 놈이었으니까 걱정할 것 없지."

낄낄거리며 일어나는 동작이 굼뜬 것이어서 이강복 노인이 얼른 그를 부축했다. 그러면서 여전히 우석이를 매섭게 째려본다.

고통은 언제나 갑작스럽게 찾아온다. 인생에 있어서 예고된 일이 없듯, 육체의 고통도 예고된 적이 한 번도 없다. 제멋대로 불쑥불쑥 찾아오는 그것은 두렵고 끔찍하기만 하다. 그러니 반기는 사람이 있을 리 없다.

그래서 심술을 부리는 것일까?

"왜 그래? 야, 야! 재기야!"

부축하고 있던 이강복 노인이 놀라 소리쳤다. 저만큼 앞서 걷고 있던 우석과 명진 스님이 돌아보고 달려 내려왔다.

매달리는 재기의 무게를 혼자서는 감당할 수 없는 이 노인이 그를 부둥켜안은 채 질척거리는 땅 위에 함께 쓰러졌다. 발작하듯 경련하며 이를 악물고 있는 박재기 노인의 얼굴에서 혈색이 사라졌다.

"약, 약!"

다가와 부축하는 우석에게 이강복 노인이 정신없이 소리쳤다.

"약이라니?"

"저기, 재기 가방. 빨리!"

어쩔 줄 모르고 있던 명진 스님이 얼른 저만큼 떨어져 있는 재기의 가방을 가지고 왔다. 이 노인이 속에 든 것들을 와르르 쏟자 잡다한 물품과 함께 일회용 주사기 하나가 떨어졌다.

"너?"

강우석 노인이 깜짝 놀라 몸을 굳혔고, 명진 스님이 무섭게 떠는 재기를 꽉 부둥켜안았다.

혈관을 찾고 어쩌고 할 정신이 없었다. 뚜껑을 던져버린 이 노인이 주사바늘을 재기의 드러난 팔에 그냥 찔렀다. 이내 경련이 잦아지고 얼마 되지 않아 박재기 노인이 명진 스님의 품에 축 늘어진 채 헐떡였다. 초점이 돌아온 눈으로 강복을 보고 우석을 본다.

"너 이 새끼……."

강우석 노인이 놀란 중에도 노여움을 띠고 재기를 바라보다가 와락 멱살을 움켜쥐었다.

"너 이 새끼, 설마, 설마……."

"그런 거 아니야, 인마. 그러니 좀 떨어져!"

이강복 노인이 날카롭게 소리치고 우석을 밀쳐냈다. 멍하니 친구들을 바라보는 박재기 노인의 얼굴에 흘러내리는 눈물이 빗물과 섞여 옷깃 속으로 파고들고 있었다.

제6장 길고 긴 터널

명숙이 누나의 유골함은 납골당에 안치하는 대신 묘를 쓰고 묻었다. 그래서 이처럼 한적한 곳에서 툭 트인 전망을 대하고 만날 수 있다는 게 얼마나 다행인지 모른다. 누나의 묘 앞에 이르렀을 때 비가 그쳤다. 운무처럼 옅은 비안개가 머리 위에 흐르고 있었다.

상석 위에 가지고 온 과일 몇 가지와 소주 한 병을 놓고 우석과 재기는 절을 했고, 그들 뒤에서 명진 스님이 염불을 했으며, 이강복 장로는 무릎 꿇고 앉아 기도했다.

무덤 위에 소주를 부은 우석이 병째 몇 모금 마시고 나서 재기에게 넘겨주려다가 멈칫했다.

"괜찮아. 누나한테 와서 술 한 잔 얻어 마시지 않으면 되겠냐?"

멀쩡해진 박재기 노인이 술병을 빼앗아 꿀꺽꿀꺽 몇 모금 마시더니 기침을 했다.

네 사람은 말이 없었다. 젖은 풀 위에 편 돗자리 사방에 앉아서 서로 다른 곳을 바라보고 있을 뿐이다.

볼록볼록한 봉분들이 다닥다닥 붙어있는 풍경은 어디를 보나 똑같았다. 잔뜩 흐려 있는 날이 네 노인의 가슴을 어둡게 했다. 이곳에서는 과거의 시간이 이렇게 어둠 속에 갇혀 있는 것 같아 안타깝다.

"그때 명숙이 누나 참 예뻤는데, 그렇지 않았나?"

중얼거리는 박재기 노인의 말을 우석이 냉큼 받았다.

"세상에서 제일 예쁜 누나였다. 어디 얼굴만 그랬냐? 마음은 그보다 열 배는 더 예뻤지. 우리를 얼마나 생각해 주었어? 어떤 때는 엄마 같기도 했다."

"누나가 그 말을 들으면 많이 기뻐할 거야."

명진 스님이 합장하고 낮게 나무아미타불을 중얼거렸다.

"내가 아마 제일 먼저 누나한테 갈 것 같다. 가서 너희들 이렇게 예전처럼 변함없이 아옹다옹하며 잘 살고 있더라고 죄다 말해 줄게. 이박삼일 꼬박 새워도 부족할 걸?"

"이 자식."

그 말에 강우석 노인이 와락 재기를 부둥켜안았다. 아이처럼 엉엉 소리 내서 울어버리는 그를 강복도 명진 스님도 말리지 않았다.

비안개가 느릿느릿 흘러가는 적막한 묘역에 한동안 끅끅거리는 흐느낌이 낮게 떠돌았다.

"우석아."

"왜, 인마."

"우리 이렇게 네 명이 다 모여 있으니까 참 좋다."

그 말에 강우석 노인이 재기를 더욱 꼭 끌어안고 다시 엉엉 울었다. 울면서 떠듬떠듬 말했다.

"나도 좋단 말이야. 지금이 제일로 좋다고. 그러니 뒈지지 마라. 오래오래 이렇게 같이 모여 있어야지. 대답해 자식아. 그렇게 하겠다고."

"우석아."

"왜?"

"우리 밴드 다시 할까?"

엉뚱한 소리에 강우석 노인이 딸꾹질을 하듯 꺽꺽거리면서 물끄러미 바라보았다.

제6장 길고 긴 터널   215

박재기 노인이 그를 밀어냈다.

"봐, 왕년의 멤버 그대로 다 있잖아. 신나라 밴드. 누나도 여기 이렇게 있고."

"자식은, 말이 되는 소리를 해라."

내내 외면하고 앉아 있던 이강복 노인이 박재기의 머리통을 쥐어박았다. 명진 스님도 피식 웃는다.

"안 될 거 뭐 있냐? 누나도 보고 싶을 거다. 우리가 다시 한 번 신나게 연주하는 모습을 말이야. 누나를 위해서 우리 다시 하자, 응? 응?"

한번 졸라대기 시작하면 그놈의 "응? 응?" 소리를 지겹도록 하면서 허락할 때까지 끈질기게 따라다니는 재기다.

이강복 노인이 머리를 흔들었다.

"손 놓은 지가 언제인데? 생각도 나지 않는다. 그때 졸업 공연이 마지막이지 않았어? 우석이 너 기타 코드 아직도 기억하냐? 명철이 너 비트 아직도 따라갈 수 있어?"

"명철이 쟤는 될 거야."

박재기 노인이 자신하듯 말했다.

"날마다 목탁 두드렸을 거 아냐. 기가 막히게 리듬을 탄다고 신도들이 죄다 좋아했을 걸? 그렇지?"

명진 스님이 빙그레 웃었고 이강복 노인이 다시 박재기의 머리통을 쥐어박았다.

"접때 우석이 집에 가보니까 아직도 벽에 그때 그 전자기타 걸려 있더라. 왜 걸어놓고 있었냐?"

"그거 인마, 비싼 거야. 버리기 아까워서 여태 가지고 있었다."

눈을 흘기지만 강우석 노인의 왼손은 코드를 잡듯이 허공을 쥐고 꼼지락거리고 있었다.

박재기 노인이 이 노인의 어깨를 밀었다.

"너도 집에 피아노 있더라. 가끔 쳤을 거 아냐. 찬송가 반주라도."

"그거 가지고 될 일이냐? 제발 철 좀 들어라."

"나 철들고 싶지 않다. 영원히 그때 그대로 살고 싶었어. 너희들 앞에서 재롱떨고 떼쓰고 하던 때가 제일 행복했었다. 미국 가 있으니까 우석이하고 싸우던 일이 제일 많이 생각나더라."

강우석 노인이 손바닥으로 눈물 콧물 범벅이 되었던 얼굴을 문질러 닦고 벌떡 일어섰다.

"그래, 해보자. 재기가 하자면 하는 거야. 아자!"

저놈도 미쳤나? 하는 듯이 이강복 노인이 멍하니 바라보았고, 명진 스님은 빙그레 웃었다.

* * *

신촌에 연습실이 있다는 걸 알아낸 건 강우석 노인이었다. 한 시간에 삼만 원을 내면 기타며 드럼이며 신디사이저까지 마음껏 쓸 수 있다.

명진 스님을 제외한 세 노인이 우르르 들어서자, 카운터를 보던 총각이 어리둥절해서 물끄러미 바라보았다.

"연습해도 되지?"

"예. 그런데 누가 할 건데요?"

"누구긴 녀석아, 우리가 하려고 그러는 거지."

"예?"

"왜? 우리는 안 돼? 이것도 나이 제한 있고 그런 거냐?"

"아니, 그런 건 아니지만……."

"얼마야? 한 시간만 해볼게. 시험 삼아서."

"그러니까 정말 어르신들이 하신다고요?"

"나이 제한 없다면서?"

"그야 그렇지만……."

"그럼 됐어. 자, 선불이다."

박재기 노인이 지갑에서 지폐를 꺼내 청년의 손에 쥐어주었다. 그는 아직도 어리둥절하기만 했다. 그러나 돈을 받았으니 무슨 상관이랴.

비어 있는 방으로 세 노인을 안내하고 돌아서는 청년의 얼굴이 마치 무엇에 홀리기라도 한 사람 같았다.

"여기 악보 있다. 그때 불루문에서 우리가 처음 연주했던 그 곡이니까 기억들 할 거다."

벤쳐스 악단의 〈Perfidia〉와 〈Ram-Bunk Shush〉, 〈Walk, Don't Run〉이다.

어디서 어떻게 악보를 구했는지 신기하기만 해서 우석과 이강복 노인이 정신없이 그것을 들여다보았다.

악보를 나누어 준 박재기 노인이 냉큼 베이스 기타를 목에 걸더니 밴드 길이를 조정하고 줄을 퉁겼다. 뚱땅거리는 소리가 연못에 퐁당, 퐁당 하고 돌을 던지듯이 연습실에 퍼져나간다.

"이럴 줄 알았으면 명철이도 데리고 올 걸 그랬다. 드럼이 없으면 아무래도 좀 심심할 것 같지 않냐?"

록 밴드에 드럼은 기둥이다. 그것 없이는 연주 자체에 의미가 없다고 해도 과언이 아닌 것이다.

이강복 노인이 신디사이저 앞에 서면서 말했다.

"오늘은 내가 이걸로 리듬을 잡아 볼게. 드럼 대신."

"뭐, 그것도 한 방법이긴 하겠다. 뭐해? 우석이 너도 손가락을 좀 풀어야지?"

멍하니 기타만 바라보고 있던 강우석 노인이 한숨을 쉬고 그것을 들었다.

무려 오십여 년이 넘는 세월을 끌어당기기에 한 시간은 턱없이 짧았다. 세 노인은 자기들이 만들어내는 불협화음에 깔깔거리고 웃다가 기어이 화를 내고 말았다. 우석과 박재기 노인이 맹렬히 서로를 비난했다.

"자, 자. 싸우지들 말아. 첫날이잖아. 감각만 익힌다고 생각하자. 차차 나아질 거야."

이 노인이 달래지만 우석이 기어이 기타를 내려놓았.

"우리가 괜히 욕심만 냈나보다."

한숨을 쉬는 그에게 박재기 노인이 다시 핀잔을 주었다.

"첫술에 배부르겠냐? 자식이 끈기가 없어요. 강우석의 근성은 다 어디 갔냐? 질질 짜는 계집애처럼 굴지 마, 인마."

"뭐야? 이 자식이 정말."

"그만들 하라니까. 며칠 나와서 연습해 보면 대충 호흡이 맞을 거다. 언젠가는 얼추 그때처럼 연주할 수 있지 않겠냐? 그러니까 오늘은 그만 하자."

이 노인이 겨우 다독여 그들을 연습실 밖으로 몰아나가자, 로커 지망생으로 보이는 아가씨와 이야기를 하던 청년이 그러면 그렇지, 하는 얼굴로 히죽거렸다.

"가시려고요? 아직 시간 남았는데……."

"됐어. 내일 또 올 거니까 방 비워놔."

"또 와요? 이러다가 여기가 경로당 되는 거 아닌지 모르겠네."

퉁명스런 박재기 노인을 보며 청년이 실실 웃었다.

"그건 좀 곤란하다."

"왜 인마."

명진 스님이 승복 자락을 잡아당겨 보였다.

"봐. 내가 이렇잖아."

우석이 고개를 끄덕였고, 박재기 노인은 코웃음을 쳤다.

"옷 갈아입고 가면 될 거 아냐."

"안될 건 없겠지. 하지만 보살님들이며 젊은 스님들 보기에 좀 그렇지 않겠냐?"

난감해 하지만 재기는 막무가내였다.

"중도 목욕탕에 가서는 옷 다 벗을 거 아냐. 그까짓 옷 좀 갈아입는다고 누가 뭐라고 하면 나한테 데리고 와라."

"그래도 내가 명색이 주지인데 모범이 되지는 못할망정 그래서야……."

"아, 밴드 할 거야, 말 거야? 드럼 빼고 하리?"

"그런 건 아니지만 그래도 그건 좀……."

내내 그들이 하는 양을 지켜보던 이강복 노인이 나섰다.

"그러니까 명철이 네가 망설이는 건 승복을 입고서 연습실에 드나드는 게 꺼림칙해서라 이거지? 다른 문제는 없는데."

"그렇지."

"그런데 여기서는 옷 갈아입고 나가기도 그렇고."

"그렇지."

"간단하네 뭐."

박재기 노인이 반색을 했다.

"그래? 방법이 있어? 역시 머리 좋은 노땅은 뭔가 다르다니까. 그게 뭔데?"

카운터에서 만복교회 권사님이신 김양숙 여사가 쫄깃쫄깃한 냉면 발을 후루룩거리느라 열심인 세 노인을 흐뭇한 눈으로 바라보았다. 이 장로님이 참 부럽다고 생각한다. 아직도 저렇게 아이들처럼 어울릴 수 있는 친구들이 있다는 게 어디 보통 일인가. 늘 친구들을 데리고 이렇게 만복식당에 찾아와 주는 것도 고맙기는 하다.

그녀가 낯선 박재기 노인을 더 유심히 바라보는데 내실에서 헐렁한 검은 색 정장에 중절모를 쓴 풍채 좋은 노인이 쭈뼛거리며 나왔다. 그를 본 김 권사가 눈을 크게 떴다.

"어머, 스님. 정말 멋지세요."

냉면발을 빨아들이고 있던 세 노인이 일제히 돌아보았다. 거기 명진 스님이 서 있었다. 어색하기가 영락없이 아버지 옷 몰래 입은 불량소년 같다.

"뭐야, 저거. 종로 주먹 김두한이야?"

박재기 노인이 어이없어서 눈만 끔벅거렸고 우석과 강복이 피식거리는 통에 명진 스님은 더욱 안절부절못했다.

"그렇게 입으니까 정말 다른 사람 같아요. 꼭 독립투사 같다."

거기에 더해진 김양숙 권사의 엉뚱한 말이 돌직구를 던진 거나 다름없어서 모두 박장대소했다.

그렇게 명진 스님이 합류했다.

연습실에 나타난 노인들을 구경하기 위해 기웃거리던 젊은 로커들이 명진 스님의 완벽한 복고풍 패션에 큰 관심을 보였다. 가을 들판의 참새 떼 쫓듯이 손을 저어 훠이, 훠이 하고 그들을 쫓아낸 박재기 노인이 명진 스님부터 연습실 안으로 밀어 넣었다.

그날의 연습은 대성공이었다. 불과 두 번째에 지나지 않는 연습인데 진전이 있으면 얼마나 있으려나, 하고 의심했던 이강복 노인마저 입가에 연신 흐뭇한 웃음을 달고 연습실을 나왔을 정도였다.

명진 스님 때문이었다.

재기가 '쟤는 될 거야. 만날 목탁 두드렸잖아.' 하고 말했던 농담이 사실이 된 것 같았다.

"명철이 저놈은 정말 천재야. 드럼만."

돌아오는 차 안에서 재기가 거푸 감탄했고, 우석도 고개를 끄덕여

동의를 표했다. 까마득한 옛날, 남영동 굴다리의 연습실에 나갈 때도 명숙이 누나와 〈빅 사이즈〉 형들이 모두 인정했었다. 저놈은 천재라고. 오늘 명진 스님은 그것을 다시 한 번 모두에게 증명해 보여주었다. 드럼 앞에 앉은 그가 기도하듯이 잠시 뭐라고 불경을 중얼거리고 나서 스틱을 잡았는데 쨍, 하고 라이드 심벌을 두드린 걸 시작으로 이내 강렬한 비트를 와두두두- 쏟아냈던 것이다. 페달을 밟아 베이스 드럼을 쿵쿵 울려대며 아무 주저함 없이, 망설임도 없이 갑작스럽게 폭발적인 비트를 연습실 가득 채워 넣는 그의 솜씨에 다들 놀라서 입을 딱 벌려야 했다.

명진 스님에게 드럼이란 자전거 같은 것이었다. 오래 타지 않았어도 안장에 올라앉으면 페달을 밟아 넘어지지 않고 바퀴를 굴릴 수 있게 되는 것이다. 조금 더 타다 보면 옛날의 익숙함이 되살아나기 마련 아니던가.

드럼이 살아나니까 재기의 베이스도 우석의 리드기타도 어제와는 달리 빠르게 제 자리를 찾아갔고, 건반 위를 달리는 이강복 노인의 손가락 또한 펄펄 살아났다.

박재기 노인이 감회에 젖은 얼굴을 하고 말했다.

"그러니까 사람은 평소에도 놀지 말고 꾸준히 연습을 해야 한다니까. 자기가 이루고 싶은 게 무엇이든 매일매일 연습한다는 자세로 살아가다 보면 언젠가 다 이룰 수 있게 되는 거야. 그러니 인생 자체가 연습에 연습의 끊이지 않는 반복인 거지. 살아가는 연습, 사랑하는 연습, 이별하는 연습. 그렇지 않나?"

"자식이 뭔 인생까지…… 그건 좀 오버다 인마."

우석이 핀잔을 주지만 그의 얼굴에는 '그래, 네 말이 맞아. 나이 드니까 너도 뭔가 달라지긴 했구나.' 하고 감탄하는 기색이 역력했다. 나는 여태까지 어떤 연습을 하고 살아왔던가, 그래서 그것을 이루기는 했는가, 하는 생각이 들어 씁쓸하기도 한 모양이다. 그건 이강복 노인도 마찬가지여서 운전대를 잡은 채 앞을 노려보듯 바라보는 얼굴 가득 회한의 그늘이 졌다.

"참 이상해."

명진 스님이 조금은 들뜬 음성으로 말했다.

"스틱을 잡은 순간 시간이 온통 사라져버린 것 같은 느낌을 받았다. 황홀했다고나 할까? 그런 경험도 다 하게 되네. 희한한 일이었어."

박재기 노인이 즉각 받았다.

"목탁 두드릴 때도 그렇지 않았냐? 그런 경험 없었어?"

"갑자기 황홀해져서 무아지경 속을 노닐던 경험은 가끔 있었다. 하지만 이것과는 다른 거지."

"다르기는 인마. 부처님이 오래 전부터 네 안에서 드럼의 형상을 하고 앉아 계셨던 거다. 고로 너는 타고나기를 드럼쟁이로 타고났던 거야."

재기의 놀림에 명진 스님이 고개를 갸웃거렸다. 순진하게도 '정말 그런가?' 하고 생각하는 것인지도 모른다.

"자, 자, 쓸데없는 잡소리 그만 하고 이거나 들으면서 가자. 다들 집중해서 잘 들어."

이강복 노인이 오디오를 켰다. 미리 CD를 넣어 두었던 듯 벤쳐스 악단의 흥겨운 연주가 날아갈 듯 흘러나와 차 안에 넘실거리기 시작했다.

"숙제다. 한 장씩 나누어 줄 테니까 다들 집에 가서 백 번씩은 들어. 아주 머릿속에 인이 박힐 정도로 들어둬야 하는 거다."

박재기 노인이 당장 입을 삐죽거렸다.

"제기랄, 여기서 그놈의 숙제 소리를 다시 듣게 되다니. 그거 나한테는 욕이나 같은 소리야 인마. 그런데 시험도 볼 거냐?"

"응."

"치워라. 나 내일 LA로 돌아가련다."

"아니, 이게 웬일이래요?"

오늘따라 좀 늦게 집에 들어온 미영이가 어리둥절해서 아빠를 보고 거실을 휘둘러보았다.

오디오에서 낯선 연주곡이 흘러나오고 있었는데, 트위스트 리듬이었던 것이다. 그것이 집안을 꽉 채우고 있다.

선욱이 방문을 빠끔 열고 얼굴만 내민 채 인사했다.

"고모, 이제 오세요?"

"응, 너도 집에 있었구나?"

"오늘 야자 없는 날이라 일찍 들어왔어요."

"그래, 열심히 해라."

말을 하면서 미영이 '이게 무슨 일이니?' 하고 눈짓으로 물었다. 입을 삐죽 내민 선욱이 소파에 앉아 다리를 까닥거리고 있는 할아버지에게 눈을 흘겨주고는 방문을 닫았다.

제6장 길고 긴 터널   225

"아빠, 저 왔어요."
"어, 늦었네? 술 마셨냐?"
"회식이 있었거든요. 걱정 마세요. 조금 마셨으니까."
"그래도 그건 안 된다."
"핏."
정색하는 아빠에게 착 다가앉은 미영이 팔짱을 꼈다.
강복은 나이 사십을 넘어서 본 막내딸이 여전히 눈에 넣어도 아프지 않을 만큼 귀엽고 사랑스럽기만 했다. 한 가지 불만이라면 장로님 딸이면서도 신앙생활이 영 엉터리라는 것이지만, 그거야 내 뜻대로 되는 게 아니니 어쩔 수 없다고 체념한 지 오래였다. 때가 되면 하나님께서 온전한 믿음을 넣어 주시겠지, 하고 기다린다. 그런 아빠의 속내를 잘 아는지라 신앙 문제로 야단이라도 치려면 미영이 지금처럼 팔짱을 착 끼고 매달려서 살살거렸다.
"핏, 아빠는? 신앙은 내 의지로 되는 게 아니라 하나님이 주시는 선물이고 은총이라면서? 난 선물 받는 게 좋아. 얼른 주시라고 기도 좀 막 해줘. 응?"
그러면 야단치려고 단단히 마음먹었다가도 허허, 웃고 말 수밖에 없었다.
미영이 거실 안을 정신없이 뛰어다니고 있는 트위스트 리듬에 귀를 기울이다가 물었다.
"아빠, 이게 웬일이래요?"
"뭐가?"
"저거 찬송가 아니잖아요. 들어 보니까 복음성가 같지도 않고.

뭥미?"

"이 녀석이? 지금 나이가 몇인데 뭥미? 그런 말이 너한테 어울린다고 생각하는 거냐? 더구나 국어 선생님이."

"애들 다 쓰는 말 나만 안 쓰고 있어 봐요. 노땅이라고 왕따 당한단 말이에요."

"알긴 아는구나. 네가 노처녀라는 거."

미영은 올해로 서른두 살이 되었다. 강남에 있는 '정란여고' 국어 선생님이다. 여전히 시집 갈 생각 같은 건 조금도 하지 않는 것이어서 이강복 장로는 요즘 들어 부쩍 불안해하고 있었다. 이래서 여자는 가방끈이 길어도 문제고, 능력이 있어도 문제고, 직장이 좋아도 문제라고 생각한다. 콧대가 절로 높아지니까. '적당히'가 제일 좋은 건데 그런 말을 꺼냈다가는 당장 미영이로부터 여권이 어떻고, 페미니즘이 어떻고 요즘 세상이…… 하는 잔소리를 한바탕 들어야 할 테니 각오를 단단히 해야 한다.

"그런데 신나고 좋긴 하네요. 대체 뭐예요?"

"어라? 너 벤쳐스 모르냐?"

"벤쳐스? 그게 뭐? 먹는 거에요?"

"이런, 이런, 무식한 년."

"아빠!"

미영이 눈을 매섭게 흘기고 두리번거렸다.

"미국 아저씨는 어디 갔어요?"

아빠가 있는 곳이라면 화장실 빼고 언제나 그림자처럼 붙어 있던 넉살 좋은 노인네가 안 보이는지라 의아해진 것이다.

제6장 길고 긴 터널

"응, 변덕이 들어서 오늘 우석이 집에 갔다. 며칠 거기 있다 올 거야."

"또 싸웠구나?"

"이년이?"

만복식당 앞에서 내리자 재기가 우석이와 함께 가겠다고 했던 것이다. 웬일이냐고 의아해 하자 그가 천연덕스럽게 말했다.

"별거 아니다. 오늘은 여우같은 미영이보다 예쁜 제수씨가 더 보고 싶어졌거든."

그러고는 따라오지 말라고 구박하는 우석이의 옷자락을 붙잡은 채 뒤도 돌아보지 않고 갔다.

제7장

무지개다리 건너 저편

열흘이 지났다. 열 번 연습했고, 스무 시간 동안 노력했다.
그랬는데도 옛날의 수준까지 끌어올리지 못한다면 더 이상 연습을 계속할 필요가 없다는 생각을 모두 가지고 있었다. 눈치를 보면서 먼저 말을 꺼내지 않았을 뿐이다. 그만큼 했으면 재기도 만족할 테니 받아들일 것이라고 믿는 마음 또한 있다.
그런데, 딱 열흘 연습했을 뿐인데, 장난삼아 연습실에 나와서 시시덕거리며 놀았던 것이라고 해도 과장이 아니었는데…….
"브라보! 브라보!"
"한 곡만 더 연주해 주세요!"
"할아버지들 최고! 사랑해요!"
문 활짝 열어둔 연습실 밖에 가득 서 있던 젊은 남녀들이 열광했다. 연습실이 아니라 록 공연 무대에 와 있는 것 같은 착각이 들어서 얼떨떨해졌을 정도였다.
요 며칠 그들의 연습실을 기웃거리던 카운터의 청년이 어제 제안을 했었다.
"어르신들 정말 대단해요. 공연하셔도 되겠어요. 충분히."
연습을 마치고 나가려 하자 빙글빙글 웃으며 그런 말로 붙잡은 청년이 넌지시 말했던 것이다.

"연습실 졸업하실 때가 된 것 같은데 한번 시험 치러보시지 않을래요?"

"시험?"

박재기 노인이 발끈해서 눈을 부라렸다.

"너 지금 나한테 욕한 거냐? 새파랗게 젊은 것이……."

어리둥절했던 청년이 하하, 웃었다.

"여기는 로커 지망생이거나, 연습실을 갖지 못한 가난한 로커들이 많이 와요. 그들이 다들 궁금해 했거든요. 대체 어떻게 된 어르신들이냐고. 그러다가 몇몇이 적극적으로 요청하지 뭡니까. 어르신들 연주를 들어보고 싶다고요. 그거 벤쳐스죠? 모르는 로커는 없어요. 하지만 지금 벤쳐스를 연주하는 로커도 없지요. 어떠세요? 젊은 후배들에게 벤쳐스를 한번 제대로 들려주시지 않을래요?"

진지한 말이어서 박재기 노인이 으쓱대며 헛기침을 했고 이강복 노인이 겸연쩍은 얼굴로 나섰다.

"그게 되겠어? 실력 쟁쟁한 아이들도 많을 텐데 말이야. 우리야 그저 취미로 해본 건데 괜히 웃음거리나 되지."

"오, 노, 노."

청년이 손을 마구 내둘렀다.

"그게 취미로 하신 거라면 우리는 죄다 기타 내려놓고 노가다 뛰어야 해요."

"정말이야? 너 괜히 우리를 놀리는 거라면 내가 해병대 정신으로 혼줄 내 준다?"

박재기 노인이 눈을 부라리자 청년이 다시 하하, 웃었다.

"내일 한 번만 더 나오세요. 그래서 연습실 문 활짝 열어놓고 해보세요. 공연한다 생각하고요. 제가 아이들에게 연락해 두겠습니다. 걔들이 좋아하면 시험에 통과한 거고, 별로라고 하면 더 연습하셔야 하는 거예요. 어떠세요? 중간고사라 치고 한번 해 보시는 게."

시험이라거나 숙제라거나 하는 말만 나오면 성질부터 내고 보던 박재기 노인이 웬일로 심각해졌다.

"해볼까? 이런 시험이라면 뭐 경기 일으킬 필요 없지 않겠어? 그치? 그러니까 우리 모두 지난 열흘 동안 죽어라고 시험공부 한 셈이네. 만점 받을 준비 다 끝낸 거야."

그러고는 이 노인의 팔을 아이처럼 잡아 흔들었다.

"하자, 한번 해보자. 젊은 것들에게 벤처스가 뭔지 확실히 맛을 보여 주자고. 무슨 말인지 알아들을 수도 없는 걸 노래랍시고 꽥꽥 소리나 질러대는 게 요즘 록이라면 벤처스는 그야말로 클래식한 예술이다. 1세대 로큰롤이 어떤 건지, 그때 날렸던 로커가 어땠는지 보여주는 거야. 역사공부 시키는 셈 치고 말이다."

박재기 노인은 걱정이 될 만큼 흥분해 들떠 있었다. 강우석 노인이 그의 머리통을 쥐어박았다.

"우리가 무슨 로큰롤의 대단한 기수라도 되냐? 고작 공연 두 번 한 거 가지고 생색내기는. 쪽팔리지도 않냐, 인마?"

"이 자식이? 너 그때 당시에 그게 얼마나 대단했던 건지 몰라서 그래? 그때 우리나라에 로큰롤 밴드가 대체 몇 팀이나 있었냐? 우리가 없었으면 인마 오늘날 애들도 없는 거야. 엘비스가 없었으면 비틀즈가 없었고, 비틀즈가 없었으면 록도 없었을 거다. 벤처스는 그들 사이에 다리를 놓아준 노가다였어. 위대한 노가다."

재기의 열변은 엉뚱하고 과장되며 억지스럽기도 했지만 설득력이 있었다. 무엇보다 유쾌하다. 그래서 그들이 추구하는 벤처스의 리듬과 일맥상통했다. 신나고 경쾌한 삶을 꿈꾸는 낙천주의자의 흥이 아닌가.

"그래, 하자."

이강복 노인의 한 마디로 그렇게 결정되었다.

강우석이 그래도 못마땅한지 이죽거리는 걸 빠뜨리지 않았다.

"그래, 좋다. 어차피 어디 가서 내놓고 공연할 처지도 못 되는데 그렇게라도 한번 해보는 것도 나쁠 것 없지 뭐."

"부정적인 놈."

박재기 노인이 그를 매섭게 노려보았지만 이내 입가에 싱글벙글 웃음이 매달려 출렁거렸다.

그렇게 해서 시험을 치렀는데 대성공이었다. 열광하고 있는 새까만 후배 로커들을 보면서 점수로 치면 만점짜리 무대였다고 네 노인은 스스로 자평을 했다. 그리고 보너스가 따라왔다.

"잠깐만요."

우쭐대면서 연습실을 나서는데 뒤에서 다급히 부르는 소리가 들렸다. 서른 중반쯤 되어 보이는 턱수염 기른 청년이었다.

다가온 그가 몇 마디 칭찬의 말을 하는 동안 이강복 노인이 곱지 않은 눈으로 바라보았다. 옷차림은 그렇다 치고, 펑크족의 헤어스타일이며 수염을 기른 꼬락서니가 영 마음에 들지 않았던 것이다.

옛날에도 록을 한다는 자들은 죄다 무언가 튀어 보이려고 애를 썼다. 지금이라고 달라졌을 리 없다고 생각하지만 거기에 대한 이강복 장로의 생각도 달라진 건 없었다.

"꼭 저러고 다녀야 해? 그래야 남들이 로커라고 알아주나?"

그때도 〈빅 사이즈〉 형들이 못마땅해 뒤에서 그렇게 이죽거리곤 했었던 그였다. 그러면 재기가 제법 어른스런 말투로 형들 편을 들었다.

"록의 정신은 자유야 인마. 그걸 모르면 기본을 모르는 거지. 기본을 모르는 놈이 어떻게 제대로 된 록을 하겠어? 형들은 복장으로 자유를 보여주는 거다."

"저게? 눈이 삐었냐?"

"어허, 나는 세상의 제도와 관습, 무엇보다 꽉 막힌 너 같은 샌님들의 획일성을 거부한다. 왜? 나는 자유인이니까. 이거다. 모르겠어?"

"어디 책에 쓰여 있던? 그래서 달달 외운 놈처럼 말은 잘한다."

그러고 말았었던 그때의 상황을 다시 맞은 것 같아 한편으로는 우습기도 했다. 그래도 영 불만이라 '뭐냐, 이게. 사춘기의 반항도 아니고. 하여튼 요즘 젊은 것들이란……' 하고 속으로 혀를 차며 물끄러미 바라보는데 청년이 명함을 내밀었다.

"저기요, 제가 이번에 홍대 클럽 연합으로 록페스티벌을 추진하는 위원회에 있거든요."

"그래서?"

"거기 보시면 아시겠지만 추진위원장이랍니다."

"그래서 뭐?"

"우리나라는 물론 전 세계를 통틀어서 어르신들 연배의 록밴드는 거의 없을 겁니다. 아무래도 록은 젊은 층 중심의 음악이니까요."

"희귀종이라 이거냐? 멸종위기의 생물을 보는 것 같아서 신기해?"

"아니, 그런 게 아니고요."

시종일관 뻣뻣한 이 노인의 대꾸에 청년이 난감한 얼굴로 머리를 긁었다. 비듬이 우수수 쏟아질 것만 같아 이강복 노인이 인상을 찌푸리고 한 걸음 물러섰다.

"1세대 로커를 소개한다는 의미도 있고, 또 어르신들이 참가해서 연주해 준다면 색다른 즐거움도 될 것 같거든요. 우리 후배들에게 귀감이 되기도 하지 않겠어요?"

그러더니 눈치를 보다가 덧붙였다.

"공연료는 챙겨드리지 못하지만, 중간에 특별초청 밴드라고 해서 한 자리 끼워 넣어드릴게요."

"꼽사리 연주를 해라 이거로군?"

"공연하고 싶어서 연습한 거 아니었어요? 무대 찾기가 쉽지 않을 텐데……."

이 노인이 망설이자 재기가 기다렸다는 듯이 튀어나왔다.

"하자. 과거를 잊어버린 고약한 젊은 녀석들에게 1세대의 록을 맛보여 주자고. 벤처스의 트위스트를 전파하는 거야. 다들 좋아 죽을 거다. 옛 물결이 새로운 물결이 될지 또 누가 아냐?"

이렇게 모이게 된 이유가 재기의 추억을 위해서 다시 한 번 공연을 해보자는 취지 아니었던가. 기회가 왔는데 굳이 반대할 이유는 없었다.

"이게 마지막이다?"

이강복 노인이 다짐을 받듯이 눈으로 재기를 눌렀다. 박재기 노인이 볼을 부풀리고 마지못해 고개를 끄덕인 것으로 공연 참가가 결정되었다.

"나 원 참. 낯 뜨거워지는 거나 아닌지 모르겠네."

강우석 노인이 여전히 불만스러운 듯 중얼거렸다. 새파란 젊은 녀석들 앞에서 괜히 망신이라도 당한다면 그보다 창피한 일은 없을 것이라고 생각한다.

"예? 록 공연을 한다고요? 아빠가?"

미영이 눈을 동그랗게 떴다.

"아빠가 그런 거 할 줄 알아요? 언제부터?"

"내가 이 녀석아, 고등학생이던 시절에 날렸다. 우습게 보지 마라."

"그때 벌써 록을 했어요? 어머, 어머, 세상에. 그러면서 왜 여태까지 한 마디도 말 안 했대요? 나는 까맣게 모르고 살았잖아요."

"그게 뭐 자랑할 일이냐?"

이강복 노인은 으쓱해졌지만 미영의 말뜻은 그게 아니었다.

"그때도 철이 없었구나. 여전히 철이 없으시구나. 앞으로도 그러실 것 같구나."

"뭐라고? 아니, 이것이?"

"좋아요. 취미 삼아 연주 활동을 한다고 쳐요. 그래도 그렇지. 아니, 세상에. 트로트도 아니고 록이라니 이게 말이 돼?"

"안되긴 이 녀석아. 아빠는 인생을 즐길 수도 없냐?"

"핏, 회춘이라도 했다는 거예요 뭐예요? 창피해서 어디 말도 못하겠네. 내 이 미국 아저씨를 그냥."

손톱을 세우고 허공을 앙칼지게 노려본다.

"아서라, 이게 다 재기에게 꿈과 희망을 주기 위한 것이니라. 괜히 그 녀석을 탓하지 마. 우석이나 명철이도 다 그래서 오케이 한 거니까."

"예? 아니, 명진 스님까지? 어머, 어머, 내가 못살아, 정말. 다들 벌써 노망이 드셨나봐."

"이년이? 말버릇 봐라."

"아빠, 명진 스님은 스님이에요, 스님. 그게 무슨 말인지 아세요?"

"목탁 두드리고 염불하는 중이라는 거지 뭐."

"엄숙하고, 속세를 멀리하며, 구도에 전념하는 특별한 신분을 가진 분이라는 거예요. 그런데 뭐요? 록? 그게 말이 된다고 생각하세요?"

"응. 된다. 하면 하는 거지 뭐."

"아빠도 그렇지. 성직자는 아니지만 교회 장로님이시잖아요. 아니, 나이 지긋하시고, 교인들의 존경과 신뢰를 받으시는 장로님이 젊은 애들 앞에서 록 공연을 한다고 해보세요. 다들 뭐라고 할까요?"

"미쳤다느니, 노망이 났다느니, 장로 체통에 저게 무슨 꼴사나운 짓이냐느니 하면서 수군거리겠지."

"잘 아시네요."

"뭐라든 상관없다."

"정말 하실 거예요?"

"그렇다니까. 우린 말이지, 옛날부터 그랬다. 한번 한다면 하고야 마는 거야. 해병대 정신."

"참, 나. 정말 못 말리는 우리 아빠라니까. 우석이 아저씨야 원래 그렇다고 쳐. 아빠는 대체 누굴 닮아서 이렇게 고집이 세고 엉뚱하실까?"

"달리 끼리끼리 모여서 논다고 하겠니? 네가 아무리 뭐라고 해도 한다. 하겠다고 마음먹은 이상 멋지고 완벽하게 해낼 테다. 두고 봐."

"졌어요. 마음대로 하세요."

"아빠 공연하는 거 보러 올 거지? 와서 응원해 줄 거지?"

미영이 눈을 흘기고 천연덕스럽게 말했다.

"내가 거길 어떻게 가요? 나이가 몇인데. 인디밴드 공연장이 노땅 출입금지라는 거 모르세요? 공연윤리법으로 정해졌다지 아마?"

"그래? 그 소리는 처음 듣는다만 네가 노땅이라는 걸 알고 있으니 기특하구나. 언제 시집갈래?"

"또, 또! 아빠는 할 말 없으면 꼭 엉뚱한 소리 하더라. 몰라욧!"

단단히 토라진 것처럼 콧방귀를 뀌면서 자기 방으로 쿵쿵 걸어가는 미영을 보던 이강복 장로가 허허, 웃었다.

내일이 공연하기로 한 날이다. 비록 중간에 게스트로 잠깐 출연해 다섯 곡 정도 연주하고 내려올 예정이지만, 대중 앞에서의 공연이다. 은근히 긴장이 되어 혈압이 올랐었는데 사랑스런 딸과 티격태격 장난 같은 말싸움을 하는 동안 다시 마음이 흐뭇하고 느긋해졌다. 이제 푹 잘 수 있을 것 같았다.

※ ※ ※

"뭐야? 아니, 명철이 이 자식!"

이강복 노인이 얼굴이 벌개져서 씩씩거렸다.

약속한 시간을 10분이나 넘겨서 헐레벌떡 달려온 우석으로부터 엉뚱한 소리를 들었기 때문이다.

"어제 저녁 무렵에 갑자기 연락을 받았다지 뭐냐. 조계종 중앙종회에서 긴급회의를 소집했대. 그게 뭐하는 데인지는 모르지만, 아무튼 급한 일인 모양이더라."

명진 스님은 조계종 중앙종회 의원으로 등재되어 있었다. 국회의원 같은 거라고 이해하면 된다. 그러므로 그는 종단의 중요한 의사결정에 있어서 일정부분 영향력을 행사하는 위치에 있었던 것이다.

이강복 노인은 명진 스님으로부터 내년에 조계종 총무원장 선거가 있다는 말을 들은 적이 있었다. 그 일 때문에 소집한 것인지도 모른다고 생각했다. 하지만 하루 전에야 종회 의원들에게 소집을 통고한다는 건 예의도 아니고 횡포에 가까운 처사라고 하지 않을 수 없었다. 먼 지방 사찰에 있는 의원들은 어쩌란 말인가. 올 테면 오고 말 테면 말라는 뜻이야 아닐 것이다. 그만큼 급하게 처리해야 할 중요한 사안이 있는 모양인데, 그렇다면 서울에 있는 명진이 가지 않을 수 없으리라는 것도 이해한다. 하지만 말도 없이 사라져버린 그에 대해 화가 나는 건 어쩔 수 없었다.

"어떻게든 시간 내서 잠깐 나오겠다고 하더라."

우석의 말에 이강복 노인이 엄한 그에게 짜증을 냈다.
"왜 진작 말하지 않았대? 전화 한 통 못해?"
"미안해서 머뭇거리다가 기회를 놓친 거지 뭐. 더구나 너한테 그런 말하기가 더 어려웠던 거야. 명철이 성격 알잖아. 굼뜨고 신중한 거. 그래도 오겠다고 했으니까 믿어야지. 자기가 한 말은 꼭 지키는 놈이니까."
"만약에 안 오면?"
드럼이 빠진 채 연주할 수는 없는 일이다. 벤쳐스의 연주곡들 중 오늘 맛보이기로 정한 다섯 곡은 관중들의 흥을 돋우기 위해서 특별히 드럼의 기교가 화려한 곡들로 엄선하지 않았던가. 명철이가 빠진다는 건 말이 안 된다.
새파랗게 질린 얼굴로 손만 싹싹 비비며 안절부절못하던 박재기 노인이 간절하게 말했다.
"여기 애들 중 드럼 좀 하는 녀석을 대신 세울 수는 없을까?"
"안될 건 없겠지. 하지만 한 번도 호흡을 맞춰보지 않았는데 우리 분위기를 제대로 살려낼 수 있겠어?"
우석의 말이 타당한지라 박재기 노인이 "이걸 어째, 이걸 어째." 하며 발을 동동 굴렀다.
이렇게 된 이상 명철이가 오겠다고 한 약속을 지켜주기 바랄 수밖에 없다. 정 안되면 공연을 포기하더라도 어쨌든 시간 내에 공연장까지 가기는 해야 할 것이다.
"자, 일단 가자. 가서 고민 좀 해 보자고."
차에 시동을 거는 이 노인의 얼굴에 수심이 먹구름처럼 드리웠다.

생각보다 많은 남녀가 뒤섞여 열광하고 있었다. 록에 대한 열정을 가진 젊은이들이 이처럼 넓은 홀을 꽉 메운 건 처음 본다. 그들의 열기가 8월의 해변처럼 뜨거워서 이강복 노인 등은 가슴이 터질 것처럼 뛰었다. 무대에서 연주해본 경험은 〈블루문〉과 학교 졸업식에서가 전부였기에 그렇다. 그러므로 이곳은 세월이 흐르고 시대가 변했다는 것을 실감하는 현장이기도 했다. 그 현장에 뛰어나가 주인공이 되어 록을 지배하고 이 열기를 에너지처럼 받아야 할 시간이 코앞에 다가왔다.

"재기는?"

"오케이."

"우석이."

"좋아."

"명철이는? 아직도 안 온 거냐?"

이강복 노인이 뻔히 알면서도 다시 묻는 건 마음이 그만큼 초조해져 있기 때문이었다.

무대 진행을 맡고 있는 청년이 다가와 시계를 가리켰다.

"3분 전입니다. 준비해 주세요."

그 3분이 세상에서 제일 초조하고 긴 시간이 될 것이라고 예감한 세 노인의 표정이 침통해졌다.

"지금이라도 그만두자."

강우석 노인의 말에 재기가 발끈했다.

"여기까지 왔는데 해보지도 않고 그만둬? 난 그렇게 못해, 인마!"

"그럼 어쩌자고? 드럼 없이 그냥 가?"

"까짓 가면 가는 거지 뭐. 그냥 드럼 빼고 해. 내가 베이스로 드럼 몫까지 받쳐 줄게. 그리고 우리한테는 우석이의 신디사이저가 있잖아. 적당한 때에 드럼 대신 비트를 쳐줄 수 있을 거 아냐."

"그래도 그게 말이 되냐? 동태찌개 끓이는데 동태가 없다고 꽁치를 넣으면 그게 동태찌개가 되겠어?"

그들의 언쟁을 듣고 있던 이강복 노인이 슬쩍 끼어들었다.

"이 자식은? 내가 꽁치냐?"

"동태나, 꽁치나!"

버럭 소리친 강우석 노인이 목에 걸고 있던 기타를 벗어들었다. 내팽개칠 기세다. 그러면서 눈짓으로 밖을 가리키고 인상을 썼다.

"봐, 저기 방송사 카메라도 있다. 전 국민이 보는 앞에서 쪽팔릴 일 있냐?"

KBS에서 록 축제를 취재하고 있었던 것이다. 오늘 밤 뉴스에서 연예가 소식을 전하는 시간에 내보낼 것이라고 한다.

이강복 노인이 한숨을 쉬었다. 재기를 위해 할 수 있는 노력은 다 했건만 일이 이 지경으로 꼬였으니 도대체 어떤 결정을 내려야 할지 판단하기 힘들었다.

"하자. 다섯 곡만 때려주고 내려오면 되는 거잖아. 그걸 못 버티겠냐? 신나라 밴드가 말이야. 명철이 빼고 그냥 가자. 이런 기회가 언제 또 오겠어?"

재기의 간절한 말에 이강복 노인이 여전히 갈등하면서도 머리를 끄덕였다.

"하긴."

"하긴은 뭐가 하긴이야?"

우석이 당장 인상을 썼다.

"기회는 다시 만들면 되지 꼭 지금만 고집할 필요가 뭐 있어? 전 국민 앞에서 망신당하고 싶어? 그래가지고서야 벤쳐스를 알려주기는커녕 모욕하는 꼴밖에 더 되겠냐?"

악을 쓰는 그의 말도 옳다.

"자, 준비하세요. 곧 들어갑니다."

진행요원이 다시 사인을 보냈다. 무대에서는 어느덧 사회자의 멘트가 흘러나오기 시작하고 있었다.

공식 공연무대에 서는 최고령 어르신들 밴드. 오늘부로 기네스북에 올라도 좋을 1세대 록의 상징, 밴드의 전설〈신나라 밴드〉라고 한껏 분위기를 띄워주는 멘트에 세 노인 모두 낯이 뜨거워지면서도 가슴이 쿵쿵 울렸다.

재기가 간절하게 우석과 강복을 보며 애원했다.

"하자, 응? 이런 기회는 이게 마지막일지도 몰라. 그렇잖아. 후회하면서 남은 삶을 살래?"

우석이 말처럼 기회는 기다리면 또 올 것이다. 그러나 재기에게는 그렇지 않다. 그 생각에 이강복 노인이 결연하게 말했다.

"우석아, 하자. 어차피 재기를 위해서 하기로 한 것 아니냐? 그냥 하자."

망설이던 우석이 잔뜩 인상을 쓰고 박재기 노인에게 손을 내밀었다.

"빌어먹을. 모르겠다. 그 선글라스나 줘."

자기 얼굴을 그렇게라도 가리고 싶은 것이다. 박재기 노인이 히히 웃으며 얼른 알록달록한 셔츠 주머니에 매달아 놓고 있던 선글라스를 건네주었다.

이강복 노인은 마치 회사의 중역이라도 된 것처럼 정장에 점잖은 넥타이까지 멘 차림이었고 박재기 노인은 처음 공항에 나타났을 때의 그 카우보이 패션이었다. 그리고 강우석 노인은 흰 운동화에 헐렁한 청바지 차림이었는데 선글라스를 쓰자 그래도 좀 나아 보이기는 했다.

백발이 성성한 그들 세 노인이 각자의 길을 가는 복장으로 무대에 올라서자 여기저기서 웃음이 터져나왔다. 드문드문 휘파람을 불거나 박수를 처주는 기특한 관중도 있기는 하다.

조명이 홀에 가득한 사람들을 훑고 지나갔다.

"어?"

조명을 따라 어둠에 가려졌던 청춘 남녀들이 잠깐씩 드러날 때마다 난감한 심정으로 그들을 내려다보던 이강복 노인이 눈을 휘둥그레 떴다. 저 뒤에서 사람들을 헤치며 다가오고 있는 미영이를 본 것이다. 그리고 잿빛 승복차림의 명진 스님이 뒤따르고 있었다. 미영이가 그를 마구 끌고 오는 중인 게 틀림없다.

"저기 봐, 명철이다."

기타를 튜닝하고 있던 우석과 재기가 그 말에 깜짝 놀라 바라보았다. 그리고 그들의 눈에도 조명이 훑고 지나갈 때마다 가까워지고 있는 미영과 명진 스님이 보였다.

"명철아!"

박재기 노인이 펄쩍 뛰며 아이처럼 소리쳤고, 명진 스님이 땀을 뻘

뻘 흘리며 미영에게 떠밀려 무대 아래까지 다가왔다.

　록 공연장에 스님이 그것도 후덕해 보이는 노스님이 나타났다.

　워낙 엉뚱한 일이라 진행요원들마저 어리둥절해서 바라보기만 할 뿐 어떻게 해야 할지 모르고 있었다.

　"아빠, 파이팅!"

　미영이 불끈 쥔 주먹을 들어 올리며 활짝 웃었고, 명진 스님이 무대 위로 올라왔다. 어리둥절해서 바라보는 사람들을 향해 합장하고 허리를 숙인다. 조명이 일제히 명진 스님에게 쏟아지고, 홀 안이 얼음물을 뒤집어 쓴 것처럼 조용해졌다.

　잠시 얼떨떨해서 바라보고 있던 이강복 노인이 악보를 들고 재빨리 명진 스님에게 다가갔다.

　"어떻게 미영이하고 같이 나타났는지는 묻지 않겠다. 자, 순서대로 정리했으니까 우선 가자. 숨찰 테니 파이프라인을 첫 곡으로 간다."

　리드와 베이스 기타가 주가 되고 드럼은 축소된 곡이다. 조용히 박자만 띄워주면 된다.

　드럼 앞에 앉아 보면대에 악보를 펼쳐놓은 명진 스님이 넓은 승복 소매로 땀을 닦았다. 스틱을 들고 심호흡을 하는 그를 보던 박재기 노인이 기타 줄을 한 번 퉁겨 묵직한 소리를 냈다.

　뚱-

　시작한다는 신호이면서 모두 정신 차리고 집중하라는 질타이기도 하다.

　그리고 이내 벤쳐스의 명곡 중 하나인 파이프라인이 그의 기타에서부터 쏟아져 나오기 시작했다. 지난 열흘 동안 셀 수도 없이 들으며 머릿속에 단단히 새겨 넣은 바다. 박재기 노인은 자기가 벤쳐스 악단의 모든 것을 빨아들였다고 믿는 것 같았다.

기타줄을 긁어가는 재기의 손가락에 힘과 신이 있는 대로 실렸다. 그리고 우석의 기타가 선율을 잔잔히 풀어놓아서 리듬에 반짝이는 옷을 입히기 시작했다. 명진 스님의 드럼이 조곤조곤 속삭이듯이 그것을 따라간다. 적당한 때마다 이강복의 신디사이저가 원곡에는 없는 감미롭고 풍요로운 색채를 덧칠해 주었다.

파이프라인에 이어서 쏟아져 나오는 곡은 〈Riders in the Sky〉였다. 리드기타의 경쾌한 선율이 강조되는 곡이다.

명철의 드럼과 재기의 베이스가 날아가려고만 하는 리드기타를 달래듯이 매달렸다. 풍선의 실을 쥐고 있는 작은 여자아이처럼 경쾌한 연주에 비로소 사람들이 반응하기 시작했다. 〈Pipeline〉 때에는 어리둥절해서 바라만 보다가 〈Riders in the Sky〉에 이르러 어깨에 흥이 일기 시작했던 것이다. 작은 파도가 머리를 드는 것 같았다. 여태까지 꽝꽝 울리며 쏟아져 나왔던 젊은 밴드들의 록과는 사뭇 분위기부터 다른 연주에 술렁거리는 게 확연히 느껴졌다.

차분하면서 경쾌하고 흥을 조금씩 이끌어내던 〈신나라 밴드〉가 세 번째 연주에서 드디어 더 이상 참지 못하겠다는 듯이 본격적인 트위스트 리듬을 쏟아 붓기 시작했다.

〈Wipe Out〉이라는 그 곡은 이강복 노인이 명철의 드럼을 위해 선곡한 것이었다. 폭발적인 드럼의 비트가 두 대의 기타를 압도했고, 신디사이저가 당황하는 기타를 향해 깔깔대며 웃어댔다.

승복의 소맷자락을 펄럭이며 드럼을 두드려대는 명철의 어깨에 절로 신명이 돌았다. 그리고 이어진 〈Perfidia〉 또한 드럼이 정신없이 끌고 가는 곡이었다. 달려가는 아이의 손에 쥐어진 곰인형처럼 리드기타와 베이스가 허공을 휘저으며 이리저리 선율을 뿌려댔다.

사람들이 열광하기 시작했다. 낯설기만 한 곡들이 가진 마력은 곧 〈신나라 밴드〉가 그들의 가슴과 머릿속에 뿌려놓은 마법의 은가루이기도 했다. 어깨춤을 들썩이던 사람들이 팔을 건들거리고 몸을 좌우로 움직여가며 물결이 치듯이 흥을 타고 출렁거렸다. 조명이 춤을 주었고, 빛을 내는 형광봉이 무리지은 반딧불 떼처럼 어둠을 흔들어댔다.

그리고 절정은 마지막 곡인 〈Caravan〉이었다. 웅장한 드럼이 대지를 두드려대는 말발굽소리처럼 울렸다. 땀에 흠뻑 젖은 명철이 춤을 추듯 흥을 탔고, 스틱이 조명을 팅겨내며 눈부시게 날았다. 승복 자락이 깃발처럼 펄럭거린다.

세 개의 심벌과 세 개의 탐 그리고 스네어드럼과 베이스드럼이 서로 다른 소리들을 폭포처럼 쏟아냈다. 쉴 새 없이 강렬하고 웅장한 비트가 퍼부어졌다. 아침 해 떠오르는 벌판의 풀잎이 된 리드와 베이스기타가 이슬방울처럼 반짝이는 싱싱한 소리를 팅겨냈다. 그리고 사람들의 머리 위 높은 곳에 신디사이저가 무지개다리를 놓았다.

정신을 차릴 수 없을 정도로 신명나고 살아 펄떡거리는 다섯 곡의 연주가 끝나자 함성이 홀을 뒤흔들고 터져 나왔다. 여태까지 없었던 굉장한 환호였다.

앙코르를 외치는 소리가 여기저기에서 폭죽처럼 터졌다. 드디어 하나가 되어 합창을 해댄다. 그래서 〈신나라 밴드〉는 준비한 〈Sunny River〉와 〈Guiter Man〉 두 곡을 앙코르 곡으로 연거푸 연주해야 했다. 네 노인의 온몸이 땀으로 흠뻑 젖었고, 지친 기색이 역력했다. 그러나 그것은 가슴 벅찬 기쁨과 환희를 조금도 가리지 못했다.

그칠 줄 모르고 쏟아지는 앙코르 요청을 더 이상 감당할 수 없는 네 노인이 달아나듯이 무대를 떠나 대기실로 뛰어들었다.

할 이야기가 있다고 한사코 붙잡는 클럽연합회 측과, 취재 좀 하자며 가로막는 방송사 앵커를 뿌리치고 막무가내로 공연장 밖으로 빠져나오자 비로소 살 것 같은 해방감이 왈칵 밀려왔다.

"하하하하-"

네 노인이 서로를 끌어안고 검은 하늘을 향해 처음으로 속 시원한 웃음을 터뜨렸다. 가슴속에 남아 있던 모든 어둡고 우울한 상념의 찌꺼기들을 말끔하게 날려버리는 통쾌한 웃음이었다.

※ ※ ※

땀 범벅이 된 채 명진 스님은 택시를 잡아타고 다시 조계사로 서둘러 돌아갔고, 미영은 아빠 차에 두 노인과 동승했다.

승용차 안에서 모두는 내내 들떠서 조금 전의 공연에 대한 이야기를 하고 또 했다. 웃으며 시끄럽게 떠들어대는 말들 중 반은 자화자찬이었고, 반은 서로를 놀리고 비웃는 장난이었다.

"아저씨들이 이렇게 대단할 줄 몰랐어요. 정말 의외였고 그래서 더 흥분된다니까요? 아빠도 정말, 정말 대단했어요. 왜 여태까지 감추고 있었던 건지 몰라."

미영이 다시 한 번 재기와 우석 노인을 치켜세워 주었다. 아빠에게는 입을 삐죽거리면서.

명진 스님과 같이 오게 된 이유를 묻자 그녀가 공치사를 하듯이 우쭐댔다.

"오늘 제 수업이 일찍 끝나는 날이잖아요. 양해를 구하고 먼저 퇴근해서 헐레벌떡 왔는데 택시에서 내리는 명진 스님을 딱 만났지 뭐예요. 시간을 보니까 안 되겠다 싶더라고요. 제대로 인사할 새도 없이 냅다 손을 잡고 뛰었지요, 뭐. 그래서 그렇게 된 거예요. 까딱 잘못했으면 늦을 뻔했는데 저 때문에 살았으니 다 제 덕인 줄 아세요."

그녀가 생색을 낼 만하다고 모두는 인정했다. 명철이 체면 때문에 느릿느릿 걸어오기라도 했더라면 제 시간에 도착할 수 없었을 것이다. 그 생각만 해도 아찔하다.

뒤풀이 장소는 누가 말을 꺼내지도 않았지만 자연스럽게 김양숙 권사가 있는 만복식당이 되었다.

"어머나, 무슨 일이에요? 오늘은 미영이까지 동행하고. 다들 좋은 일이 있었나 봐요? 강 선생님이 저렇게 싱글벙글하는 건 참 오랜만에 보네요."

대충 둘러대고 허겁지겁 냉면을 한 그릇 해치우고 나서야 다들 안도의 긴 숨을 내쉬고 늘어졌다.

빈 냉면 그릇을 앞에 두고 다시 뒤풀이 공치사로 얼마나 떠들었을까.

"어머, 어머. 저 사람…… 명진 스님 아니에요?"

김양숙 권사가 놀라서 소리쳤다. 후딱 바라보니 벽에 걸려 있는 TV에서 오늘 공연을 요약해 소개해 주고 있었다. 그새 메인 뉴스가 끝나고 연예가 소식으로 넘어갔던 모양이다. TV 가득 승복 자락을 깃발처럼 펄럭이며 드럼 치는 명진 스님이 나오더니 우석과 재기 그리고 이강복 노인의 모습도 나왔다.

수많은 록 마니아들을 매료시킨 할아버지 록 밴드 운운하는 여자 앵커의 말이 하나도 귀에 들어오지 않았다. TV를 통해 흘러나오는 벤처스의 리듬이 먼 데서 돌아온 메아리처럼 낯설게 들린다.

"어머, 어머. 장로님도 저기 있네? 강 선생님도. 아니, 저게 어떻게 된 거예요?"

김 권사의 놀란 말에 드문드문 남아 있던 손님들이 일제히 돌아보았다.

"가자, 가자."

이강복 노인이 서둘러 재기와 우석을 끌고 일어섰다.

박재기 노인은 오늘도 우석의 집으로 가겠다고 떼를 썼다. 뿌리치는 강우석 노인의 꼬리를 잡고 매달리듯이 택시에 올라탔고, 이강복 노인은 화난 사람처럼 미영이와 함께 집으로 돌아왔다.

문을 열자마자 집 안에서도 난리가 났다. 선욱의 방에서 친구 몇이 쏟아져 나오며 굉장한 사건이라도 난 것처럼 호들갑을 떨어댔던 것이다.

"와, 할아버지다!"

"할아버지, 사랑합니다! 존경해요!"

"할아버지 공연 모습이 유튜브에 떴어요. 우리 그거 다 봤어요. 와우, 정말 깜짝 놀랐지 뭐예요. 할아버지, 정말 정말 대단하세요."

선욱의 말이 생경해서 얼떨떨한데 미영이 "어머, 벌써? 정말 빠른 세상이라니까. 비밀이 있을 수 없어. 어디, 어디?" 하고는 대뜸 선욱의 방으로 쳐들어갔다.

"어머, 정말이네? 아빠, 이리 좀 와 보세요."

노처녀가 조카와 그놈의 친구들 앞에서 큰일이라도 난 것처럼 호들갑을 떠는 게 못마땅하지만 궁금증이 더 컸다. 이 노인이 헛기침을 하며 선욱의 방으로 들어갔다. 모니터에 〈신나라 밴드〉의 공연 장면이 정지되어 있었다. 미영이 재빨리 플레이 표시를 클릭하자 멎어 있던 벤쳐스의 리듬이 와르르 모니터 밖으로 쏟아져 나왔다.

신나게 드럼을 두드려대는 명진 스님에게 주로 초점이 맞아 있었다. 뉴스도 그렇고 동영상도 그렇고, 할아버지 스님이 승복을 입고 앉아 춤을 추듯 드럼을 친다는 것을 놀랍고 신기한 일인 양 호들갑스럽게 보여주고 있었던 것이다.

* * *

삶이란 무엇인가? 하는 물음에 저마다 답을 내놓는다. 여태까지 그렇게 쏟아져 나온 말들이 저 하늘의 별처럼 많을 것이다.

고려 말 나옹(懶翁) 화상은 삶이 어디서 오는지, 죽음이 어디로 가는지 알 수 없다고 했다. 인생이란 다만 한 조각 뜬구름의 일어남과 소멸됨 같이 헛된 것이라고 하지 않았던가.

어디 삶과 죽음뿐이랴.

할 것인가 말 것인가, 갈 것인가 말 것인가 하는 모든 것이 알 수 없는 것이기만 하다. 운명이 스스로 흘러가듯, 사람이 할 수 있는 모든 일들 역시 각기 스스로의 길을 가지고 그저 흘러가는 것인지도 모른다. 우리가 의지로 할 수 있다고 믿는 모든 것이 그와 같을 뿐이라면, 우리는 그저 운명이라는 쪽배에 편승해 있는 나그네라고 하지 않을 수 없다.

흐르는 물을 바라보며 뱃전에 고요히 앉아 있으면 그만이다. 가끔은 뜨거운 햇빛 때문에 짜증이 날 때도 있겠지만 시원한 바람이 불어와 땀을 식혀줄 것이고, 반짝이는 물결의 아름다움에 황홀해질 때도 있을 것이다.

"어, 허허허-"

명진 스님이 여유로운 웃음을 흘렸다. 전화기 저쪽에서 쟁쟁 울리는 음성에 대한 답이다.

아침 일찍 걸려온 전화는 종단 중앙종회의 회장인 무원 스님의 전화였다. 잔뜩 화가 난 음성이 수화기 저쪽에서 카랑카랑하게 울려왔다.

"스님, 이건 보통 심각한 일이 아니에요. 어제 저녁 늦게 사실을 알고 종단이 발칵 뒤집혔어요. 아니, 대체 어쩌자고 그런 일을 아무런 상의도 없이 덜컥 저질렀답니까?"

"어, 허허허-"

"연세 지긋하신 스님이 젊은 대중 앞에서, 그것도 클럽에서 버젓

이 승복을 입은 채 공연을 하다니요? 제정신입니까? 대중들이 그걸 보고 대체 무슨 생각을 하겠어요? 종단 전체의 이미지에 큰 충격을 주신 겁니다. 아시겠어요?"

"어, 허허허-"

"이번 일로 인해 스님께서는 아마 중한 징계를 받게 되실 겁니다. 우선 급히 내려진 결정은 스님의 중앙종회 의원 자격을 정지시키자는 것입니다. 서운하게 생각하지 마세요."

내내 허허, 웃기만 하던 명진 스님이 느릿느릿 말했다.

"언제 내가 하겠다고 해서 시켜준 거요? 종단 마음대로 시켜주었으니 이제 마음대로 그만두라고 해도 좋지. 그렇게 하라고 하세요. 나 원래 그거 하기 싫었던 사람입니다."

"스님!"

"왜? 내가 반성이라도 하기 바라는 거요? 그래서 달려와 용서를 빌랍디까? 뭘 용서받을 잘못을 했어야 말이지. 자, 더 이상 그 일로 이런 쓸데없는 전화질 하지 맙시다. 나야 아무래도 상관없으니까, 종단에서 하고 싶은 대로 하라고 하세요. 징계를 내리든 면직을 시키든. 그나저나 아침 공양은 하셨소?"

"스님, 주지 직을 박탈당할 수도 있습니다. 그렇게 속 편하게 생각하실 게 아니에요."

"주지? 그만두라면 그만두지 뭐. 내가 중이고 부처님이 그걸 아시면 됐지 더 연연할 게 뭐 있소? 내가 종단 눈치보고 중노릇 하리까? 마음대로 하세요. 어, 허허허-"

수화기를 내려놓아 버리는 명진 스님의 얼굴은 무덤덤하기만 했다.

제7장 무지개다리 건너 저편   253

어제의 일로 세상이 온통 난리 법석이었다. 뉴스에 드럼 치는 모습이 나오고 나자, 오늘 아침 신문들이 경쟁하듯 거기에 대한 기사를 실었으며 인터넷과 유튜브에 〈드럼 치는 할아버지 스님〉이라는 제목의 글과 동영상들이 수도 없이 뜨기 시작했던 것이다.

어제 밤중에는 물론 새벽부터 각종 매체와 방송사로부터 인터뷰 요청 전화가 쏟아져 들어와 짜증이 날 지경이었다. 대체 어떻게 연락처를 알아냈는지 모를 일이다.

"빌어먹을. 이렇게 말 많아진 세상에 다시 오신다면, 부처님도 골치 좀 아프실 거다."

투덜거린 명진 스님이 선방을 나섰다. 이럴 때는 그저 오랜 친구들을 찾아보는 게 제일 좋은 보약 처방이라고 생각한다.

마당을 쓸고 있던 젊은 스님이 인사하고 힐끔거렸다. 저쪽에서는 두 명의 보살이 웃기도 하고 수군거리기도 하는 게 보였다. 모르는 척, 듣지 못한 척 명진 스님은 막 밝아오기 시작한 하늘만 보며 허청허청 절 마당을 가로질렀다.

"스님, 어디 출타하시게요? 아직 아침 공양도 안 드셨잖아요."

쪼르르 달려와 빤히 올려다보는 어린 상좌의 머리를 쓰다듬어 준 명진 스님이 허허, 웃었다.

"오늘 하루 네가 주지 노릇 하고 있어라. 절을 잘 지키렴. 나 대신 공양도 많이 먹고."

"스님은 어디 가시는데요?"

"산이 어지러우면 아래 세상에 내려가고, 절이 시끄러우면 PC방이라도 가 있어야지. 그렇지 않으냐, 이 녀석아. 허허-"

성큼성큼 걸어 멀어지는 명진 스님을 바라보던 상좌가 머리를 갸웃거리고 돌아서는데 맑은 얼굴에 수심이 가득했다.
"난 아직 아무 것도 모르는데 어떻게 주지스님이 된담? 아이, 참. 다른 스님들에게 혼날 일만 생기겠네."

"어라? 네가 이 시간에 웬일이냐?"
문 앞에 우뚝 버티고 선 명진 스님을 본 이강복 노인이 눈을 비볐다. 아직까지 자고 있었던 모양이다. 부지런하기로 소문난 그였으나 어제의 공연으로 많이 피곤하고 지쳤던 탓이리라.
"식전부터 장로님 집에 중이 찾아와 벨 누르니까 못마땅한 게냐?"
다투자는 듯이 퉁명스럽게 대꾸하는 명진 스님을 이강복 노인이 어리둥절해서 바라보았다. 좀체 볼 수 없었던 일이 아닌가.
"우선 들어가서 좀 눕자. 나도 영 피곤하다."
이 노인을 밀치고 성큼 들어선 명진 스님이 승복을 입은 채 소파에 길게 누워버렸다.
"커피라도 한 잔 주랴? 아침은 먹었어?"
"커피 타 주려거든 먼저 손부터 씻어라. 컵라면 있냐? 있으면 그거나 대충 먹자."
고개를 갸우뚱거린 이 노인이 세상 참 별일도 다 있다고 투덜거리며 커피를 타 왔을 때, 명진 스님은 가늘게 코를 골고 있었다.

커피는 벌써 차갑게 식어 버렸다. 해가 높이 떠올랐는지 거실이 온통 반짝거렸다. 그때까지도 명진 스님은 소파에, 이 노인은 마루에 누워 합창하듯이 코를 골아대기만 했다.
 벨 소리가 요란하게 울렸다. 명진 스님이 힘겹게 눈을 뜨고 일어나 앉았는데 여전히 멍한 모습이었다. 주머니를 뒤적여 스마트폰을 꺼내든 스님이 어눌한 음성으로 "성불하십시오." 하고 말했다.
 폰 안에서 새벽의 그 음성이 쟁쟁 울려 나왔다. 중앙종회 회장인 무원 스님이다.
 "스님, 잘 해결되었습니다. 좋은 방향으로 처리될 것 같으니 일단 종회로 들어오시지요."
 "그게 무슨 소리요? 주지 직도 빼앗아 가겠다고 했던 게 식전의 일 아니었소?"
 "지금 총무원이 아주 난리입니다. 방송이며 신문 등 각 언론사에서 스님을 인터뷰하게 해 달라고 어찌나 전화들을 해대는지 다른 전화는 걸려 올 새가 없어요."
 "그게 나하고 무슨 상관이요?"
 "총무원에서 긴급하게 회의를 열었는데, 이번 일을 대중에 대한 홍보의 좋은 기회로 삼을 수 있다는 쪽으로 방향이 급선회했다지 뭡니까. 그러니 일단 들어오세요. 와서 이야기 합시다."
 "나 지금 아주 바빠요. 정신없을 만큼. 그래서 못 들어가니까 그리 아시오. 나중에 시간 나면 천천히 찾아가 보리다. 그럼 끊어요."
 전화를 끊어버린 명진 스님이 늘어지게 기지개를 켤 때 벨 소리가 또 요란하게 울렸다.
 ─저 높은 곳을 향하여 날마다 나아갑니다. 내 주여 내 발 붙드사……:

이번에는 이 노인의 것이었다.

소파에 앉은 채 물끄러미 바라보던 명진 스님이 꿈쩍도 하지 않고 늘어져 있는 이 노인의 엉덩이를 툭툭 찼다.

"전화 왔다. 네 거야."

"어떤 놈이야? 아침부터 귀찮게."

꾸물거리며 장식장 위의 스마트폰을 들어 귀에 댔던 이강복 노인이 깜짝 놀라 몸을 굳혔다.

"뭐? 재기가? 아니 언제?"

전화기 저쪽 강우석 노인의 음성이 사뭇 떨리고 있었다.

"새벽이다. 지금 성모병원이야."

"아니 그걸 왜 이제야 전화해 인마!"

"정신이 하나도 없었다. 빨리 오기나 해라. 끊어."

뚝 끊어져버린 폰을 쥐고 멍하니 주저앉아 있는 이강복 노인의 모습이 넋 나간 사람 같았다. 명진 스님이 구르듯 다가와 곁에 주저앉았다.

"우석이냐? 재기가 어떻게 되었대? 뭔데? 뭐라고 했는데?"

초점 없는 눈으로 허공만 바라보던 이강복 노인이 벌떡 일어섰다.

"이러고 있을 때가 아니다. 가자."

* * *

이제 막 응급실에서 올라왔다는 박재기 노인은 외부와 격리된 중환자실 한 구석에서 생명유지장치에 의지해 누워 있었다.

하룻밤 사이 몰라보게 초췌해진 강우석 노인이 넋을 놓고 있다가 강복과 명진 스님을 맞았다.

"재기가 죽으려나보다."

어눌하게 그 한 마디를 하고는 이강복 노인을 붙들고 우왕, 하고 큰 소리로 울음을 터뜨린다.

"강복아, 어떻게 하니. 어떻게 해야 되니. 응? 가르쳐 줘, 제발. 뭐든 할 테다. 재기를 살릴 수만 있다면 내가 뭐든 할게. 제발."

이강복 노인이 떼를 쓰듯 매달리는 그를 꽉 부둥켜안았다. 뜨거운 눈물을 뚝뚝 떨어뜨리면서 입술을 악물고 울음을 참고 있다.

재기 곁에 선 명진 스님이 낮게 불경을 읊조렸는데, 합장한 손이 덜덜 떨리고 있었다.

어제 저녁 늦게까지 재기는 들떠서 공연 이야기를 되풀이했다고 한다. 얼굴마저 아이처럼 상기된 것이 조금도 징후가 보이지 않았다는 것이다.

제발 좀 자자며 몇 번이나 구박을 하고 나서야 겨우 불을 끄고 누웠다. 새벽 무렵, 심상치 않은 숨소리에 어렴풋이 잠에서 깨었는데 재기가 몸을 잔뜩 웅크린 채 끙끙 앓는 소리를 내며 방 한쪽 구석에 처박혀 있었다고 했다.

"재기야, 왜 그래? 또 통증이 온 거냐?"

놀란 강우석 노인이 벌떡 일어나 불을 켰다. 그리고 더 놀랐다.

박재기 노인이 신음을 참기 위해 주먹을 꽉 깨물고 있었던 것이다. 얼마나 지독하게 물고 있었던지 피가 흘러 방바닥에 뚝뚝 떨어졌다.

"약 줄까? 어디? 가방에 있냐? 재기야!"

우석이 그런 재기를 끌어안고 어쩔 줄 모르다가 억지로 주먹을 떼어냈다. 박재기 노인의 얼굴에는 핏기가 하나도 없었다. 온몸을 덜덜 떨면서, 힘줄이 무섭게 불거진 손으로 우석의 팔뚝을 꽉 움켜쥐고 악문 이 사이로 힘들게 떠듬떠듬 말했다.

"미……안……해…… 우석아……."
"가방 가져올게. 조금만 기다려."
"아니…… 소용없어."

박재기 노인이 고개를 저었다.

"이제 약…… 없다. 더 필요 없어."
"그럼 어쩌려고? 내가 어떻게 해야 돼? 어떻게 해 줄까?"

박재기 노인이 입을 앙다물었다. 고통을 참는 그의 모습이 너무 안타까워서 차마 보고 있을 수가 없다. 한동안 끅끅거리던 박재기 노인의 몸이 경직되었다. 흰 창이 드러난 눈을 부릅뜨고 한참 숨을 끊었다가 몰아쉬는 것이 곧 죽을 것만 같아서 우석은 겁이 더럭 났.

소란에 잠이 깬 부인이 무슨 일인가 하여 방문을 열었다가 놀라서 우뚝 섰다. 비명도 지르지 못한다. 강우석 노인이 돌아보고 쉰 음성으로 소리쳤다.

"어서, 어서 119에 전화해!"

"세상에, 친구들 맞아요?"
"……."
"사람이, 친구가 이 지경이 되도록 모르고 있었다는 게 말이 됩

제7장 무지개다리 건너 저편

니까?"

"알긴 했는데 손을 쓸 수가……."

"진작 병원에 모시고 왔어야지요. 필로폰으로 고통을 달래도록 방치해 두었다는 건 아무래도 이해할 수 없군요."

과장이면서 교수라는 의사의 꾸짖음에 이강복과 강우석 노인은 혼나는 아이가 되어서 고개를 푹 숙이기만 했다.

"그게 오히려 상황을 악화시켰어요. 사탕이 아이 이빨을 썩게 하는 것처럼."

"죄송합니다."

이강복 노인이 울먹이며 머리를 숙였다. 모든 게 자기 잘못인 것 같아 심정이 괴로워 견딜 수 없었다.

"안 되는 겁니까?"

강우석 노인의 간절한 말에 의사가 머리를 가로저었다.

"여태까지 버티고 있었던 게 기적 같은 일이었어요. 저 몸으로 어떻게 돌아다녔던 건지 정말 믿어지지 않는군요."

우석이 이강복 노인에게 빽, 소리쳤다.

"그것 봐, 인마! 내가 공연 같은 거 그만 두자고 했었잖아! 어제 무리했던 게 재기를 이렇게 만든 거다! 내 말 들었으면 이렇지 않았을 거라고!"

억지소리라는 것을 강우석 노인 본인도 잘 알고 있었다. 하지만 그에게는 지금 분한 마음을 터뜨리고 화풀이 할 대상이 필요했다.

"너나, 명철이나 다 똑같아! 이제 어떻게 할 거냐?"

"미안하다. 미안하다."

이강복 노인이 우석에게도 머리를 숙이며 그 소리만 했다. 눈물이 뚝뚝 떨어진다.

"오늘을 넘기기 힘들 겁니다. 준비들 하세요."

담당 의사는 냉정했다. 사형 선고를 내리는 판사가 되기라도 한 것처럼.

재기를 바라보며 서 있는 세 노인 사이에 침통한 침묵만 흘렀다.

명진 스님이 중얼거렸다.

"미국에 연락해야 하지 않을까?"

다시 무거운 침묵이 흘렀다. 한참 뒤에야 강우석 노인이 어눌하게 대답했다.

"집사람 시켜서 벌써 했다. 너희들 도착하기 전에."

"재기야, 재기야?"

이강복 노인이 갑자기 재기를 불렀으므로 우석과 명진 스님이 놀라 바라보았다.

"저것 봐, 재기가 뭔가 말을 하려고 한다."

산소호흡기에 의지하여 힘겹게 숨을 쉬고 있는 박재기 노인이 손을 조금 들어 올렸다. 손가락을 꼼지락거린다. 그것을 본 우석이 다급하게 소리쳤다.

"종이, 펜."

이강복 노인이 후다닥 나가더니 이내 메모지와 펜을 가지고 달려 들어왔다. 재기의 손에 펜을 쥐어주고 메모지를 대준다.

-너희들을 볼 수 있어서 행복했다. 함께 공연할 수 있어서 더 행복

했지.

　삐뚤빼뚤한 글자가 천천히 만들어져갈 때마다 세 노인의 숨소리가 높아져갔다.

　-우석아, 널 때렸던 거 정말 미안해. 용서해라.

　그때, 재기가 청룡부대원으로 월남에 가겠다고 했을 때 우석이 비난했고, 두 사람은 말다툼 끝에 주먹다짐까지 갔었다. 그리고 재기가 우석을 때려서 피 흘리게 했다.

　"이 자식…… 그게 뭐 사과할 일이라고…… 그때가 언제인데……."

　강우석 노인이 두 손으로 얼굴을 가렸다. 그 일을 여태까지 가슴에 떠안고 미안해하면서 살았단 말인가. 나는 까맣게 잊었는데 그 짐을 혼자서 짊어지고 고민하면서 살아왔단 말인가, 하는 생각에 가슴이 꽉 막혔다. 숨을 쉴 수가 없다.

　비틀거리던 강우석 노인이 기어이 철푸덕, 주저앉았다. 가슴을 움켜쥐고 끅끅거리며 애써 울음을 참는다.

　-고맙다, 강복아, 명철. 그리고 미안해. 늘 귀찮게만 했지?

　이강복 노인이 침대를 붙잡고 몸부림쳤다.

　"아니야, 이놈아. 더 귀찮게 해라. 제발 그래줘. 괜찮으니까 나 죽을 때까지 따라다니며 귀찮게 해."

　-너희들이랑 동해 바다에도 꼭 가보고 싶었는데. 데리고 가 줄래?

　"그래, 그래. 어디든 다 데리고 갈게. 어여 벌떡 일어나라. 지금 당장 가자."

　-급한 성질 좀 고쳐라, 이놈아. 명철이를 본받아.

　더듬더듬, 한 자 한 자 쓰는 걸 힘들어하면서, 펜을 쥔 손을 떨어가며 조금씩 적어 가는 재기의 글은 그가 이 세상에 마지막으로 남기는 흔적이었다.

-동해바다 보고 싶다.

잠시 무엇을 생각하는 듯 펜을 멈추었다가 다시 메모지를 더듬는다.

-명숙이 누나 곁에 묻어줄 수 있지? 근처에라도 가게 해 줘. 너희들 떼어놓고 누나랑 둘이서만 놀게.

그리고 펜을 툭 떨어뜨렸다.

※ ※ ※

재기는 화장을 했다.

미국에서 급히 날아온 아들과, 그가 세상에 남겨둔 세 친구가 무지개다리를 건너가는 박재기의 마지막 길을 지켜보았다.

그의 몸은 연기가 되어 허공에 흩어졌고, 뼈는 한 단지의 흰 가루가 되어 아직도 세상에 남았다.

동해 바다에 그것을 뿌린 날 하늘이 너무 맑고 밝아서 눈이 부셨다.

세 노인은 넘실거리는 푸른 바다 앞에 서서 그 하늘 가득 다가오는 각자의 박재기를 보았다.

이강복 노인이 본 박재기는 알록달록한 옷에 라이더 점퍼를 걸치고 카우보이모자에 선글라스까지 쓴 우스꽝스런 모습이었다. 캐리어를 끌며 인천 공항 입국장을 나오고 있다.

"헤이!"

한 손을 번쩍 들고 커다랗게 소리친 그가 두 팔을 활짝 벌렸다.

"이강복? 너 이강복이 맞지? 나다, 나! 하하하, 모르겠냐? 오 마이 갓이다 인마!"

공항이 떠나가도록 껄껄 웃는다.

강우석 노인이 본 박재기는 남영동 연습실에 나타나 베이스 기타를 배우겠노라고 매달리던 그때의 까까머리 박재기였다.

"그러지 말고 가르쳐 줘라. 열심히 배울게. 응? 사부님."

아이처럼 옷자락을 잡고 흔들며 떼쓰던 그를 매정하게 뿌리치던 자기가 거기 있다.

명진 스님이 보는 그 또한 까까머리의 고등학생 박재기였다.

"나 병 걸렸나봐. 사랑 병. 치료할 수 있을까?"

심각하게 고백하는 그는 명숙이 누나에 대한 짝사랑의 열병을 앓고 있는 바보 같은 소년이었다.

그가 저기 무지개다리를 건너가고 있었다. 우쭐거리는 어깨춤을 추면서. 그리고 그 다리 건너 저쪽에서 명숙이 누나가 활짝 웃으며 어서 오라고 손을 흔들고 있었다.

문산 평화 공원묘지에 재기의 묘를 만들어 주었다.

재기의 골분 반이 남아 있는 유골함이다. 그것을 납골당에 안치하지 않고 관처럼 매장하는 일은 드문지라 공원묘지의 인부들이 수군댔지만 아무도 개의치 않았다. 그가 마지막 소망대로 명숙이 누나와 가장 가까운 곳에 새 집을 얻어 들어갔다는 게 중요할 뿐, 세상

사람들이 뭐라고 하던 하나도 중요하지 않다.

몇 걸음 걸으면 찾아가 만나볼 수 있는 거리이니 좋아할 것이다. 그러나 명숙이 누나는 그만큼 귀찮아져서 히히, 웃는 박재기의 머리통을 쥐어박을지도 모른다.

"나도 이다음에 여기에 와야겠다. 재기랑 명숙이 누나 있는 곳에."

우석이 어눌하게 말하고 하늘을 보았다.

이강복 노인이 고개를 끄덕였다.

"우리 중 누가 되었든 남은 놈이 그렇게 해 주기로 하자."

"뭘?"

"내가 죽으면 우석이 네가 나를 여기에 묻어주고, 네가 먼저 죽으면 내가 그렇게 해 줄게."

"나는?"

명진 스님이 서운한 얼굴을 했다. 강복과 우석이 동시에 말했다.

"중도 무덤이 필요하냐?"

머쓱해진 명진 스님이 합장하고 나무아미타불을 불렀다.

우석과 강복은 그의 다비식이 끝나고 나면 사리가 한 바구니 쯤 나올 것이라고 믿었다. 그래서 그는 반짝이는 사리함에 담겨 명현사의 부도(浮屠)에 안치될 것이다.

비록 떨어져 있을지라도 언제든 무지개다리만 건너면 서로 만나 떠들썩하게 웃고 즐거워할 수 있을 테니 걱정 없다.

그날 밤 재기의 아들은 조그만 병에 담긴 아버지의 유골 가루를 품에 간직하고 미국으로 돌아갔다.

재기가 돌아오던 날은 공항으로 마중 나간 사람이 있었지만 떠날

제7장 무지개다리 건너 저편

때는 아무도 배웅하지 않았다. 그가 여기에 명숙이 누나와 함께 있다는 것을 잘 알고 있었으므로.

* * *

"우석아, 오늘은 안 가냐?"
"삐쳐서."
"이 자식들이?"
"우리만 쭈쭈바고 너는 브라보콘이잖아. 왜 그런지 아냐?"
"모른다."
"왕따거든."
"지랄들 하고 자빠졌네."
코웃음을 친 강우석 노인이 강복과 명철 스님 사이로 파고들었다.
"쭈쭈바는 900원. 이건 1,200원. 이게 더 비싸거든? 그러니까 나는 귀족 너희들은 그냥 평민."
으쓱댄다.
이강복 노인이 명진 스님을 매섭게 째려보았다.
"정말이냐?"
명진 스님이 천연덕스런 얼굴로 말했다.
"나야 모르지, 그냥 한꺼번에 계산했으니까."
"이 배신자."
평상에서 벌떡 일어난 이강복 노인이 뒤도 돌아보지 않고 떠났다.
"저 봐라, 삐쳤다. 하여튼 소갈머리 하고는 쯧쯧……."

명진 스님이 혀를 차며 빈정거리는 강우석 노인의 옆구리를 찔렀다. 흐흐, 웃으면서.
"놔둬라. 저 아래 만복식당에 가면 거기서 또 볼 텐데 뭘."
　그 말에 강우석 노인이 야릇한 눈으로 강복이 떠난 허공을 바라보며 알쏭달쏭한 웃음을 흘렸다.

〈끝〉